罪爱之城

慕时因 ◆ 著

天津出版传媒集团

天津人民出版社

图书在版编目（CIP）数据

罪爱之城 / 慕时因著. –– 天津：天津人民出版社，
2016.8

ISBN 978-7-201-10241-2

Ⅰ.①罪… Ⅱ.①慕… Ⅲ.①言情小说—中国—当代

Ⅳ.①I247.5

中国版本图书馆CIP数据核字(2016)第117418号

罪爱之城
ZUI AI ZHI CHENG

出　　版	天津人民出版社	
出 版 人	黄　沛	
地　　址	天津市和平区西康路35号康岳大厦	
邮政编码	300051	
邮购电话	（022）23332469	
网　　址	http://www.tjrmcbs.com	
电子邮箱	tjrmcbs@126.com	

责任编辑　王昊静

印　　刷	北京欣睿虹彩印刷有限公司	
经　　销	新华书店	
开　　本	710×1000毫米　1/16	
印　　张	17	
插　　页	0插页	
字　　数	230千字	
版次印次	2016年8月第1版　2016年8月第1次印刷	
定　　价	28.00元	

目 录
Contents▼

Chapter 1 光棍节说分手

后来，叶阙被她的那位女友宋佳佳知道旁敲侧击了许久，终于还是没忍住问了一句，你恨他吗？

恨吗？

想那五年感情，若最后只能用一个恨字总结也未免太失败了。于是她只好装作漫不经心地摇了摇头，然后望向北京城被高耸的建筑群割出一片的雾霾严重的天空，说，那大概不是恨，是失望吧。

哀莫大于心死。

凌江的出轨是那二分之一的劫。也可能，是一辈子的劫。

他们的事其实足够人能说上五年，但结束，却只用了短短一天。那是一周前，她从出版社下班回来的路上。

如同大多数的周五一样，随着五点半那刻开始，她的愉悦值就一路冲破了水平线直奔正无穷而去，虽说她家的那位有事陪不了她，但毕竟今天是双十一，就算是铁公鸡也得拔拔毛的，于是她叫上出版社最要好的同事孙晓蕾一起，特意倒了三趟地铁上了西单。

在北京城，西单算是中轴路，那里正二环内的租价，一般人那也就只能想想。是以，这里不单是北京城最贵的地儿，也是北京城最大的商业圈。

叶阙的唇彩快用完了，她打算今天来买一只。虽然说双十一就买一只唇彩这事怎么说都有些寒碜，但谁教她是铁公鸡呢。好在孙晓蕾对她这性格也早已习惯，再者说，来西单也就为图个气氛。实在像她们这种文字工作者平时清冷惯了的，见着有人气儿的地方，其实更爱往里钻。

孙晓蕾跟叶阙差不多大，都是处在传说中女性年龄分水岭的二十六岁，不同的是，孙晓蕾还没有主，但叶阙已经有了。对于此，孙晓蕾没少羡慕嫉妒恨过叶阙，叶阙总是笑笑不说话。不过孙晓蕾知道叶阙并不是性子软，她只是对大部分事懒得去争，何况叶阙长得也确实是好看的，一张略显古典的白皙脸蛋，眉眼间有清纯的味道，身量不算高，却匀称纤细。但听说她的家庭似乎不大好，记得当初一起填入学表格时，她父亲一栏处是空白，名字也很奇怪，叫叶阙……

孙晓蕾一路神游着，等进了西单的华夏商场，才又被琳琅满目的高跟鞋吸引住视线。叶阙自然对这些不敢多看，把她打发进Tata专柜后，就独自一人跑去了露华浓的柜台。说来她以前其实是用Dior的，但自从跟凌江同居后，水准就一路down到了露华浓，这么讲倒不是说凌江对她不好，若是真不好，她也不会跟了他。她只是觉得，既然两个人决定了要这么长久地走下去，那么节俭一点应当不是坏事，不是有那么一句话么，细水才能长流。

但所谓道理，也许其存在的意义就是用来被挑战的，好比现在。

多半因为租金的问题，露华浓的专柜设置在华夏商场靠近玻璃墙的偏位，叶阙一边拿着唇彩漫不经心地对着化妆镜试色，一边一个不小心视线就瞄到了玻璃墙后。

说到底那个不小心其实也没那么刻意，毕竟那个女人手里挎着的，是和自己同个品牌同个系列的包包，想这世上大概没哪个女人会真心不在意撞包这种事。所以她的视线一路紧随那个身材丰满的女人，看着她上了一辆更眼熟的轿车。

尾号5287，是他们辛苦摇了一年号才拿到的车牌……怎么会！她的心紧了，视线也像自动近了，索性丢下唇彩，双眼直贴上玻璃墙。

两秒，或者更短。她忽然做出了任何女人恐怕都不会在这个时刻做出的动作，她猛地掏出手机，对着那两个人影按下了快门键。

　　凡事都是要讲证据的，这是向来做事滴水不漏的他曾教过她的道理。

　　拍完照片五秒，车里依旧在持续着刚才照片上的亲吻镜头，她皱眉，也不知道自己是如何忍受的，可能在一瞬全身的血已经冲上头顶，下一瞬头脑就发出了当机立断的指令。

　　……那个女孩子，似乎比她年轻啊。

　　这是她沉默长达三分钟后仅剩的反应。接下来是柜台小姐那声明响在耳边，却好似从天边传来的，小姐，这只唇彩你还要不要了？

　　然后她淡笑了笑，说，要，为什么不要。

　　真是位奇怪的客人呢，她低头收下发票时听见有人小声嘀咕。其实，她也觉得自己奇怪，究竟是什么样的人，才能在看见自己男友偷情的第一反应不是上前阻止，而是拍照呢。

　　这简直不可救药。

　　而后回来的一路，她心里都在琢磨这个问题。孙晓蕾虽然看出她不对劲，但还是没好意思问，她也更没好意思说。她是和孙晓蕾是在地铁2号线分的手，但直到独自一人换上了地铁10号线，她好像才开始反应过来。她想起他们在刚刚交往时，他曾逗她说她应该是属长颈鹿的，当时她天真地问为什么是长颈鹿？他认真地回答说，因为长颈鹿脚底被刺了一下，一周后才反应过来啊。

　　想到这，她的眼泪忽然止不住地掉了下来。周围有人看见了，默默递来一张餐巾纸。她没有说谢谢也没有擦，好像就这样不擦，就能当什么都没发生过。

　　地铁在黑暗的隧道里高速穿行，像黑色的蛇急奔向幽冷的洞穴，她将脸靠近玻璃窗，从来没有觉得回家的时间会这么长。说起来，那个狭小的地方，大概也不能被称作"家"。

　　她知道，像这样的故事在北京城里其实日复一日地都在发生，永远不缺题材，却永远也没有新意。她仅仅是这其中的一个，庸俗、乏善可陈，但这五年，她终究也没有别的故事了。

　　回到家时是晚上八点半，客厅的钟挂在墙壁上沙沙地走，像岁月在不动声色间悄然流逝。这间33平方米的小公寓他们在租时挑选了许久，那时还嫌小，现在

Chapter 1　光棍节说分手

看着，居然还觉得大。

她神情恍惚，拿出手机盯着屏幕看了好一会儿，才确定真的没有未接电话。

他们的感情是从什么时候起变成这样的？她已经记不清了，她只记得那年寒假她回家，他在除夕夜打电话来，她听见他那头的鞭炮声噼啪地响个不停，他说：傻丫头你知道吗，黑龙江现在正下着大雪，但是好奇怪，我完全感觉不到冷。她想象着他冻得发红的脸，小声地嗯了声，他以为是她没听清，于是大声地喊着她的名字：叶阙，新年快乐！

他的声音隔着那根无形的电话线，跨越幅员辽阔的大半个中国到达耳边时，窗外的烟花已经绚烂地绽放在了深夜的最高空。

那时的时空是近的，就像思念的距离，不管多远，都能抵达。

她深吸了一口气，努力让自己从回忆中走出来，却发现根本没那么容易，她从沙发上站起想试着从衣柜里拿出拉杆箱学人玩几天失踪，又不小心看见那件挂在晾衣竿上的，他袖口掉了一粒纽扣还未来得及补上的方格衬衫。

原来想要离开一个人，难的不是要离开这个人本身，而是割舍一种长久以来养成的习惯。五年，一千八百多天，整整六十个月，怎么能是说分开就分开的呢？可如果生活真的已经把彼此嵌在了一起，那么让他们之间松动的螺丝钉，又是什么？

门是在大概半个小时后被打开的，那个时候叶阙正和衣窝在旧式双人沙发里，手机攥在手中，双眼眯着。凌江进屋时以为她睡着了，但是灯又开着，更显出家里冷锅冷灶。

车钥匙落在磨砂茶几上发出轻微的声响，叶阙猛地就惊醒了。

凌江留意到她发红的双眼，高大的身影随即就覆了过来，“是工作又不顺心了？”他的嗓音醇厚温柔，一如多年以前。

她没说话，只是吸了吸小巧的鼻翼，似乎是辨认了下眼前的人究竟是不是他，十秒钟后，她忽然环抱住了他，他有些诧异，轻轻拍了拍她的肩膀，但她并不放手，甚至跨坐到他身上，对着他的嘴唇用力亲吻了下去。

她的舌尖有微咸的味道，可惜她之前喝了少许酒，没有察觉出来。

她很少这么主动，这是凌江第一时间的反应，反应过后，他觉察出了不对劲，是的，他一直都是个理智并且聪明的男人，哪怕是喝了点酒。

"怎么了？傻丫头。"他的嘴唇被她咬住，他发音自然含糊。

她依然不回答。

"怎么了？"他继续问。

"我们结婚吧。"她松开一些，忽然说。

一阵沉默。

"……你不想吗？"她抬起他的脸，强迫他看自己的眼睛。那双黑亮的眼睛里曾经照出她的全世界，但此刻，她只能看见一片深不见底的海洋。

"凌江，"她叫着他的名字，声音沙哑，一字一句，"是不是你从来没想过要跟我走下去？"

时间像霎时间被人拨停了。

许久，他抚摸她的长发，淡声开口："这个问题，我们以后再谈，好吗？"

"你知道吗？如果是第一年的时候你说以后，我会相信是以后，但现在……"说话间，她的身体颓然从他身上滑了下来，她的视线越过他的肩膀落在橱柜半敞的空拉杆箱上，"那就分手吧。"

"凌江，我们分手吧。"她重新抬起头，对上他震惊的双眼。"我先说，总比几年后，你牵着另个姑娘的手时再来对我说好，对不对？"

她的脸上挂着一抹笑，在20瓦的光线下，却也像一把温柔的刀闷声捅进了心口。这一秒，连他也不得不承认，他好像有种喘不过气的感觉。

"你不要这样任性，我们还年轻……不是吗？"他想试图掩藏，但表情却在她单薄又倔强的眼里无处遁形，想当初，他就是迷上了这双江南水乡的眼，简直鬼迷心窍。

"跟她在一起的时候，你也会叫她小龙女吗？"忽地，她的音调拔高了一度，但就是这一度，让整间小屋刹那如置冰窟。

这让他猛地想起他们第一次见面的时候，那是记忆的学生时代，那天她穿着白色的连衣裙经过食堂，刚洗过的长发散发出一股淡淡的清香，她从人群中走来，双眸恬静，素颜如玉，那一瞬间他忽然觉得，或许小龙女也不过如此。于是他在心底给她偷偷起了个绰号，叫小龙女，但那时的他不会知道，自己到底不是那个能在断肠崖等了十六年的杨过。

"跟你比，谁又不是程瑛。"他回答，声音喑哑。

有那么一句话，叫人生不一定能得到小龙女，但一定会错过几个程瑛。

原来，她是他的程瑛。叶阙心底一震，忽然间又不知道说什么了，下意识地想去抓手机，奈何被他先一步拿到。

"你都看见了？"意外的，他并没有去翻手机，虽然他一早知道那密码，那密码是他的生日，正如自己的密码是她的生日一样。

"她是谁？"终于，她还是没忍住问了。

"你不会想知道的。"并无意外，他甚至没有打算骗她，只是在放下手机后，他忽然很用力地抱住了她，"叶阙，在我心里，你永远都是小龙女。这一点，不管怎样都不会变。"

"可你还是变了。"她深吸了一口气，"变得会拐弯抹角，变得不再像从前的你。"说到这，她的声音低了下去，"我这个私生女，的确配不上你。"

"你不要这样说……"他用唇堵住她的话，试图去摆脱那心底无端涌来的害怕，"你清楚，我从来，从来没有因为这个看不起你。"

"但你的家人会，不是吗？"当那个长久的吻结束，她摇了摇头。

"那么你呢？叶阙，为什么你非要追求这种所谓的纯粹？可你有没有想过，生活本来就是不纯粹的。"他皱眉，大概是没料到这个时候她会这样说，"我是爱你，但我只是个普通的男人，你能明白吗？"

"所以你能这么快的办上北京户口，也是靠了她吧？"她想极力平静，但发现真到了这个时候还是不能，"因为她能给你我所不能给你的，答案就是这样吧。"

他没有回答，大概有些问题本就是无解的。尽管，连他也清楚爱情是不能被附加很多条件的，但又能怎么样呢？他真能守着爱情过一辈子吗？他无法确定，他只知道某些决定或许从迈出的那一刻开始，就注定了无法回头。

当两个人的分离不是因为没有爱情时，又真能说是谁对或谁错？

光阴在眼底溜走，冗长的沉默里，只剩下彼此的呼吸声回荡在这间小小的旧公寓里。模糊的月光从窗外透进来，晕在他们四目相对的年轻却又疲惫的脸庞上，仿佛打上了一层薄薄的霜。

有那么一句话，叫还没有青春过，就已经老了。叶阙以前不信，但现在信了。这座千年的古城里承载着太多的悲喜，加上她这一个，不会多不会少，不会更轻也不会更重。

但是，对她走过的这小半生而言，可能就已经是万家灯火。

Chapter 1 光棍节说分手

Chapter 2　青春三人行

　　叶阙的另一个劫来自事业，起因是作为在出版社工作了三年的老鸟，今年的她原本有一次晋升副主编的机会。和她一起竞争的是同期入职的孙晓蕾，在公司，她的业务能力比孙晓蕾强有目共睹，但孙晓蕾比她的人缘好却也是人尽皆知。

　　是以在这对关系不错的同事里择一，原本就是件得罪人的事，但现实就是这样，再亲密的朋友可能也会有成为对手的一天。

　　叶阙自然不能让，孙晓蕾也不会让，但竞争的那段时间恰逢叶阙情伤，天时上弱了那么一点，所以最终被孙晓蕾占了先拿下了副主编的位置。

　　实在除了名声，那个位置的薪资待遇也会跟着上涨不少，所以要说叶阙一点反应都没有，那是断断不可能的。倒是孙晓蕾将面子上的功夫做了个十成足，导致叶阙也不好说什么。

　　但可能就是这句不好说什么，堵住了叶阙最后的路。或者因为家庭的原因，她自小就是个好强的人，对于她这样的人来说，这个好强可能未必体现在所有方面，但有一点，就是当某样事物触及她所谓的底线时，她往往比普通人反弹得更加厉害。

　　比如说，在和凌江分手后就不会再有丝毫的挽留，再比如说，在她得知自己晋升失败后的第二天，就提交了辞呈的举动。

用宋佳佳的话说，就是底线太高脸皮太薄。其实叶阙心里也认同她的话，但是没办法，有时候认同是一回事，改变却是另外一回事。

是以，即便在递交了辞呈，出版社的老大也诚意地提出了要挽留她的情况下，她也依旧没有想过再回头。对于她的离职，同事们自然有议论，不过她还年轻、也有经验、再加上相貌不错，的确不用害怕前途未卜。

但她心里知道，那是因为她不想再回到那个曾经被她称作"家"的地方了，毕竟出版社距那里太近，毕竟无论什么东西曾牵扯得太紧，一旦分开，都是会疼的。何况是独身。

在叶阙离职并离开曾经的住址芍药居[1]以后，得到消息的宋佳佳果断仗义地将她接到了自己的住处，并表示说在她没找到下家以前都管吃管住。

要知道对北漂一族来说，这一句管吃管住，那简直就是再大不过的情分。不过，叶阙和宋佳佳毕竟是高中兼大学同学，所以感情深厚也是情理之中的。又说到感情深厚，还需要提到另一个人丁薇，丁薇、叶阙还有宋佳佳她们三人其实是高中同学，当初为了各自的理想千辛万苦考到北京，只是丁薇和叶阙她们最后选择专业不一样，所以大学并不在一处。

如此，她们三人最后的工作也就都不一样。丁薇干的是会计，宋佳佳是时尚杂志的编辑，至于叶阙么……目前则是赋闲在家。

为了照顾叶阙最近的情绪，也为了三人一月一次的聚会，宋佳佳提议周五晚后海聚会。一直无精打采的叶阙自然无意见，倒是丁薇说周五有事需往后延迟一天，惹得宋佳佳频频皱眉。

"薇子就是个多事的！"在挂了丁薇的电话后，宋佳佳气急败坏地对叶阙道，"每次不是要加班，就是她'大姨妈'来了身体不舒服，害得我们总要另约日子，你说气人不气人！"

"但你也习惯了不是吗？"坐在单人沙发上的叶阙左右环顾了这里，不由蹙眉道，"但我还是没明白你为什么要搬来这里，虽然说这里带独立卫生间，但一

1　芍药居：地铁站名，处于北京地铁13号线和10号线的交界处。

个月2900的单间怎么说也还是贵了吧。就算你家不缺钱，但你现在不是不打算靠家里了嘛！"

"呃……那什么，这里风水好，嗯，风水好！"宋佳佳吐了吐舌头，拿起一件紫色厚雪纺料的V领连衣裙对着镜子比了比，"你说这件配什么外套好看呀？"

"宋大美女，你每天穿什么这种小事就不用问我了吧？"叶阙无奈地翻了翻手里的那本宋佳佳她们社做的杂志，"何况你自己不就是时尚编辑嘛，像审美这种技能，应该不用点亮就能自行使用啊。"

"哎，我就问问嘛。"宋佳佳耸耸肩，顾自又对着镜子比了半天，这才将脑袋转了过来，"我说叶叶，明晚咱几个要聚会，你也不先……呃，预习预习啊？"

"你说咱们仨都互相看了这么多年了，要真能看出什么来，那才有问题了好不好？"叶阙忍无可忍终于放下杂志，打开门作势要出去。身后，自然少不了宋佳佳那声振聋发聩的跺脚声。

"出去放风也要申请么？"叶阙叹了口气，一脸淡定地说。

宋佳佳这次一反常态地租了间单间，虽说也勉强称得上精装修，但怎样都和以往豪迈的整租一套没法相比。叶阙从阳台出来后稍微转悠了一圈，就听到了开门响，大概是完全没预料过来人个男人，所以在某一瞬间，叶阙有种也许是自己进错了门的感觉。

"Hi！"愣了愣，叶阙这才憋出了一句外文。对方大概也没预料到家里会突然冒出一个女人，所以这一对视，原本的尴尬又延迟了半秒。

"你是佳佳的朋友吧。"身材高挑的男人将手里装着食材的塑料袋放在餐桌上，对叶阙温和一笑，叶阙也只好跟着笑，但没想到男人说话间就顺手按下了客厅日光灯的开关。

被光照亮的一瞬间，叶阙忽然就明白宋佳佳为什么死活都要搬来这里了。

啧啧，这样的极品帅哥打着灯笼上哪儿去找！

"你好，我叫谭嶂。"年纪大约二十八、九的男人递出右手，眼镜后一双凤目沉静，笑容儒雅大方。

"是重峦叠嶂的嶂？"叶阙一愣，下意识脱口的同时也半尴不尬地伸出手，"这是……你的房？"她继续道。

"我是二手房东，"谭嶂微微颔首，叶阙这才注意到他的鼻梁尤其高挺，特别是看侧脸，几乎连PS（Photoshop）都可以省了。

"叶阙。"毕竟已过了无知少女的年龄，再出众的皮相也就够惊艳那几秒，随即叶阙也报上了自己的名字。

"你上学的时候，应该也经常被老师点名吧。"听到她的名字，谭嶂忽又一笑，那笑在日光灯的光线下，生动地就像是水墨在生宣上一层层晕开了颜色。"阙古意为帝王之所，你的名字很有意境。"他末了补充。

"你给了它一个听起来不错的解释。"提到自己的名字，叶阙习惯性地扯出一抹淡笑，"冒昧问一句，谭先生现在还单身吗？"

一个人太完美了，反倒会让人感觉不像是真的。作为宋佳佳好友的她，思前想后，觉得还是有必要为她的幸福投石问路一二。

可惜这颗石子的方向没操作好，直接把自己也给溅到了水花。导致本已打算起身去厨房的谭嶂停住脚步，索性遂着她那句先生回了话："是，还单身，叶小姐会这么问，难道是有兴趣追求我？"

这句话槽点太多，简直让人不吐不快。好在他很快又重新拿起那包食蔬，解释道："呵，我逗你的。前两天佳佳就提过她有个朋友要来这小住一阵，她说你最近心情不大好。"

"就这样，她没说别的？"叶阙沉思了下问道。

"你要这样问的话，那倒也是说了……"谭嶂慢腾腾地将一颗新鲜的卷心菜放进水池里，惹地叶阙忙不迭追问。

"她说人生在世，怎能不遇上几个人渣。"

话音刚落，叶阙果然就乐了。只是，以后很久叶阙才知道那时的宋佳佳根本没有向谭嶂提过任何有她的事，而他之所以能够知道则完全是因为他的那份神秘的职业，当然这些都是后话了。

周六的时候，她们按照约定在后海见面，深秋的后海人群熙攘，叶阙她们穿梭在各种肤色的人群中，一路从南锣鼓巷这条最富有老北京风情的古街逛过去。又说她们现在只有两人，则是因为丁薇乘坐的公交堵车了，预计要迟到半个小时。

宋佳佳在得知消息后当时就没管住嘴，说地铁一次两块，公交一次四毛，她们仨这么多年的情分加起来居然还不够那一块六的。末了又补充一句，虽然叶叶你有时候也挺铁公鸡吧，但是跟薇子一比，你那只公鸡简直就要能终身不举。

叶阙汗颜，心说你这哪里是毒舌，这简直就是借刀杀人啊。

更让人无语的是，说话间宋佳佳还一路搂着叶阙的细腰，惹得周围的人频频回头。蹬上双高跟鞋身高将近一八零的长腿御姐宋佳佳则权当这是注目礼了，烈焰红唇的她甚至不时对着那些人抛上几个媚眼。

"我说，让他们把我当作假想敌，不太好吧？"叶阙扶了扶再一次滑落的单肩包包带，无奈道。

"你知道那些人是把你当假想敌？说不定他们是想着买一赠一呢！"宋佳佳瞥了眼她，目光落回到她那件米色的单扣风衣上。

"都是12年的款了，就你还穿！"她一副孺子不可教地摇摇头，纤长的手指将叶阙颈脖上的真丝方巾又重新摆弄了下这才作罢，"好在你是南方人，皮肤水灵不显年龄。要不然，我还怎么把你推销出去。"

"你说得我好像没人要似的。"叶阙跟宋佳佳一般大，但皮肤却比她好不少，也是这点惹得宋佳佳没事就爱掐她脸。

"说真的，那个女人，到底是哪种类型？"前些日子还害怕旧事重提惹叶阙伤心，但今天宋佳佳看叶阙心情似乎还不错，再加上难得的老友三人聚会，她那颗沉寂已久的八卦之心又燃了起来。

"说不上是哪种类型，反正长得……还行吧，"提到凌江，叶阙心底到底还是一刺，"比我年轻。"她最后总结说。

"肯定没你好看。"宋佳佳撇撇嘴显然不信，"当年咱们学校有多少男人追你，几乎都要赶上我了！"

她后面这句才是重点吧，叶阙白了她一眼，或许与跟她从事文字出版的工作有关，这几年下来，她的气质越发沉淀地像是包浆细腻的古瓷。倒是宋佳佳在一旁看着，心中的疼惜亦越发深了，像叶阙这样美好的姑娘，究竟是什么样的人才忍心把她弄碎了呢！

想到这，宋佳佳气就不打一处来，一个激动，手指没忍住又掐了上去。"你可是我宋佳佳的女人，只有我宋佳佳能欺负！他凌江算个什么东西！还有那小三，若是让她遇见我，看我不用咖啡泼她一脸！"

"那多算我一杯。"叶阙用手拍了拍她的掌心作一副钱拿去不用找了的模样，宋佳佳见状笑得越发大声，但叶阙心里知道，对于像宋佳佳这样的姑娘而言，大概只会用这样看似粗糙的方式给自己消气。

她们一直逛到晚上7点半，丁薇终于姗姗来迟。和叶阙她们一样，丁薇也是来自南方的小城南康，不同的是丁薇的老家还在南康下面的乡镇，因为家境的缘故，丁薇比她们更早地就懂得了生活的艰辛，所以在学生时代一直努力刻苦，堪称学霸级的。

至于为何像宋佳佳这样的女神会跟她玩到一处，则要多亏了叶阙。彼时叶阙是班里的语文课代表，一身文艺细胞的宋佳佳自然跟她亲近，某一次作文竞赛里，叶阙偶然发现丁薇竟对名著《红楼梦》有着独到的见解，同时文章也写得娴熟深刻。所以果断拉拢她进了班里的文学社。如此一来二去，三个爱好文学的女生就越发熟悉了，再后来三人一路过关斩将考来北京，没想到文笔最好的丁薇却是第一个放弃了她们钟爱的文字。

有钱才可以任性，人穷，那就只能志短，这是丁薇当时给的解释。对此，宋佳佳一直心中愤愤，认为她是背叛了她们的理想。自然，富家美女是无法理解"草根"的苦处，丁薇毕竟是家中长女下面还有两个弟弟，她能考上大学，家里再供她念完大学已实属不易。她饮水思源，本也是没有错的。

或许最大的错，就是她的贫穷，可贫穷本身有什么错呢？即使有，也并非是她的问题。但后来叶阙终于知道，贫穷最可怕的地方不在于贫穷本身而在于它会改变一个人的思想。

不过，在见到老友后，叶阙叙旧的心情还是占了绝大多数。用宋佳佳的话说，薇子实在是个很土的姑娘，即使有了像她这样专业的时尚编辑在身边，也堪堪能将她的装扮值拯救到及格线水准。今天，丁薇的装扮一如既往，一件穿了五年还不肯换的大学时代跟她们在动物园[1]淘回来的绿格子大衣，下身配一条深蓝牛仔裤，发型是最普通的中分黑长直，好在还知道抹了点口红，没让气色太过苍白。

"来晚了，又让你们久等了，真是不好意思呀。"丁薇手拎着两杯热奶茶，一脸抱歉的表情。

"你自己不喝么。"叶阙拿过一杯给宋佳佳，淡声问道。

"我喝过啦，"丁薇吐吐舌头，说话间忙将手里的另一杯向叶阙推去，"刚从国贸过来的，那路上太堵了，你知道的……"

"我不喝了，你自己喝吧。"叶阙扫了眼她微微发裂的嘴唇，伸手指了指自己的双眼皮，"我最近有些水肿。"

"哦，这样呢。"丁薇略带悻悻地从塑料袋里拿出奶茶的吸管，下意识又抿了抿嘴唇，要说这口红还是去年生日的时候叶阙送给她的，平时她都不太舍得用。但话又说回来，叶阙这人吧，虽然平时也节省，但那仅仅是对她自己，对朋友那还是很舍得的。

---

1 动物园：全名为北京动物园服装批发市场，是北京最大的批发集散地。

Chapter 3　他回来了

　　她们三人在后海吃过晚饭后，宋佳佳就提议说去酒吧里疯一把。丁薇难得的没有急着回家，叶阙见状自然也不好扫大家的兴。

　　夜的后海华灯初上，粼粼的湖光映着浓浓的月色，将深秋的气氛点染得更加彻底。时间没过多久，宋佳佳就选了一家名叫"乐梦"的酒吧。

　　这间酒吧叶阙曾经和凌江在刚毕业时一起来过，就因为凌江一句好女孩都不去酒吧的话，逼的叶阙非赌气说要去，不得已凌江才在发了第一个月工资时把她带了来。她记得那晚有个长相帅气的男歌手，舞台的光线将他的身影照成暖黄的一束，他边弹边唱，大抵也是些原创的曲子，她无法记住歌词，更无法记住旋律，唯一能记得的是那种伤怀的情愫，就像是旗袍女人的香烟，或是夜半钟声的船桨。

　　只是那时她身边还有一个人，所以这种绵长的情愫被冲淡了。但现在想起，恍如隔世。

　　"如果那两个字没有颤抖

　　我不会发现　我难受

　　怎么说出口

也不过是分手

如果对于明天没有要求

牵牵手就像旅游

成千上万个门口

总有一个人要先走"

熟悉的旋律从台上响起，顿时将叶阙的记忆拉回到现实。居然是陈奕迅的那首成名曲《十年》，叶阙闭上眼，一时也没去想为什么宋佳佳和丁薇去趟洗手间这么久还没回来，仅仅是久久地沉浸在了这首熨帖人心的老歌里。

"怀抱既然不能逗留

何不在离开的时候

一边享受　一边泪流

十年之前

我不认识你　你不属于我

我们还是一样

陪在一个陌生人左右

走过渐渐熟悉的街头

十年之后

我们是朋友　还可以问候

只是那种温柔

再也找不到拥抱的理由

情人最后难免沦为朋友"

听到那句熟悉的"情人最后难免沦为朋友"，叶阙免不了一番伤怀，可能真就像那句话说的：人一切的痛苦，本质上都是对自己无能的愤怒。

她轻叹了口气，忽然间又意识到这个声音在哪里听过，不对，应该说是，很耳熟！

"将这首歌，送给一位我曾无法许诺未来的人。"那个嗓音犹如低音炮的男音顿了顿，再道："叶阙，我回来了。"

是他？叶阙瞪大眼，猛地向舞台看去。同样的位置，同样的暖黄光线下，赫然坐着的是那个少年时代就有绰号高岭之花的男人，也正是这朵冷峻不可方物的高岭之花，当年以近乎燃烧的姿态夺走了自己的初恋。

她叹息，起身就要离开，可一双脚却好像被地面牢牢黏住了。明明都过了这么久，明明都应该已经没有悸动，但是为什么在对视的那一刹那，什么久违的东西又好像从寂灭里跳了出来，将这无情流逝的岁月一把火烧了个分明。

六年了啊。她微阖目，听见心底的有个声音在说。

随即便是四下响起的起哄声、鼓掌声还有偶然经过的路人吹口哨的声音，那些声音一下子就将原本文艺的酒吧气氛推向了高潮。

但她却并不习惯这样，但那个人好像偏就要这样，甚至还在她的分神间，安排人摆上了一盆胖墩墩的带着细小白绒刺的绿色仙人球。

……竟然是雪光。

她闭目，想不去理会那些突然出现的该死的情绪，索性推开那盆名叫"雪光"的仙人球起身就要走，奈何脚步刚要迈出去，胳膊就被人用力拽住了。

"叶阙，这就是你欢迎我回来的方式吗？"男人居高临下地看着她，一双漂亮的黑眼睛一如多少年前，但是，从来没有人能赢过时间的不是吗？

叶阙低头，垂眸，最后抱起那盆仙人球，努力冲他挤出个笑，"那么邵航，谢谢你把它送回来。"

"你觉得，我来就是为了把雪光送回来？"名叫邵航的男人自嘲一笑，但动作上依然没有丝毫要放她走的意思，甚至将她拉在他身边坐下，一字字道："既然是谢，那就应该有诚意，不如先看看再做决定。"

"什么？"叶阙僵硬着脸，顺着他的视线很快在那仙人球的土壤与花盆的接缝处，看见了一张立插着的不起眼的卡片，她心中一震，却是说什么也不愿翻开那卡片了。

"在你最后一个通知我说你要出国的那天，我们的感情就已经结束了！"她努力压抑下嗓音，肩膀微微颤抖着。

"所以我才要带着它来。"邵航牢牢抓紧她的手，仿佛生怕她真就会跑了一样，"比起现在的你，我还是更怀念当初那个追我的你。"

"你够了！"也许是年少的糗事让叶阙原本坚硬的内心有了一丝松动，又也许是那张神秘又普通的卡片，终于叶阙显得不再那么抗拒了，她深吸了口气，重新将视线对上男人深邃的眼眸，"邵航，我已经长大了，不再是当初那个可以什么都不管不顾的小女孩了。"

"我知道。"男人点头，"但是我也长大了，所以这次换回我追你了。"

"……"

这一刻钟以前，这间酒吧只是她追溯回忆的地点，但一刻钟以后，这里却好像成了她驶向未来的起点。

叶阙苦笑，片刻里却是找不到话说。可能缘分是这个世上最稀罕又最不稀罕的东西，稀罕的是它尚未发生，不稀罕的是它早已发生。

奇怪的是，这两种发生都聚集到了面前这一个人身上。

"有句话，我一直想问你。"终于她还是说话了，此时周围的气氛也总算静了下来，就像是看一场戏，当一切已尘埃落定，看客们就自然会离场一样。

"你说。"邵航皱眉，看她将那张卡片握在手里，迟迟不肯翻开。

"如果当时你知道有天要回头，那你还会不会走？"她看着他的眼睛说。

那话就像是劈开时光的一把利斧，直插进了还站在岁月那头的少年的心里。可惜没有回答，就像是多少年前没有得到过的那个答案一样。

"其实你不说，我也是知道的，"叶阙黯淡一笑，将面前的清酒抿下一口，"对那时的你来说，学业和前途，远远比我重要。即使让你重来一次，结果也还是一样。对不对？"

"是。"许久，他在夺过她手里的酒杯后终于承认，"因为我是个男人，如果我连我自己的未来都无法承诺，那我又拿什么给你承诺未来？女人或许只要有爱就可以，但是男人不行。"

他用力攥着杯子，明明没有喝酒，嗓音也仿佛沾着酒气，"所以那时我不能后悔，不论你理不理解明不明白，不论我多少次在梦里看见你站在茫茫人海中找不到方向我都不能。"

六年，迟到的那句答案是不能。叶阙看着他，只是看着，风在后海轻轻地刮，将落叶卷进了酒吧，服务生一脸抱歉地替他们关上推窗，那动作的声响有些大，更愈发显出他们相视无话。

"我该回去了。"叶阙起身，自始没有翻动那张卡片，邵航看在眼里自不会就这样让她走。

"叶阙！"在追着她的步伐匆忙离开酒吧后，邵航索性替她将卡片翻开了。昏暗的路灯下，那卡片夹着的照片也像是被染上了岁月的颜色，其实这不过是一张再普通不过的，由低像素的手机拍摄的仙人球开花时的照片：

几朵橙色的花簇拥在一起，就像是一顶小帽子戴在圆球状的仙人球的头顶，更显得那胖墩墩的仙人球憨厚可爱。

——竟是手里这盆雪光开花的照片！

"这种仙人球的名字叫雪光，知道我为什么要把它送给你吗？一来嘛，这仙人球它可以防桃花；这二来嘛，仙人球开花是代表着罪过得到原谅，所以，如果有一天我不再原谅你了，邵航，你一定要等到雪光开花，只要雪光开花了，不管任何事，我一定都会原谅你。"

年少时代的承诺隔着遥远的光阴，隔着人山和人海，从萧瑟的秋风中一字字传来。叶阙握紧手心，片刻间几乎要被这汹涌又浩瀚的时光洪流卷走。

唯有那时的稚气和勇气，才敢承诺下这样天真的话。这样的天真她或许再也不会有了，但是那样的疯狂和偏执，毕竟曾是她平生第一次想交付一人的真心。

如果再让她选一次，或许，她也还会像当初那样。只是，可笑了这张所谓开花就能赦免一切罪过的免死金牌。

"你这次回来，是想要我兑现当初的承诺吗？"她停下脚步，视线从照片上转到邵航那张依旧让人移不开目光的俊脸上，"可我如果不答应呢？"

岁月太长，他们中间横着太多的东西，不单是光阴，不单是五年感情的凌江，还有太多太多细碎的事，就像那件可能永远也不会再重新缝上的衬衫纽扣，就像是那条当时他们没有走完的路。

"那我们不如打一个赌，怎么样？"邵航松开她的手，像少年时代那样，用中指弹了下她的额头，"赌你会重新爱上我。"

"……"

　　回到公寓后，叶阙在将雪光偷偷搬到阳台后，便很快去洗澡睡觉，只是对见到邵航这件事绝口不提。她的反常让一脸严阵以待的宋佳佳越发难安，她清楚像叶阙的姑娘越是大的事儿，就越会表现的没有事儿。

　　而现在的表现，甚至已经超越了大事这个标准。想当年叶阙和邵航的那段情她其实也算是知情人，因为来得太炙热，结束得太忽然，所以她心里一直都挺替他们可惜。但是可惜归可惜，若不是凌江那个渣男，她又何须用这无异于饮鸩止渴的办法？

　　是的，这六年里，其实宋佳佳一直都和邵航保持着联系，当然这种联系纯粹是朋友间的，甚至连她自己也觉得就像是他们二人间的一条纽带。不过叶阙对此一无所知，一方面是叶阙拒绝听到邵航的消息，另一方面也是邵航一再地嘱咐。

　　所以有时候她也觉得，其实邵航和叶阙才该是一对，因为他们的内心里有彼此的影子。至于说叶阙和凌江，则更多的像是那种温水煮青蛙的感情，一点点沁入彼此的生活，从追求到好感，从好感到喜欢，再从喜欢到习惯，最后变成生命的一部分。

　　人要割舍一部分的生命自然是很难的，那种很难她没有体会过，但她从叶阙当时的那声失望里可以感受到，就仿佛是，无孔不入的悲伤。

　　因为所有的爱都融化到了生活的细枝末节里，所以连结束也像是一场平淡的谢幕。再年轻的心也有激情退去的时候，但邵航和叶阙的分离，却是在他们感情最浓烈的时候。

　　没有伏笔，更没有悬念，是硬生生斩断的记忆。

　　梦里飘来雨水的味道，混着校园里的古木香，让整片肺叶都沉浸在一种往事的回溯中。叶阙皱着眉，不知道自己怎么又回到了这里。

　　这是所有故事的原点。

　　好多年了，许多事都快要记不清了。但偏偏这一幕却是记得最清楚。那是一个阴雨天，雨水将校园里的栀子花打落凋零，她独自站在拥挤的走廊上，仿佛看见了无数的剑影刀光——

那来自他们面前的战场，每个青春的他们都必须要经历的名为中考的战场。

她深吸了口气，当她再次睁开眼时，一名穿着白衬衫身姿挺拔的少年踏入了她的视野中，他的手里并未拿任何资料，唯独有一把暗格的折叠雨伞，仿佛那把伞就是他的刀光。绿意掩映的走廊尽头，他修长的手指不紧不慢地收拢雨伞，雨水沿着伞面滑落，在球鞋边形成一个小小的水洼。

那一瞬，少年离她很近，世界离她很远，呼吸也变得清晰可闻。走廊外，蓝紫色的闪电从滚滚的墨云后劈下，像要照亮千军万马中唯一从容的他。不知怎么的，她的心就安定了下来。跟着预考铃声准时响起，似在启奏这一场命中注定的相逢。

那时的她不会知道，她之后的一生都会因这一瞬而不同。

Chapter 3　他回来了

Chapter 4　梦里不知身是客

十七岁以前叶阙是个典型的乐天加行动派。虽然即使这样也无法掩盖她倒追邵航战况惨烈的事实。在南康市重点十四中，邵航是校草级的人物。

所谓校草，往往都是极难泡的，何况是这种五星面瘫的校草，哦不，用面瘫来形容或许都委屈了面瘫二字，因为当时的邵航岂止是面瘫，简直就是面瘫中的战斗机！

但，就是这么一个沉默寡言又面部表情缺乏的少年，谁会想到在他得知那个无聊的笑话——A班某男生夜晚在宿舍分享"鉴美心得"，八卦地将全班女生从一到末排了个号，而叶阙只堪堪排了个4之后，忽而很难得地笑出了声，说，叶阙么，她哪里好看了，不就是鹅蛋脸，皮肤水灵了些。

向来不谈及女生的邵航居然也会注意到一个女生是不是鹅蛋脸，皮肤水灵不水灵，这简直就是当时男生中的一条爆炸性新闻，不过男生间的秘密毕竟也止于男生，所以就怪不得叶阙在很长一段时间里，都不知道自己曾经被男神青眼过了，因为……

除了以上的这些评价，这位实际上还是一株闷骚的校草啊！

在如同撞了大运和男神同桌后，叶阙没有想到这株闷骚的校草对自己说的第一句话是：叶阙，你是笨蛋么？这么简单的圆锥曲线都不会？

如果忽视那张好看的脸，叶阙接下来的反应铁定就是要掐死他。又一转念，想到男神居然也会毒舌后，她心里的某片小天地好像又撑开了点。

原来他不是不说话，他只是懒得说，叶阙心想。

老实说，她也不是真的笨，她只是和许多人一样没搞明白那如幽灵般的高数，就如同没搞明白坐在身旁的他。似乎并不如何认真，但偏偏就是能得到年级最高分。真是让人……羡慕嫉妒恨！

可这个世界上从来就不存在真正完美的事。

那是一个傍晚，空荡的教室只有他们两人。教室里很静，能听到风扇在头顶沙沙旋转和自己将圆珠笔不断弹起按下的声音。叶阙托着脑袋想，这天并未轮到邵航值日，怎么早已放学的他却迟迟不离开座位呢？作为同桌，更作为一名重度的颜控患者，叶阙不免表达了自己的好奇。

"男神，还不走呐？"在和邵航相处了一段时间以后，叶阙总忍不住想欺负一下这张好看又总是没什么表情的脸。

没人应答。

又是这样，真无趣。她在心里想。

"你不是也没走？"停了停，没想他居然难得地回话了。

"呃……"敢情男神是要邀请自己一起走？不得不说，当那漂亮的黑眼睛望过来的一瞬时，她的脑袋是当机了。

"我走了。"

"……"

起身，邵航利落地拿过书包，留给了他一个潇洒得有些萧索的背影。

这到底是个什么样的人呢？叶阙想着，心血来潮地决定跟踪他。许多年之后，叶阙知道这一举动是个错误。因为每个人都有秘密，但所谓秘密，其实就是那些不愿意说出口的事。

事实上，在最初得知自己和中考时遇到的那位帅哥分到同一个班级时，叶阙就含蓄地和班里的女生参与了对这位男神的讨论。但遗憾的是，讨论在得知男神是高富帅以后就终止了。

从某种意义上说，有时候故事就是该断在一个戛然而止的地方的，因为再去深究结局往往就会与理想背道而驰。但对叶阙来说，就在这傍晚，在某个被路灯拉长的街口，她突然意识到哪里出错了。

或许因那沉默的面庞突然松动的表情，或许因那相似面庞上漂亮又深邃的目光，当衣着邋遢的中年男人从摩托车后座里拿出一盒压皱了的蛋糕时，她认定了这种想法。

灯光照不尽的暗处，烟头在男人的指间明灭，护栏的阴影将二人覆过，像把往事拆成一格一格。

这天是邵航的生日，叶阙突然间想起。但面前的人显然没有想过生日的意思，或者说他甚至没有要同男人讲话的意思，仿佛一种惯性驱使把蛋糕盒生硬夺过后，就狠狠将它摔在了地上。

"我早就不吃这种东西了！"这是冗长的沉默里，邵航对男人说的第一句话。

马路那头，叶阙将这一句话听得分明，但绝没想到邵航在说完这句话以后会直直向她望来："看到了吗，我现在也有女朋友了！"这是第二句话，叶阙怎么也没预料到的一句话。

在说完这句话后，邵航果然就向她走了来。忽然间她有种手不知道应该往哪里放的感觉，但显然，邵航并没有理会这点，他甚至也没有对刚刚的那句话作任何的解释，只是沉着一张俊脸径直走到了跟前才问："叶阙，你真当自己是柯南？"

她不知道应该怎么答。半晌，才挤出一句："男神，生日快乐。"

话音落，方想起自己空着一双手。

"我送给你一个秘密吧。"又像想到了什么，她指了指远处那盒被摔碎的蛋糕，心里有些空，眼神又有些亮，"有爸爸记得生日，真好。"

话语里意有所指，一直未曾回头的邵航却皱了皱眉头。

"走吧，我送你回家。"许久，他说。

多少年后叶阙回忆起这一幕，总记得林荫道上不住有绿中泛黄的梧桐叶飘落，那是一段很远的路，他们并肩走着，一句话都不说。

多少年后她把它解释为青春的寂寞，但她心里明白，那其实并不是寂寞，是求而不得。

叶阙自知邵航的那句女朋友是权宜之计。但是可能所谓初恋就是这样，明明知道有些事未必有结果，但依旧拼命地想要去追求。

在那个时候，邵航和几乎所有的男神一样，都是校篮球队的主力。在那件阴差阳错的事件后，叶阙时不时就会去邵航他们的训练场地打个酱油。邵航看在眼里，嘴上当没事。他当没事，自然叶阙就也装没事，不过是会笨拙地存下一周的零用钱，然后在他们每周训练时气喘吁吁地抱着一整箱矿泉水去看他们。

那时叶阙还是生活委员，所以每次被问及时，她都会准备充分地回答说这是班费支出。话既是从她嘴里说出来的，自然也就没有人怀疑。倒是邵航每次在接到她递过来的水时，看见她闪烁的目光还是猜测到了一二。

"放学后在学校旁边的奶茶店等我。"某天下课时，邵航一脸没表情地对叶阙说。

十四中附近只有一家奶茶店，因为才开业不久，又是刚刚从台湾引进内陆的新鲜饮品，所以很受学生们的欢迎。叶阙也不例外，再加上邵航的关系，导致整整一个下午，她都没心思上课。

后来好不容易挨到放学，又等到同学们都走光了，她才偷偷摸摸从后门溜了过去。她到时天已经黑了大半，邵航站在奶茶店的门口手拎着一杯奶茶，另只手里自己的那杯已经空了。

"以后不要再去训练场送水了。"这是邵航将奶茶递过来时说的第一句话，"还有那次那个女朋友，我只是想用来气我爸的。"没有停顿，他继续说。

"我知道。"尽管早就猜到他可能会说的话，但在听到的那一瞬，叶阙的心还是狠狠地颤了下。她用力戳破奶茶的塑料膜，声音瓮瓮的，"你要是不喜欢，你也可以不喝啊。"

"……"

"你这个人怎么可以这样。"半晌，邵航才将她拽了出来，毕竟他这种校草级别男生哪怕站在离学校有段距离的地方，路过的学妹们还是会多看两眼的，更何况他旁边现在还站了个女生。

"我喜欢是我的事，你拒绝是你的事。"叶阙大声地吸了口奶茶，一双含了水汽的眼睛抬起来看他，一副倔强委屈又强词夺理，"再说了，我又不影响你。"她末了小声说。

"就这样还敢说不影响我？"邵航原本想忍，但听到这终于还是没忍下来，"整天整天地在我眼前乱晃，一个趁我不注意就把我手表调慢一刻钟害我上学差点迟到，中午午休的时候在我水杯里放橘子，最可恶的是，你居然在我课本里写你的名字……"

邵航越说越激动越说越靠前，本来二人离着还有些远，到最后几乎就成了鼻尖对着鼻尖。倒是那时叶阙看着那张俊脸近在眼前，也不知道怎么想的，头脑一热对着那开阖的好看嘴唇就是吹了口热气。

邵航一愣，想他虽然从小就被各种女生爱慕，但这样被人明目张胆调戏的，还真是头一遭。于是恼火间索性就将她的下巴擒住了，此时的天已经完全暗了下来，漆黑的校园边，只有一盏旧路灯发出暖黄的光线，他们站在光束的圆心中，愈发显出这张被他抬起的脸蛋肌肤细腻如凝脂，"叶阙，你要记住了，是你先招惹我的。"他恶狠狠地说着，低头用力吻了下去。

那一瞬可能连他自己也不知道自己究竟做了什么，就像那时的叶阙也完全没预料到事情会这样发展一样。她只记得到最后他舌尖的奶茶味过度到了她的舌尖上，那是巧克力的味道。

她一辈子都不会忘记的味道，就像是初恋的感觉，有些苦，又有些甜，最后分不清楚了。

在那个莫名其妙的吻之后，叶阙和邵航的关系果然也变得匪夷所思起来。那种感觉就好比两种惰性的化学元素在加入了催化剂之后开始起反应，虽然并不知这种反应是好是坏，但可以确定的是这种反应一旦开始就无法再停下。

也是在这段时间里，学生之间好像忽然就流行起了一种新的娱乐方式——泡网吧。对绝大多数人来说，那时上网的目的就是为了聊天和玩网络游戏。

叶阙不甘落后，立刻也学人想注册一个QQ号，可没想到注册一个QQ号也会那样麻烦。但那时就是这样，尽管没有微信，没有语音，甚至连QQ的头像都不能自定，也依旧觉得一切都好新鲜。

"这个号你拿去用吧。"某天下课的时候，她忽然发现自己的笔袋里多了一张手写的纸条，纸条上是一个六位数的QQ，至于那熟悉的利落行书体则显示着它来自邵航，但邵航怎么知道她要申请QQ的呢？这真是一个未解之谜。

又于是为了解谜，叶阙在放学时去了趟学校门口的网吧。想那时学校附近就一个网吧，去晚了自然就没有位置。在终于抢到位置打开电脑后，她紧张又兴奋地点开聊天工具，却在第一时间傻了眼。

原来邵航给她的QQ里还加了另外一个号，那另外一个号竟然也是……邵航！

没有符号没有标点没有非主流，只有简单两个字的昵称：邵航。他的头像是最经典的企鹅，企鹅的头像是亮的。

叶阙心里一热。下意识也将自己的昵称改成了叶阙，心细的她更发现这两个QQ号竟是同一时间注册的，只差了一位数字的尾号。

邵航的是1，叶阙的是0。

从尾号的排序看，邵航是将那个先注册的号给了她，或许是无心或许是有意，总之这一举动让那天的叶阙心情大好，甚至立刻就向对方发起了一个聊天窗口，但是应该说些什么呢？她纠结着，脑中忽然想到了一条，于是道：

"邵姐己，咱班周末爬山你去吗？"一句简单的话因她蹩脚的输入速度打了好半天，但可气的是，她好不容易敲完这段后，另个更想问的问题又冒了出来。

但是，对方明明在线为什么不回复呢？她盯着那只企鹅，执着的目光简直像要将它看出个洞来。她将手握成拳头，几次松开又紧，好不容易决定要问了，那边的回复终于姗姗来迟：

"去。"

一个字简洁得不能再简洁，但她觉得一颗心好像扑通扑通地都快要跳出来，在将那个回复反复地确定上三遍以后，她终于还是敲下了那个心底的问题。

"邵姐己，咱俩这样算是在一起了吗？"

有些问题原本一直觉得是无解的，但在那个莫名其妙的kiss以后，好像又觉得一切有希望起来，而且如果只是隔着这笨重的屏幕的话……

　　但可惜没有回复，好的，或者坏的回复。就在她快要放弃的时候，一声喊着她名字的磁性嗓音突然从楼上传了过来，她猛地抬起头，果然就看见了隔着人群向她望过来的邵航。

　　"走了，下机回家。"他看着她的眼睛，表情像是个大人。

　　后来很久，叶阙也没忘记当时的情形，就仿佛做梦似的人就忽然从屏幕里跳到了现实。至于说那个问题的答案，邵航在这以后很久也没有回答过她，但在他离开以后，她曾无数次打开那个号码相连的六位数的QQ，总无一例外的发现那只以他的名字命名的企鹅真的就再没有亮起过。

　　正如那年的世界，缺了一个人，忽然间就好像变得好大。

Chapter 5　此间年少

　　十四中高二（8）班的班级活动定的是去禹山，时间是12月25日圣诞节，再加上连着的周六日，刚好有三天的假期。叶阙记得那是他们高中时代的倒数第二个圣诞节，也是和邵航一起度过的唯一一个圣诞节。

　　对于像六一这样的节日都嚷嚷着要过的叶阙来说，圣诞节自然更要重视了。换上了厚厚的羽绒服和雪地靴，叶阙挥别在家里做着大扫除的单身妈妈，背上塞满了零食和衣物的书包就跟同学们一起坐上了去往禹山的大巴车。

　　从十四中到禹山需要将近两个小时的车程。叶阙从小就晕车，所以在上车前早早就吃好了晕车药。因为去得太迟，所以坐到了最后一排，谁想邵航那天比她还迟，几乎到了司机师傅即将开车才姗姗来迟。

　　倒是他一张俊脸恭恭敬敬地对司机师傅说了声：对不起司机大哥，我来迟了。直接就让那位一脸焦躁的大叔无视下那句来迟，且感慨了句：年轻就是有迟到的权利啊。

　　那句感慨来的何其莫名，但对那时的同学们来说感慨更深的却是：这真是一个刷脸的世界啊！

　　邵航上车后，径自就走到叶阙旁边坐了下来。叶阙看着一副单薄穿着的他正要说话，谁想又被他先开了口："你穿成这样，是生怕别人不知道你是属熊的吗？"

"……"

为什么每次都是这个家伙先一步堵了她的退路？她很想明白，但又搞不明白，于是只好撇过头不说话，但她心里其实是想说的，比如想问问那盒蛋糕到底是怎么回事；比如想知道他今天为什么来迟；再比如想知道他身上所有的故事。

但她还是忍住了没问，就像她固执地认为他有天会告诉她一样。但有些事可能就是这样，错过了就是错过了，想那时她正青春，并未来得及思考以后。

至于现在，邵航见她不说话索性也闭目养神起来。于是二人一路无话，直到目的地抵达。因为是集体活动人员太多，所以指导员索性让大家自由活动，只嘱咐说晚上七点半需到达指定地点集合即可。

意见一出，全票通过。

叶阙和邵航自然属于那全票里的一员，但不同的是，邵航表现得似乎并不那么踊跃，甚至在大家都兴冲冲地向禹山的景点奔去的时候，他还慢腾腾地走在人群的最后。

默契似的，叶阙也走得很慢，直到再看不见其他同学。禹山上的景点挺多，用高中地理课本上的话讲是旅游资源的集群。基于此，才发展成了他们现在所处的禹山岭镇——

一座依半山腰而建造的岭镇。

禹山的岭镇热闹又繁华，服装、餐饮、KTV、宾馆，网吧等等不一而足。叶阙穿行在其中，看着一张张陌生的面孔，心中不由升起一种仿佛来到了另一个陌生城市的感觉；在这个陌生的地方，唯一熟悉的只是身旁的那个挺拔的身影。

虽然这个身影的主人很沉默，甚至比平时还要沉默。但这个世上的沉默就是这样，最后不是爆发，就是灭亡。于是邵航的沉默爆发了，虽然爆发的的确不是那么合理。因为他……打了个喷嚏。

"明明知道今天降温，还穿那么少出门，你是笨蛋吗？"叶阙看着他浅灰色运动服里只简单套了件羊毛衫，一副无奈地说。

听她又开始乱学自己的口气，邵航刚要说话，没想又打了个喷嚏。"据说连打两个喷嚏是有人想我。"他淡声道。

"那连打三个呢？"叶阙忙追问。

邵航挑了挑眉毛，"那是感冒的征兆。"

"……"

要是让人知道连邵航这样的冰山男神都开始学人讲冷笑话……叶阙不敢往下想，抬眼间却见一片雪花应景似地就从天上落了下来，接着越来越多，就仿佛天上的云朵都变成了白色的羽毛，将这座山中小镇笼罩上一层浪漫的接近永恒的色彩。

"下雪啦！"街道中传来游客兴奋的叫喊声。

"下雪了呢。"叶阙喃喃着，南康城很少会下雪，所以每一次下雪，城里的孩子们都当是过年。"不如去看看衣服吧。"她想了想，忽然提议说。

和大部分男生一样，邵航天生对浪漫这件事就不敏感，于是他点点头，默认了后面的话。叶阙还从没有跟男生一起买过衣服，所以更新鲜地跟在了他的后面。

大概那个时候连他们也没有思考过为什么好不容易去一趟山里不去景点玩，反而选择了最寻常的服装店。很久以后邵航曾对宋佳佳提起过这件事，他说跟她在一起的那些时光，他好像忽然间就明白了浪漫究竟是怎么一回事。

那是无关时间，无关地点，只关乎你身边的那个人。

但此刻，年少的他们正被另一件事打断了思路……

原来，就在叶阙提议说要去逛男装店的不久后，居然一个不留神目光盯在了一家花哨的内衣店上，于是就有了接下来的一幕。

"Angel文胸圣诞五折起，帅哥给你女朋友买一件吧，加上同款的内衣会更划算哦！"看见帅哥两眼放光的推销小姐直接无视了叶阙，随手拿起一件黑色有蕾丝边的文胸就走了过来。

叶阙："……"

邵航："她应该是70A吧。"

叶阙："……"

"你这是什么表情，难道比我说的还要小？"就在叶阙逃一样跑出内衣店后，快步走在后面的邵航难得地笑出声来。

"叶阙你真是个笨蛋呢。"他抓住她脑后的马尾，魔障似地就将那根皮筋一把扯了下来。被漫漫大雪笼罩的小镇里，他看着那线条灵动的黑发散下来飘过她白皙的脸庞，电光石火间脑中竟跳出了句雪肌乌发。那一瞬，四下像起了光，仿佛身体里所有的感觉都重新活了过来。

面前人只是瞪他，一副想骂他又好像不知从何处下手的模样。

"女人果然是奇怪的动物。"他垂眸，顾自地想向前走，又听见叶阙的声音响在身后的风雪里。很快，他感到脖间一重，正要回头，就听那个清脆的声音用大胆的语气道：

"戴上它，你就是我叶阙的人了。"她嘴里哈着白气，小巧的鼻尖也被冻得红红的，可不知道为什么在发现原来那是一条浅驼色的羊绒围巾后，他的脚步再也挪不动了。

"其实我……"他吸了口气，想要说什么，但话到了半途还是咽下，"我今天出来得比较急。"

"我知道，"面前的小人儿踮起脚，将那围巾又摆弄了一下，"不然你也不会穿这么少，是又跟你家里人吵架了吧？"她后面的那句很小声，像随时会被风吹走。

但偏偏是这再普通不过的一句关心，让他的心就这么莫名地疼了一疼。"叶阙，你以后不要再轻易地对一个人这么好了，知道吗？"

"所以你的意思，就是我只许对你一个人好咯？"她故意曲解他的意思，猝不及防间嘴唇已贴近他的耳朵，"要是这样的话，那我就勉强答应了！"

话说完，她便飞快跑开，"就这么说定了啊！"

那个清脆的声音转瞬淹没在风雪里，邵航看着她呆立了一阵，将脖间的围巾攥紧了，很快追了上去。

那个圣诞节，他没有送她礼物，她一直记得，但她不愿意去回想。可她不知道的是，他并不是忘了，也不是不想，而是没有寄出。

就像少年时的那份承诺，最不能说出口，才最能压在心头。

年少时叶阙从没想过有一天会跟邵航分离，许是未来太远，她还看不到那么远的以后。但后来她终于知道，那不过是因为他们从没有真正地好好在一起过，所以才会有那么多的不甘心。

是的，不甘心。

高二到高三的分界点是从桌角上的黄冈密卷以几何数增加开始的。就在叶阙以为自己总有一天要淹死在试题的海洋里时，意外地在邵航的桌子抽屉里发现了一本牛津字典和雅思真题。

原本像邵航这样的学神有这种高大上的试题也是可以理解的，但错就错在她在看见了那本真题后，一个顺手就要打开。

"没人教过你不要随便翻别人的东西么？"手指已经触到了那个奇怪的硬页，但邵航的声音却在此时飘了过来，她一个激灵，手中的试题集就这么落了下去，露出里面信封的一角。

"我……"她嗫嚅着，眼神却不住地向那封底那蓝红条纹的信封瞟去。

"作业不是宋佳佳收的吗？她人呢？"邵航沉着一张俊脸，顺手就将那信封重新推回试题集里，就仿佛是对待那些不时会收到的情书一样。

"以后不要再乱翻我的东西了。"末了，他又道。

那是第一次他以这种陌生的语气对她说话，她有些无措，但还是对他吐了吐舌头一副没放在心上，但可能所谓不安就是这样，越是想要隐藏，就越是欲盖弥彰。

可她没想到它会来得这样快，且这种快是从她的好友宋佳佳口里得知，所以那种感觉又变得格外的不同。

事实上，宋佳佳当时也并没有告诉过叶阙邵航即将出国的事，是叶阙自己无意偷听到，所以说一切大概只能感叹一句造化弄人。

但显然这个造化的始作俑者并不知情，所以又有了后来的一幕。

"邵航我们来玩一个心理测试吧？"那天放学的时候，叶阙忽然推开桌角前那摞得高高的黄冈密卷集，一把拉住了他的衬衫袖。

那时的节令刚过春分，但天还是冷得出奇。邵航穿着单薄的藏蓝色羊毛衫站在玻璃窗前，一张俊脸转过来简直能将风景都衬成了背景。

"你知道，我从来不信这个的。"他摇摇头，拍了拍她面前那堆厚厚的黄冈试卷，"相比起来，至少它还可信一些。"

"我、佳佳还有薇子已经决定考北京的大学了。"叶阙望着他，只等着他说后半句话，可惜——

"加油。"这是沉默长达半分钟以后，邵航给出的回答。

而这，就是他对他们这段模糊过暧昧过的感情给出的最正面的回答。在他人生那遥远的未来里，他的预设中从来没有她。

那么决绝的，那么客气的，像是一个萍水相逢的朋友。

"叶阙，我要出国了，对不起。"终于，他还是说了。

那是他最后跟她说的话，叶阙很清楚地记得那三个字，对不起。其实他为什么要说对不起呢？他有哪里对不起她呢？他从来，从来也没有哪怕一次认真承认过自己是他女朋友的，不是吗？

但为什么就是这样，她的心也依然痛得不能自已？就好像有什么重要的东西从这一刻起从她身体里狠狠抽离而去，那种力量大过了她自己，大过了即将到来的高考，甚至大过了今后的无数岁月。

很久以后，她把这解释为命运，正是命运让我们相遇，又让我们分离。

Chapter 6　人生何处不相逢

　　叶阙醒来的时候床头柜上的闹钟正好停在九点半的位置。这个时候宋佳佳已经早起去她的时尚杂志社上班，租来的公寓里空无一人。

　　她看着飘窗上被风吹动的米色提花窗帘，忽然心生恍惚，甚至有种想去翻日历的冲动，被她的职业病所赐，比如说这一刻她会不会已经重生回了十年前之类……

　　但很快，真丝枕套上泛滥成汪洋的泪痕还是提醒了她这不过是一场梦的残酷事实。她手扶着昏昏沉沉的额头，想自己昨夜似乎是23点睡下，那么粗略计算这个梦应该是做了10个钟头又半个小时，她叹了口气，想这岁月真远，远到以为早已经忘了的，偏偏到了梦里又会记得。

　　她愣了愣，半天才想起手机被压在了枕头底下，于是忙拿出来检查屏幕，又看见昨天头脑清醒时居然还理智地设了一条日常提醒：

　　努力找工作。

　　原来这才是生活，不论你想不想，愿意不愿意，日子都得过下去。

　　这一年是她离开大学校园开始北漂生活的第三年，或许不如想象里的好，但也未必比想象里的差，一切都好像回到了原点，像一个被命运这个巨大的官方扭曲的圆。

叶阙行走在这个迷宫般的圆里，虽然混沌的时候多，清醒的时候少，但此刻她知道自己必须得清醒了，没有男人，或许还可以活，但是没有工作，那就等于是没有生活。

在朋友的介绍下，她很快就去了一家规模据说还不错的出版社应聘，相对于自负盈亏的出版公司，出版社总是要难进一些。叶阙资历足够，却怎么也没想到会栽在一个小姑娘手里。

"徐姐怎么介绍了一个85后的老女人给我！"这是叶阙面试前在洗手间里不小心听到的话。

85后的老女人……

不消说她心里登时便火冒三丈，就说她后来反应过来的那个句子里最后的宾语"我"，更是直接让她给那里发了黄牌。

但事情终究不能就这样不了了之，于是叶阙痛定思痛，决定先花钱去做个美容。不是有那么一句话么，外表是中考，内在才是高考，可如果不通过中考，你就连高考的资格都没有。想她叶阙从前一直视美貌如敝屣，但现在看来，在这个浮华的社会绝大多数的女人就算视金钱如敝屣，都不会视美貌如敝屣。

可见，她从前的价值观被歪区得有多么严重，又倘若不是她终日清汤挂面不施脂粉，想必凌江最后也不会出轨，当然这仅仅是她臆想出来，但世上的真理是，不论哪个男人都愿意身边站着的是位光鲜亮丽的女人，哪怕这个女人其实并不如何美貌。

但她纵有一副好皮相也总是铁公鸡，总想着不如先凑合吧等以后就好了，结果……没有以后。

她在心里重重又叹下一口气，算是为过去的自己缅怀，同时拨通了宋佳佳的电话。

"哎哟我去，你这棵万能铁树也会开花，居然想通了去做美容了？"宋佳佳捂着电话，声音似是从嘈杂的办公间传来，"什么？要让我给你推荐一家，那当然是京城头号的维纳斯了！你等等，让姐们儿给你找会员卡，你报我的号可以打九折……什么，又不用了？！"

"对，不用麻烦你了，"叶阙闭上眼，索性不去想去这一趟银行卡里要被划掉几个零，只是努力将注意力集中在今天那张让人血气上涌的年轻女人的脸上，"我决定自己办一张。"

"冲着你这决心，姐们儿也得再送你一套化妆品不是？！"宋佳佳在电话那头喷了喷，忽而话锋一转，"不对啊，是不是出什么事儿了？"

"没事，就是……想通了。"电话这边，叶阙将手心握紧又松开，"人总得为自己活着，因为除了你自己，没人能为你的前途负责。"

收了线，叶阙按照宋佳佳发来的地址乘坐地铁2号线，终于在半个小时后到达了维纳斯美容院。

在古罗马神话中维纳斯是爱与美的女神，显然维纳斯美容院也是立志突显出这一特征，是以整个三层楼的装修风格都是既复古又华丽的北欧情调。

叶阙一直很喜欢这种调调，实在所有的建筑装修风格里，它的造价最贵。事实上，叶阙入行以来一直都幻想自己有朝一日能成为全京城最贵的编辑，虽然现在看来这恐怕连幻想都说不上，这简直就是……嗯，妄想。

但不管怎么说，人有追求总是好事，因为人有追求就不至于堕落。

所以如此看来，叶阙决定来做美容，其实也是一件转移注意力的良心选择。

而这间风靡全京城的头牌美容院除了收费不那么良心以外，其他的项目都十分良心。显然，这很符合头牌们的一贯风格，这让叶阙很放心。

所谓贵有贵的道理，好在她虽然付了大把的钞票，但还是额外附赠了一项泰国精油SPA。说实话，她对SPA什么的向来不太执着，但再是不执着的东西，也经不住人一再地在面前刷存在感，更何况这还是从天上掉下来的SPA。

所以她咬咬牙，愉悦地妥协了。

维纳斯的美容项目是可以和SPA同步进行的，叶阙为了图省事，索性让它俩一块进行了。但事后想起，她才知道原来命运在这时就已经埋下了伏笔。

为了追求成效，这一回叶阙很下血本地选择了美白嫩肤项目，众所周知在所有的护肤产品里，除了抗皱系列，美白系列便是最贵的系列，再加上人种的原因，所以绝大多数的东方女性和白皙这个形容词有缘的很有限。

叶阙作为这其中明显被开了外挂的一员，居然也选择了美白项目，只能从侧面说明她是被深深刺激了，不过她的表达方式比其他人相对冒进了一点，但世上冒进的姑娘从来不止她一个，童嘉悦就是其中一个。

童嘉悦的身份说来有很多个，但在这个故事里，最重要也最有说服力的只有一个，那就是她正是那位抢了叶阙男朋友凌江的小三，年方双十风华正茂的，叶阙曾经的情敌。

所谓情敌相见分外眼红，可惜现实的情况是，叶阙在做SPA前摘下了400度的隐形眼镜，是以对这位情敌的出场的确少了那么些防备。

但裸眼视力5.2的童嘉悦可不是，应该说从叶阙一进门，她的眼睛就开始在叶阙身上来回巡视了N+1遍，以至于那位替她按摩后背的小姑娘一度都在怀疑如果这俩人不是情敌，那么是蕾丝边的可能性究竟有多大。

童嘉悦当然不是蕾丝边，不过这并不影响此刻的她以一种近乎蕾丝边的品位审视着对面的叶阙，她甚至曾经疯狂地将其照片放大到25寸来研究过……

能让凌江这样优秀的男人足足痴迷五年的女人究竟是个什么样的？论身材，除了瘦大概还是瘦；论长相，说清纯吧，倒也还说得过去，但可惜从来不施脂粉，难显出出众的姿色；论气质，如果沉闷那也算的话？可能全身上下加起来就属白皙细腻的皮肤最为抢眼，果然这就是一白遮三丑的节奏么，但是她的美容项目好像选的是美白嫩肤？

她开始有点搞不懂叶阙了，她想可能凌江也一直未曾搞懂过叶阙，不过在这一刻，她又好像有点明白了。

因为小龙女，原本就是不那么好懂的。

甚至由于凌江无意中透露出的这个昵称，让她恨上了金庸的那本《神雕侠侣》，因为如果邵航是杨过，叶阙是小龙女，那么她自己又是什么？

她不敢去想这个问题，而在某一天电视上播出了新翻拍的《神雕侠侣》的电视剧时，她忽然意识到自己也许是李莫愁，因为只有李莫愁在得不到陆展元的情况下，才会偏激地想要干掉所有标有沅字样的商船。但她不想自己是李莫愁，毕竟这世上没有一个女人会愿意希望做一个哪怕倾国倾城的孤家寡人。

更让她紧张的是，就在叶阙知道她和凌江的事后，居然立刻就提出了分手并以最快的速度消失得无影无踪。在那段时间里，凌江每天着急地几乎要发疯，对她那自然就更没有什么好脸色。

是的，即使他们在一起，她也知道他心里装的那个从来不是她。他们也许以后会结婚，他们也许以后会有小朋友，他们也许以后会有很多的以后。

但那都不是爱，是回馈，或者说的更现实点，是交易。就像你看中一个包，必须得掏钱一样。对凌江而言她就像是那个包，所以他必须支付时间和精力甚至是习惯，但绝不是爱情。

不论他和她在夜里如何亲近，他对她在心里的距离都不会因此拉近一分，他就是这样理智的男人，也正是这种理智让他选了她，只因为她对他有用。

她其实也不甘心，但那又能怎么办呢？甚至连她的情敌都没有正眼瞧过她一眼，她平生从没有遇到过这样的对手，那句话怎么说来着，叫作不战而屈人之兵。

索性一下子就逃得远远的，也让凌江原本已经绷着的神经一下子就断了。

但此刻，这个可恶的女人居然安安静静地躺在这里做着美白面膜……她有种想放火烧钞票的冲动，至于说她为什么也在这里，因为维纳斯就是她家族的产业啊！

没错，她就是传说中的富二代，那种哪个男人若娶了她便能少奋斗十年的女人。可是，她并不快乐，起码没有看起来的快乐。

"这样就可以洗掉了吗？好的，谢谢。"叶阙礼貌又轻柔的声音从旁边传来，在听到那嗓音的一瞬间，她不得不承认，自己是输了。

"哎呀，对不起对不起。"多半是那地面太滑，叶阙当下一个不小心，差点整个人都栽在她涂满精油的裸露的后背上，等扶稳后看清是谁，才足愣了好一会儿。

这也是叶阙第一次正面与童嘉悦相见，整个过程比预想中少了一点火药味，却多了一分坦诚相待的意思。

……原来是C。

这是叶阙在清醒过来以后的第一个反应，于是她立刻就将自己的浴袍领口紧了紧，然后咽了咽喉头。其实这个时候她很应该说些什么，或者做些什么，毕竟就算是她上前狠狠给童嘉悦一个耳刮子，观众们也是乐见其成的。

实在女人间的撕逼虽然不好看，但至少是个高潮。但她并没有，她不过是谨慎地退后了一小步，然后扳直了腰，将双眸正视向童嘉悦，说："请转告凌江，让他不要再来找我了。"

铿锵话语落下的瞬间，就连那个搓背的小姑娘也感觉到了局势的逆转。就像看一场精彩的足球赛，虽然前锋自上场以来一直都在摸鱼，但到了关键的时刻，他一记冷静射门，随后稳当进球，顿时给了所有人一个惊叹号。

因为没有人知道他究竟是怎么做到的，或者说，是没有人看清他是怎么做到的。

高手过招，唯快不破。

这还是很早的时候，凌江告诉过她的一句话，这话当然不是凌江说的，说这话的人是古龙，可那时叶阙不读古龙，叶阙只读席慕蓉。但后来的后来叶阙做了编辑以后终于明白，古龙其实是个风流的作家，所以他笔下的男主也多半风流，而一个风流的男人，总是不缺女人的。

但这并不是最可怕的，因为最可怕的其实是岁月，它竟在不动声色间，将我们变成了对方。

……她恨这种力量。

"叶阙，我们谈谈吧。"片刻后，童嘉悦还是说。

Chapter 7　兵来将挡，水来土掩

　　说实话叶阙并不认为这有什么好谈的，毕竟如果谈能谈出个结果来的话，那还需要民政局做什么，哦不，警察局做什么？不过童嘉悦既然这么一说，那她索性就这么一听。

　　童嘉悦为了虚张声势当然也可能是因为心虚，大张旗鼓地将她们谈话的地点定在了盘古七星酒店。诸如盘古七星这么高端大气上档次的地方叶阙这种白丁自然没去过，但是没吃过猪肉还能没见过猪跑？何况是这种落在京城中轴线上，毗邻奥林匹克公园、鸟巢、水立方的超五星酒店？

　　果然，在得知地址后叶阙的紧张程度有了质的飞越。这种飞越表现出来，就是在进入盘古七星的包厢后，叶阙就低着头一直对着手机不停地刷刷刷。

　　对此童嘉悦感到很满意，并终于打算将金钱和美貌不可兼得这件事作为开场白来告诉叶阙时，叶阙的手机很不合时宜地响了——

　　"喂，什么？对，我现在正和童女士完成关于凌江先生的交接仪式。你问地点？嗯，地点在上回和万达谈合作的盘古七星。嗯，什么，这样啊，那好的。"

　　刚做完美容的叶阙显得神采奕奕，同时电话里的内容也让童嘉悦心中暗暗一惊……她刚说的似乎是交接仪式？难道她对这段长达五年的感情就不能有个正常一点儿的反应吗？

"不好意思，我们刚刚说到哪里了？"叶阙挂了电话，水晶灯的光线下，她一双剔透的眸子转过来犹如稳当落下棋格的墨子，忽然间童嘉悦好像知道为什么凌江要对这张脸着迷了，并非因这张脸容颜有多美，而是……

那犹如风轻云淡地撇望来的瞬间，让人心中慌乱了。

于是童嘉悦努力拢了拢新做的发型，挺直了腰板，正要发话时——

"抱歉，今天似乎……嗯，略忙。"叶阙一脸友好地向她比了个您先用茶的动作，接着又拿起了手机，"喂，您好！对，我是，嗯……您是想问我那本《人鱼岛屿》的影视版权有无卖出？嗯，暂时还没有，不过前天聚沙那边已经联系过我了，想必您也知道聚沙是行业里出了名的"大出手"，所以我正在考虑……什么？您愿意提高3%的版权费？您太客气了，我会再考虑的，谢谢。"

挂了电话，叶阙一脸歉意地对她笑了笑，继续道："我们刚刚说到哪里了？嗯，对，是说到一年前您在凌江先生公司的年会上第一次认识他？让我想想，当时AI公司的年会奖品他得了一部iPhone 6 plus，不好意思，就是我现在手里的这部……这，怎么办呢？我恐怕暂时还不能把它送给你。"她抿着小巧的嘴角，一副找我的人太多所以你懂的的模样，看得童嘉悦就差起身揍人。

奈何她是大家族千金，再不甘也得忍着，不过手指却死死抓着玻璃杯，就仿佛那玻璃杯是叶阙的俏脸："叶小姐，我麻烦你搞清楚，我才是凌江现在的女……"

"对不起对不起，我今天……"她的话再次被叶阙的手机铃声打断，那个铃声正是当年凌江在公司年会上让她牢牢记下的一首张信哲的那首《信仰》，更可气的，这首还是凌江自己录制的。

"我爱你
是忠于自己
忠于爱情的信仰
我爱你
是来自灵魂
来自生命的力量

……"

"童小姐，您没事吧？"眼看着童嘉悦的脸即将变成菜绿色，再次挂了电话的叶阙一副关切地给她杯里添上些茶，"您的脸色不太好看呢，哦对了……"话到这，她像恍然大悟般忙拿过自己的手提包翻了起来，终于找到了那张卡，给童嘉悦递过：

"我身体向来很好，所以他这张医保卡也一直没用上，以后还请您多多把账上的余额消费了才好。哎呀，你瞧我这记性，童小姐豪门出身，哪里差这点儿钱看病。呢，我这个人不大会说话，我不是故意要咒你生病呀。"

以前好像没听凌江提起过这女人有一张这么毒的嘴啊？还什么小龙女，小龙女你妹啊！小龙女她能这么说话吗！

童嘉悦已经被气得快要七窍生烟，只差没当场发作，但怎么说她也是千金大小姐，怎么能跟这种……私生女一般见识！对，此时此刻她终于恶毒地想起了叶阙那个见不得人的身份，她那精心修饰过的眉头昂然一抬，重重道："叶阙，听说你从小就没有爸爸，这也难怪凌江他会这么怜惜你。"

"怎么凌江连这个都告诉你了吗？"话语落，叶阙连话语也果然软了三分，童嘉悦见况心中大悦正要为自己这一狠招叫好，没想面前的叶阙拿起桌前的花茶幽幽押下一口，又说道："那他有没有告诉你，我生父其实是传媒业的大亨沈启明，只是我一直不愿意认他，但他近年来似乎老了许多，哎，可怜他膝下就我这么一个女儿……"

什么什么！难道叶阙真是沈启明的女儿！就是说现在传媒业半边天下都是沈家的，不，这不可能，就算她真是，她也是个私生女没有继承的资格！

等等，她刚好像说他只有她一个女儿？童嘉悦瞪大眼，急转直下的剧情就快要将她的脑容量撑裂。但她依旧要维持面上的冷静，因为凌江最后选的是她！就为这点，她也已经赢了！

"其实我们为什么要有这场谈话呢？"就在她要开口时，叶阙又那么刚好地抢先了半秒，再看那一副我本是围观群众奈何被拉来救场的表情，直想让童嘉悦掐死她，"我不是都已经跟他分手了吗？既然我都已经跟他分手了，那么童小姐你还要我怎么样呢？总不是想让我去劝他爱上你吧？或者，你现在压根都找不到他了……哎呀，不是被我猜中了吧？"

还就被你猜中了！

童嘉悦怔住，眼看那句脏话就要蹦出口，叶阙下句话已经不紧不慢地跟了上来，"要我说，这个事其实谁劝也没用，我劝，那就更没用。不是有那么一句话嘛，'两岸猿声啼不住，轻舟已过万重山'。"

这就是那个走自己的路，让别人去说吧的文言文版本么，童嘉悦快哭了。

"今天就这样吧，我跟新纪年出版公司约定的时间也快到了。"叶阙抬手，故意看了眼腕间的手表，那是块浪琴机械表，虽非是最贵的款式，却和凌江手上的是一对……

"对了，你找到凌江后，千万不要告诉他我们来这里喝莲片茶了，"已经拿起包准备走人的叶阙忽然冲她俯下身，贴近了那戴着颗硕大钻石的左耳，"他对莲花，过敏。"

"……"

叶阙从盘古七星出来的时候，正好撞上从电梯间里匆匆走出的邵航，邵航今天穿着件深咖啡色的长款风衣搭配黑色高帮军靴，愈发显得身材挺拔气质出众。不过叶阙现在并不关心邵航气质出不出众，而是……他为什么会来这里？

"看来是已经将那小三搞定了？"

这是邵航拦下她对她说的第一句话，叶阙没打算没理他，目光静静地从他的眼睛落到他握着的手机上，手机显示正在通话中，通话人是宋佳佳。

这个家伙！叶阙在心里暗骂，更加不想理他，但直等经过鸟巢，才发现邵航居然还跟在她的后面，初秋的北京城早已转冷，呼啸的北风在高耸的建筑群间穿行，它吹在人们的脸上刀割似的疼。

她忽然想起她初到北京的那年第一次和宋佳佳她们来到刚落成不久的鸟巢，那时候她想的是，要是邵航也在就好了。

现在邵航终于在了，就站在距离她不到十米的位置，可她却觉得……这十米，好长。

　　长得如同六年前那位高不可攀的男神断不会开口说出诸如小三这样的名词，长得亦如同六年前的自己断不会事先想到，要给宋佳佳编辑一条每隔3分钟打来一个电话救场的短信息。

　　是岁月让我们变成了自己讨厌的那种人。

　　但也是它让我们在面对困难时有了反击的力量。

　　"叶阙，我不知道你刚刚对那个女人说了什么，但是你看看这北京城，"一步步的，邵航从鸟巢巨大的阴影下走出，最终来到她的身边，"你想要在这里活下去，想要活得比别人好，绝不是靠嘴上说说就可以的。"

　　"所以呢？所以我就活该重新回到你身边，然后任你哪天新鲜感过去再不声不响地把我丢弃吗！"有些话，她对着凌江或许这一辈子都不会讲，但是对着邵航，她最终还是爆发了。

　　大概总有些人是不一样的，她只好这样跟自己解释，至于说他……

　　"叶阙，你以为我就这样缺女人么？"半晌，他低头看着她答，她也看他，却惊觉那极深的目光里多了种不一样的东西，她形容不出只本能地想逃，可惜腰已被人用力揽住，就像要揽住那匆匆流走的无数时光。

　　"那时我就说过，是你先招惹我的。"话毕，他的手这才松开，叶阙在终于松了一口气的同时更赫然发现，这个人到底是长大了，再不是记忆里那个挺拔得有些单薄的少年了。

　　邵航并不是一个会纠缠人的人，哪怕是这六年的时间过去。但他终于还是回来了，带着一切未可知的可能性，这正是叶阙一直未搞明白的原因。

　　毕竟他们已经不是当年的高中生了，有些东西即使找回来了，也可能已经变了质。何况就如同邵航自己说的，以他今日今时的身份、地位真的并不缺女人。

　　"其实我这次回来找你，有个原因是为你那本《人鱼岛屿》。"当在地点换到另一家名为风悦兰庭的餐厅后，邵航终于打开天窗说了亮话。

　　事实上，叶阙除了曾在出版社工作以外，自己在闲暇时也出过几本书，不过她并非是什么知名的作家，他和许多写故事的人一样，爱做着天马行空的梦。《人鱼岛屿》是这其中的一本，写得不算太好也不算太坏，却是她的第一本小说出版物，讲的是一个发生在泰国最边陲岛屿上的悬疑灵异故事，故事的灵感则来源于她大学时某个夜晚做过的一个梦。

"那本书的影视版权虽然聚沙方面很看好，但我还是希望你能把这个机会让给华成。"谈话间，邵航已将站立一旁的使者招来，他修长的手指指向餐桌上的酒水单，"要两份香煎鱼排配甜椒沙司、尼可斯金枪鱼沙律，炭烤牛菲利配蒜味土豆泥、再来一个当日奶汤，一个匈牙利牛肉汤，叶小姐觉得这样如何？"

压根没给自己选择的权利，要说这个人收敛在冷峻气质下的那股霸道还真是一如既往……叶阙瞪了他一眼，只好对着那侍者点点头。

"你看过这个故事吗？"叶阙将身体靠向座椅，努力让自己的表情显得自然，毕竟从曾经暗恋过的人口中得知自己过去的一些事，还是很难不让人紧张。

"你的每本书我都看过，"邵航将下巴支在交叠的双手上，饶有所思地看着她，"我听过一个说法，说绝大部分的作者都会将自己的第一段感情写进处女作里。"

"然后呢？"叶阙避过他紧追的视线。

"然后我就很好奇，为什么男主角最后会死？你就这么恨他吗？"说到这，邵航的嘴角轻轻扬了起来，但越是这样叶阙就越是牙痒，于是索性避而不答，倒是邵航将话锋一转，继续：

"其实这不管是对作者，还是对这个故事本身，我觉得都是个很好的机会。虽然相比起聚沙，华成现在的力量还是薄弱，但华成毕竟是全新的影视策划公司，对于像《人鱼岛屿》这样的重点作品，不论在包装、宣传力度、还是后期的制作上一定会比聚沙更加用心。"

说到底不论邵航和她之前有什么恩怨，但作为作者，叶阙对待作品都像是对待自己的孩子，那么让孩子有个更好的归宿，又有什么不对呢？

"那你们需要我做什么？"叶阙认真考虑了下，问道。

"加入华成的编剧组，再让男主重新活过来。"邵航眼帘抬起，淡淡说。

Chapter 8　一波未平一波又起

　　从风悦兰庭出来直等到上了地铁，叶阙脑子里还在重复邵航刚才的问题，果然六年时间已经足够他从男神成功转变成了男神……经。

　　说让男主复活就要男主复活，他以为男主是他家开的吗！叶阙攥着手机，刚打算给宋佳佳发信息问问她的意见，一条来自陌生号码的信息就"叮咚"一声弹了出来。

　　"我知道你这个人向来不喜欢欠人人情，所以你可以考虑把这条人情先欠着。落款：邵航。"

　　见到短信的第一秒，叶阙有想扔手机的冲动，但这种冲动只持续了片刻，因为很快她就清醒了，是的，如果只当这是一个人情的话……毕竟给谁工作不是工作呢？那如果是给自己工作呢？

　　算起来，叶阙做出版编辑的时候手底下陆续就有好几个签约作者后来转行做了编剧，听说收入还不错，但就是非科班出身即使有枪手的底子，也有不少专业门槛……

　　正当她思索着，手机铃声又响了起来。她锁眉，这刚按下接听键，那头的宋佳佳早已经火急火燎地喊了起来："叶阙，你个死女人怎么这么久才接电话！好了好了，我也不想知道你和邵航间的那点破事，我现在通知你，必须在半个小时内赶到四环的长江协和医院！"

"你要我去协和？"愣了足三秒，叶阙才反应过来那地方是干吗的，"不是，这……"

"别磨叽了，你赶紧过来，来了就知道了，这简直就是家丑不可外扬啊这是！"话还没说完，那边的宋佳佳已经"啪"的一声挂了电话。叶阙清楚宋佳佳虽然是个性格外露的人，但遇到大事她通常也是最淡定的一个，而这件事居然能令她不淡定成这样，可见事情的严重性。

叶阙忙出了地铁，并以最快的速度打上一辆的士直奔传说中的长江协和医院，叶阙敢以凌江的名义发誓这真的是她第一次去协和医院，曜菜，协和医院……

依照宋佳佳手机上发来的地址找到病房后，叶阙推开病房门，一颗本就悬着的心这下真是彻底摔了下来，就像是从三千米高的悬崖砸下，到最后都完全没有想法了。

在病床上躺着的自然不是中气十足的宋佳佳，是，丁薇。再看丁薇的身边，除了站着一张负气脸的宋佳佳外，意外的是谭嶂居然也在，谭嶂穿着一身浅灰色休闲装，看模样多半也是被宋佳佳拉来。只见谭嶂向她点点头，抬手间就将一个刚削好的苹果递了过来——

那苹果自然不是给她的，叶阙会意地冲他抿抿嘴角，接过苹果就朝床边的椅子坐了过去，她想了想，低声道，"薇子，这究竟发生什么事了？"

"他说过会跟我结婚的，"许是在叶阙身上的确就有一种安定人心的力量，丁薇捂着一张苍白的脸，才开口声音就哽咽了，"我也没想到事情怎么会变成这样的……"

"那你们又是怎么认识的？"叶阙轻拍了拍她的后背，跟宋佳佳对视了一眼，淡声道。

"就是七月份的时候在微信上面……认识的。"丁薇狠狠咬了口苹果，仿佛苹果就是那个可恶的男人，"后来我也不知道中了什么邪，大家聊过了几次就出去见面了，他虽然不太帅，但一开始还是对我很好的，后来有天我们出去唱歌又喝了点酒，结果就……"

"哼，渣男，又是个渣男！"从听到他们是在微信上认识后宋佳佳就气不打一处来，再听到那句酒后乱性怒气值顿时就爆表了，"相亲相亲，你就知道相亲！薇子不是我说你，你自己算算，自从毕业以后你都马不停蹄地相了多少个男人了！你就这么想要男人，这么急着想要把自己嫁出去吗！"

"佳佳你少说两句！"叶阙心知宋佳佳的火爆脾气，更别提这位大小姐一旦生起气来就容易口无遮拦，当下忙拉住了她，道："薇子，你别听她的，这件事他已经知道了吗？"

叶阙想当和事佬，明眼人都看得出，奈何宋佳佳还是气不过，索性连叶阙也一起骂了，"叶阙你别顾着帮她说话，你也看看你自己，你们一个两个都是受过高等教育的女人，怎么就一个被人甩一个被人搞大了肚子呢！"

"是我自己犯贱还不行吗！"丁薇大吼出声，顿时整间病房都安静了下来，叶阙手里的苹果落地，紧接着就是竹筒倒豆子般地继续，"我不是你，也不是后面有个背景老爸的叶叶，像我这种从乡镇里出来的孩子，你知道我当年为了能考出来，能来北京念个大学有多不容易吗！我爸，一个瘸腿的木匠，为了能给我凑钱读书，挨家挨户地去借钱，只差没给人当众下跪。"

"你体会过那种感受吗？他们都说，我只是个女孩子，念那么多书做什么，不如把这些钱省下来给我小弟。就因为我是个女孩子，这女孩子又怎么了？但在我们那个地方，你是个女孩子，你就是不行，哪怕你年年考第一你还是不行。后来我爸没办法，只好把我们家的半亩地卖了，那可是留给我弟的地……他们都说我爸疯了，但我知道我爸没疯，他不过是相信知识真的可以改变命运。于是我比你们都努力比你们都拼，可结果怎么样？在这里，我买不起房买不起车，甚至没有一个像样的对象可以带回去让他们安心，让那些周围的人闭嘴，我觉得我对不起他们，他们虽然没有钱，但他们能给我的，已经是他们认为最好的了。"

"他们虽然没有钱，但他们能给我的，已经是他们认为最好的了。"那话像是钟声般敲在在场的每个人的心口，同样震得叶阙整个人都嗡嗡的，"薇子你别说了……"她哽咽着上前拉住丁薇，却被她一把甩开了手。

"我知道，你们其实一直都看不起我，嫌我不好看，嫌我老土，嫌我抠门，现在又……嫌我脏。"

"我们怎么会这样想呢？"叶阙摇摇头，再看宋佳佳咬着下唇早已红了的眼眶，索性大步上前将双肩微微颤抖的丁薇抱住，"我不会这么想，佳佳也不会这么想，所以薇子我不许你这么说自己。我们三个人好不容易从南康那个小地方来到北京，这是多大的缘分，就算这个世界上没有了男人又怎么样？我们还是会好一辈子的。"

"薇子，对不起，我刚不应该那么说的。"说罢，一旁眼泪早已忍不住的宋佳佳也走上了前，谁想一个不小心却是踩到刚刚那颗滚落地面的苹果，然而——

"是你？！"

"叶阙。"

两个异口同声的音调交织在一起，一时间竟让这本就未消停过的病房的气氛更加诡异了。叶阙在疑惑中回过头，却见一道熟悉的身影单手扶着宋佳佳，视线直直向自己投了过来。

……来人居然是凌江，她怎么也没想到的凌江。

这一刹那间，她觉得什么想法都有，这一刹那间，她觉得好像什么想法又都没有。大概是曾经预想过太多的重逢，却没想到会撞见最夸张的那一种。

但现实显然没有预想的夸张，因为就在它以观众们都认为以夸张的势头发展下去的时候，另一个怯怯的男声忽然插播了进来。

"对不起对不起，我刚去买水果了。"一位被西装包裹着细瘦身板的男人手拎着一袋瓜果悄悄走了进来，显然他那话是对着凌江讲的，但目光却是直直望着病床。

接下来反应过来的是宋佳佳，只听她不大不小地骂了句街，起身就是冲上去给了男人重重一巴掌。那巴掌声响亮无比，又因为是敞开着病房门，顿时就引得周围经过的人们纷纷驻足只当这里是菜市场。叶阙没拦她，不过是随后缓缓站起身，走到男人的面前，道：

"手术费三千，住院费六百，保养品费一千五，心理损失费一万二。这位先生，您是打算刷卡呢还是现金呢？"叶阙是淑女，自然不会做出动手揍人这种事，但这并不代表她就好说话，果然她在接过那包瓜果后牵了牵唇再继续，"先生，你现在是在奇怪那个一万二怎么算出来的吗？那么我来解释给你听，当你用以上医疗费用乘以二，就得出了一万二。其实我也想便宜，但这里是三甲医院，不能打折，您说对吗？"

话音落，连凌江看她的目光都不由变了。是，他的确是没看过这样的叶阙，绝非盛气凌人，也非矫情做作，甚至就连那声音都是不徐不疾的，就像是将鹅卵石依次投进水池里，然后就这么恰好地将那出水口堵住了。

他的心也被堵住了，同时被堵住的，还有在他身旁的那个瘦弱的男人。

"对不起，是我该死，我对不起你。"男人战战兢兢地将水果放在床头柜上，"但原谅我真的没有做好当父亲的准备。"

"没有做好当父亲的准备，你就不该做那样的事！"宋佳佳冷哼声，甩手就将那塑料袋掀翻，顿时那苹果梨子葡萄就落了一地，甚至还有一个砸到叶阙脚上，凌江无意看见当下就要弯腰，奈何叶阙一个闪身已然避开。

"凌先生，不必了。"她语气淡淡，仿佛在对着一个陌生人。凌江只好不尴不尬地收回手，但双眼还是没离开过她，他深重的黑眼圈和胡碴显示出他的近况并不愉快，但即使这样，叶阙也依然没有想要上前关心半分的意思。

人总应该为自己的选择负责，好的，或者坏的。这个道理叶阙懂，凌江未必不懂，但或许，是刚才的那个瞬间叶阙的表现又让他的心乱了。但一瞬间的感情又能说明什么呢？毕竟他们已经过了仅仅依靠心动就能维持感情的日子了，正如病床上躺着的丁薇和那位曾和她互相取过暖的男人。

"我是怕给不起你未来……"男人低声说话的表情也是怯怯的，就像个看上心爱的玩具又没钱付账的孩子，"其实你在我眼里特别优秀，真的，是我不够好。"

"这还真是天下男人放之四海而皆准的借口啊。"听到这，叶阙忽然笑了起来，她径自走到那个自始未报出姓名的男人跟前，继续道，"你说你不够好，那么我想问你，既然尔都自知不够好，一开始又为什么要招惹她呢？"

一句反问，直接让男人红了脸。

但真相总是残酷的，也可能现实总是残酷的，但就在他们要继续为这沉默的气氛埋单时：

"我爱你

是忠于自己

忠于爱情的信仰

我爱你

是来自灵魂

来自生命的力量

……"

忘记调成静音模式的手机铃声突兀地响起，叶阙一怔，抬头就与凌江蓦地投来的目光碰了个正着。

也许是应该解释，一瞬间，叶阙脑中滑过这个念头。但下个瞬间，念头还是被打消了。是啊，就算告诉他她方才与童嘉悦见面是刻意将它调成了来电铃声，又能怎么样呢？

那只能显得他们的关系更加可笑不是吗？甚至就在那件事情发生的第一时间，她也不是没想过要挽留的，但他那时是怎么回答的呢？他说这个问题，我们以后再谈好吗。

他的模棱两可甚至不比面前这位赢弱怯懦的男人说的一句怕给不起未来更加勇敢。这点，才是她心里真正恨的。

当断不断，必受其乱。既然他做不到，那么就由她来。只没想到最终还是命运之棋高一着，让他们这样都能再遇到。

"是邵航，他回来了。"她看着他的眼睛，一边按下了接听键，说。

Chapter 9　开始之前，结束之后

　　说实话，恐怕连叶阙自己也不能解释为什么要在此时此刻对着凌江说出邵航的名字，但她清楚的是，她会这样说并非是为赌气。

　　拿一个渣男去堵另一个渣男的嘴显然不是好办法，但邵航真的能被定义为一个渣男么？她曾不止一次地在心里问过自己。

　　毕竟只有真正好过才有资格去定义那个他，不是吗？可那个时候的他们，真的算吗？或许至多就是她的不甘心和一厢情愿而已。

　　"这么久才接电话？"电话那头，磁性的男声并未显出丝毫的不耐烦，"嗯，你不愿意说话也没关系，我只是想告诉你，我已经把你的情况跟HR谈过，月薪开到8k没有问题，另外交通和午餐等都会有相应的补助。"

　　通话间她已从病房走了出来，但尽管如此，透过房门上那面正方形的玻璃窄窗，并不难发现凌江仍旧在看着自己，于是她索性走得更远，直走到茶水间她才开口："为什么是我呢？"

　　"你足足花了58秒的时间，就只想出了这么一个问题么叶大作家？"邵航轻呵了声，"因为华成新，因为我们熟，因为你的本子好，这样的理由足够么？"

　　"就因为这个？"叶阙蹙眉，自然不信。

　　"不然呢？"那边的邵航将手机换了个位置，声音透出些隐约的愉悦，"不

然我也学人做霸道总裁，把你给承包了？"

"……"六年时间，他果然从男神变成了男神经啊！一瞬间，叶阙简直有摔手机的冲动，片刻后又回归淡定，毕竟对方开出的价码不低，的确值得一试。

"另外，《人鱼岛屿》本身的影视版权估价在税前50万。"他顿了顿，又继续，"不过前提是你先入职华成。"

这人的心机简直了啊！叶阙咬牙，但考虑到那5后面一串的零，妥协了。

她重新回到病房时，那里的气压依旧低得骇人，凌江也终于没再看她，站在那瘦弱男的身边沉默不语。

"叶叶你知道吗，原来这位'寂寞的雪'就是凌江的好同事呢！"见叶阙回来，宋佳佳忙拉住了她急急道，"对了，'寂寞的雪'就是这个浑小子的微信名。"

"现在孩子已经被做掉了，你打算怎么办？"并无心理会那矫情的微信ID，叶阙单刀直入着开口。

"我会赔偿所有的损失，包括刚才你说的那些。"说话的是凌江，可惜他的话还没说完，就被叶阙打断了。

"凌先生，我现在问话的对象是他。"叶阙秀眉微挑，"还有，请问你有什么资格决定别人的人生呢？"

"你以前从不会这样。"许是终于感到了叶阙的强势，甚至是对自己的强势，暂时还无法适应的凌江深吸了口气继续，"还是因为，他回来了？"

兜兜转转又故意将问题落回到邵航身上，凌江啊凌江，你究竟是何居心？叶阙心中愤愤，面上表情却是不变，"就算是他回来，我跟他也是在你我关系的开始之前和结束之后，那么既然如此，跟你又有什么关系呢？"

"既然他都可以，为什么我不可以？他不也是曾经……"那句伤害过你到底没说出口，但男人那最要命的自尊心却被彻底激发了出来，直等到话音落下他才反应过来自己究竟说了什么，但就算这样他也没打算停下，"叶阙，这回算我错了行不行？我们不要闹了，只要你肯回来，我立刻就跟嘉悦分手。"

话都到了这个地步，再去顾及此刻的时间地点怕也是失去了意义，叶阙退后小半步，仿佛这样便能让对方将她看个清楚，"是啊，我若回去，你才和童嘉悦分手，我若不回去，你就一直和她好下去。那么有我没我，又有什么区别？说到底，你要的不过是一个位置，你最爱的更是你自己，不是我。"

一番压抑许久的话终于倾泻出来，她以为她会轻松，但其实并没有，"你知道你们最大的不同在哪里吗？是他从来不会在一个无法确定未来的情况下，给人以期许，这点也是我无法真正恨他的原因。"

一些话说得清了，的确就少人情味了；但一些话不点到透，人就总想着回头。

"那什么……"多半是终于找到插话的时机了，"寂寞的雪"低低开腔，"我刚才仔细想过了，江哥的建议其实也很合理，就按他说的办吧。"

"就按他说的办？你自己的女人现在躺在病床上，你说按照别的男人说的办？你到底是不是个男人！"被叶阙和凌江纠结的对话憋了半天的宋佳佳再忍不住，直接就爆了粗口，"要我说，你也就配一辈子当个跟班！"

"还有你！"仅仅骂完'寂寞的雪'当然还不够解气的宋佳佳，话锋一转，便落到了凌江的头上，"要说你们还真是好同事，好兄弟啊！我就说叶子和你原本一直都好好的，怎么忽然就来了个第三者插足了！敢情还真是物以类聚！"

"你不能这么说江哥，他也是有苦衷的……"男人着急了，居然也开始回嘴，"还有，你不要一直你你你，我也是有名字的，我叫李三顺。"

"你怎么不叫金三顺啊！"听到他的名字，宋佳佳索性站起身来，她穿着将近十厘米的高跟鞋，瞬间在气势上压过了他，她昂首挺胸，像个威风凛凛的女战士，"他能有什么苦衷，你们男人谁不是这样，相爱时候的理由，变成分手时候的借口！"

"我……我说不过你，我只是觉得江哥这样说也没什么不对。"男人在她的强势下终于气馁，他看了眼宋佳佳，急急又将眼色递向了凌江，但显然凌江还未解决自己的困境实在帮不上手，他抓了抓头，更显得左支右绌。

"你对丁薇小姐做了这样的事，身为旁人，我瞧不起你；身为男人，我可怜你；但有以上两条还不够，我觉得你该想想，接下来要怎样去弥补自己犯下的错误。"病房门在不动声色间被推开，谭嶂单手拎着装有几盒快餐的塑料袋走了进来，他的音调不徐不疾，但落字有力。

"你们都回去吧，我想休息了。"病床上，丁薇幽幽道。

"这样也好，让小薇休息吧。"谭嶂将快餐放在床头，丝毫不去在意自己是否做了无用功，但宋佳佳毕竟还是看见了，一个眼神抛过去，叶阙顿时就明白了个十成十。可惜今天的氛围着实尴尬，到最后虽说谈不上不欢而散，但在场的众人毕竟也是各怀心事的。

最后一行人出来的时候李三顺还待在里面，宋佳佳本来想要赶人，但还是被叶阙拉住了。

那毕竟是别人的人生，就算是最要好的朋友，也是不该替人做选择的。

出了医院，直行经过两个路口就是地铁站，宋佳佳因为杂志社临时有事要赶回去，所以便成了叶阙和谭嶂一起回家。叶阙自从医院出来便是一脸仿佛老僧入定的表情，倒是凌江在走到第二个路口时拦下一辆的士借故先行一步，确是她没有想到的。

可能万般世情真就像那歌词里说的，成千上万个门口，总有一个人要先走。

然而亲眼看着那个熟悉的背影逐渐融入人海直到看不清，叶阙心中还是免不了隐隐难过，正前方十字路口上的交通灯赌气似的闪个不停，她和车流一起被截在了马路的中央，四环的路况依旧糟糕，十一月的冷风夹杂着扬尘扑面而来，她的长发被吹乱，连围巾也不知歪到了哪里，灰蒙蒙的天空上繁星隐没，耳边剩下此起彼伏的刺耳车鸣。

但不知道为什么，这一刻她忽然意识到她和凌江的那份感情是真的结束了。就在这个烦闷的初冬傍晚，这个拥堵的三环马路，真真切切地结束了。

没有以死相逼的挽留，没有互揭老底的闹剧，甚至没有惊心动魄的丑闻，就这么索然又寡淡的，没有给对方留下哪怕一个回眸。

"叶阙，绿灯了。"谭嶂沉静的话音将她的神思牵了回来。

"我刚刚走神了？"她收拢围巾，装作漫不经心地问。

谭嶂点头，"这条路红灯和绿灯的间隔时间大约在五十秒，你是想问这个？"

她没回话，不过是随着他一起静静地穿过了马路。

是啊，他们曾用了五年时间在一起，却只用了五十秒的时间分离，但他们终究是在一起过，可能这对尚还年轻的他们而言，已经是最好的结局。

他们回到家时正值饭点，今天天太冷叶阙实在没什么心情在外面吃饭，干脆决定不吃。谭嶂从厨房出来洗了个手，转身间居然就换上了条蓝色横纹的围裙，叶阙很少见男人围围裙，又是皮相这样好的男人围围裙，当下就是一愣，于是那一愣自然就透露出了很多东西。好在谭嶂并不在意，不过是淡声一笑化解了尴尬，提议道："冰箱里还剩了些面条，不如煮了吃？"

都说客随主便，谭嶂既然这样说了，再加上也不是多金贵的食物，叶阙便点了点头，随他一道进了厨房。

想从前和凌江在一起时，凌江几乎没下过厨房，他的想法恐怕和绝大多数中国男人一样：男主外女主内，而那时候叶阙想的是，既然早晚要在一起过日子，这又不是什么忍不得的苦，那不如就这样，但现在看来这还就真是男人与男人的不同。

"煮个面条而已，又不费多大事，你如果实在闷得慌，不如拿手机刷会儿微博？"谭嶂将灶台的火点开，一边拿过还剩下大半包的龙须面一边道。

但叶阙的表情可没他这么轻松，"你怎么知道我想刷微博？"她瞪大眼道。

"你习惯将手机放在包里，但从进门后你的手就没离开过大衣口袋，屋里有暖气并不冷，所以多半是口袋里有东西。你走路无声，所以放的不是钥匙，你的大衣口袋不深，从外形看无特殊凸起，所以从大小程度可以先预判是手机。"

"你是左撇子，但在跟我谈话的期间眼珠会不时看右边，表明你在思考，你想掏出手机。但是这个时间是饭点，以你的性格想必不会在饭点打扰他人进餐，再者这个时间段别人也多半不在。现在的触屏手机使用率最高的app应用是微博、微信、QQ。排除后两样，所以我猜你多半会想刷微博。"

"侦探啊？"叶阙两眼放光，顿时就来了兴致，"要不然，心理分析师？"

"我话还没说完呢，"谭嶂轻笑笑，将面条慢慢放进水已沸腾的锅中，又用筷子将它们分离开，"在听到我的话后你眼皮瞬间抬起，表明我的预判正确。"

"好厉害，你怎么做到的？能不能也教教我？"奖励似的，叶阙这下倒真是掏出了手机，可惜话刚说完，就听微信特有的一声"叮当"瞬间打扭转了气氛。

"看吧，我也有失手的时候。"谭嶂凤目流转，向她递来一个笑，表情显得毫不在意。

叶阙被这昏黄灯光下的色相吸引，当下脑中便浮出四个字活色生香。许是连性情都被那网络段子的高手教坏，说什么男人在何时最帅？答曰：做饭、刷碗……

啧啧，还真是，做饭、刷碗。叶阙在心里默默跟了句。

但她的脑补很快就短路在那条最新推送的微信上，怎么说呢，因为这条微信的发件人是……是孙晓蕾。

一个曾经的同事，一个同事间的好友，以及一个曾经的对手。

叶阙此刻的心情有点复杂，想必正如同孙晓蕾发这条带着问候语气的信息时的心情一样。因为就在晋升那件事以后，她们都再没有主动联系过对方，就好像只要刻意不提，就能当事情没有发生过。

但事情怎么可能没有发生过呢？甚至叶阙还因此离了职不是么。就好像是那正热播的宫斗剧，患难的好友最后也不免沦为撕逼的对手。

"小叶，近况如何？如果没有找到新工作，社里永远欢迎你回来。对了，新来的妹子跟你完全没法相比，怀念跟你一起共事的日子。"

怀念和自己一起共事的日子？看到这，叶阙不由笑出声来，稍微有些职场经验的人想必都看得出来，这段话字面上她是希望自己回去，但如果真心是希望自己回去，就不会把社里已经来新人的消息透露给自己。再说了，从前的日子才是共事，至于现在那应是上下级。

只是如果今时今日她叶阙是获得晋升的那方，她自认也未必会比孙晓蕾做得更好。可能命运的节奏表就是这么可笑，然而她们都控制不了命运的进度条。

一番沉思后，叶阙索性抛出了那张本还差一分决心掀开的底牌：更好的公司，更高的薪水……以及，那笔足以让人红眼的版权费。

女人得不到异性的垂青，就得不到同性的尊重。她现在已没有男友，这是她仅剩的能拿得出手的东西了。

Chapter 10　从新手村起航

　　叶阙是在一周后入职华成影视传媒公司。面试她的HR是个年纪刚过40岁的短发干练女人，虽说她能进来有一大半的原因是邵航的引荐，但是对于像华成这样沿用外企管理模式的新公司而言，应聘者本身的资历也是相当被看中的。

　　从前叶阙的确没有做过电视媒体，不过毕竟是出过几本不痛不痒的书，加上自身条件尚可，还有邵航的引荐自然就拿到了offer。

　　对此叶阙并不感到意外，倒是在正式上班后，那名带她入行的Lesley让她隐隐感到了不对劲。Lesley的本名叫杨紫玲，跟女明星杨紫琼差了一个字，也许是怕人在叫她的名字时想起杨紫琼，于是就给自己起了个英文名Lesley，Lesley十九岁入行至今已经有十年编剧经验，换句话说Lesley现在二十九岁，比叶阙不过大了刚刚三岁。

　　但即使是这样她俩的情况也完全不可同日而语，准确地说叶阙才刚刚进新手村，Lesley就已经能单刷中级副本了。原本说有这样的一个师父带着叶阙，叶阙应该满意才对，但叶阙从看见Lesley的第一眼起，就知道这个女人对自己有敌意，尽管她并不清楚这种敌意的原因为何。

　　Lesley给她安排的第一个任务是重新编排《人鱼岛屿》的大纲，因为这本书早已经出版上市，所以说不可能做太大的改动，不过既然它的影视版权已经卖给了华成，那么一切后续的调整就必须听从华成方面的安排，这真是身为作者也不得不低头的无奈。

好在公司最大的要求不过是让故事里的男主复活，这并不能难倒叶阙，作为这部作品的创作者，她只需要多加几处伏笔就能够将故事调整为开放式的结局。但Lesley显然不满意，甚至将才抽了几口的烟摁灭在叶阙办公桌上的烟灰缸里，并用不尖锐但绝对犀利的语调道："公司请你来是解决问题的，不是制造问题的，do you understand？"

使令动词用的是do不是can，叶阙纵然英文再烂，也总还记得这初中生都知道的基本语法。她抬眼看着这个一身黑色朋克风格的高瘦御姐只得点头，却见Lesley撇了撇红唇最后扬长而去。

"如果不是她眼中显然的敌意，那多该介绍她和宋佳佳成为朋友啊。"叶阙在心中叹了口气，拿起水杯和包速溶咖啡起身去往茶水间。

趁着休息的时间，叶阙将华成好好参观了一番，如同邵航最初介绍的那样，华成的员工贵精不贵多，不过区区五十来人，但据说都是从四处挖来的以一当百的江湖猛将，此刻这些江湖猛将们正在自己的办公位上默默耕耘着，并无心理会叶阙投来的异样目光。

是的，但凡演义故事都告诉过我们一个道理，通常越是肚里有真货的江湖猛将就越是不在乎栖身之所，但或许是为了颠覆常理，又或许是为了激发这些文字创作者的想象力，华成的装修吹毛求疵到就连办公间的天花板和墙壁都一律做成了3D错觉的宇宙星空图，至于办公桌椅那就更是五花八门，有浮夸华丽的洛可可风，也有简约清新的宜家风，有典雅隽永的明式仿古，也有质感冷冽的后现代风……

估计是因为风格太多，所以叶阙到这里的第一感觉是乱，但这乱中似乎又糅杂了些别的东西。所以更多的又像是一个多彩的虚幻迷宫，每个人都能在这里找到属于自己的那块格子，然后钻进去，建筑出故事长城的一部分。

在这里唯独有一间是不同的，就是邵航的办公间。钢化玻璃的外墙显示着现代简约的办公间里空无一人，这样的情节和叶阙预设里的相差太远，又据Lesley透露CEO兼策划总监的邵航平时基本不在公司。

于是初来乍到的叶阙为了不表现出自己的无知，趁着上洗手间的工夫立刻搜索了下策划总监的职能，简单说来，这就是皮条与奶妈功能的二合一。一方面，要统筹公司所接下项目的早期的策划与开发，另一方面，还要协调各影视项目间的制作以及盯紧发行。

至于说将叶阙这样的写手资源挖进公司，自然也是他工作内容的一部分。更何况，叶阙手上的那本融合了爱情、惊悚、悬疑三大元素的《人鱼岛屿》，也是他比较看好的一个发展方向。再者说，现代剧的制作成本较于古装剧也相对低。

在一个公司的新生阶段，最重要的就是确保它先能活下去。悬疑题材的票房虽然不比商业大片，却有着相对固定的观影人群，从这点看将这样的影片作为投资项目之一的确也是稳妥的。

但对于叶阙来说，公司的发展再如何科学稳健也是虚无缥缈的东西。眼下更实际的问题是如何将男主复活，要说这个问题……嗯，那还真是个问题。

《人鱼岛屿》主要讲的是一位年轻的大学生来到泰国最南部的岛屿后，发现了一处诡谲的地下迷宫，在这里他邂逅了神秘的女主角，并最终为能将女主角带离迷宫而牺牲了自己的曲折爱情故事。

等好不容易将男主角"复活"的一稿修改好以后，液晶钟上的数字已经显示21点了，透过办公室的百叶窗向外看去，整栋写字楼都像是沉入了蒙蒙的夜色里。

此时的办公室里除了叶阙外再无旁人，唯剩她头顶的那盏灯还在孤零零地亮着，她伸了个懒腰，视线不自觉地就被天花板上的那3D错觉的星空图吸引了。

白天看还不觉得，但在夜里当其他光源都暗淡下的时候，那点点幽蓝的色泽才愈发显现了出来，就像是行走在浩渺的星海里，随手一掬，都是掠影浮光的梦幻。

看到这她的嘴角弯得更深了，表情也更加放松，谁知一声忽来的脚步声伴随着推门响，让她刚要酝酿的哈欠生生给咽了下去。

"都这么晚了，你还没走呢？"磁性的嗓音来自一天都没见着面的邵航，叶阙听后心中一声叹息，她本以为起码是可以安稳度过今天的，谁知道……

但显然，六年时间过去早已变得魔性了的邵航并不是她一声"嗯"就能糊弄过去的，他径直走过来，目光在桌角上那叠被用黑红两种水彩笔标注过的打印文稿上微微停顿了几秒，就重新落回到叶阙的脸上，"为了庆贺叶大作家加入华成，我特意准备了一份礼物。"

对于这人的礼物，叶阙想都没想地就要拒绝，谁料——

"呜呜~"一声软糯的呜咽在角落里响起，接着声音越来越大，也越来越委屈，却又像是要冲破什么似的，让叶阙的眉头不由得皱紧了。

邵航很满意她现在这个表情，他将目光示意看向暗处角落里那个原先装曲奇的饼干盒，不咸不淡地继续开口："如果你不要，我也只好勉为其难把它给扔了，反正都是客户顺手送的，你说是吧。"

"……"

那句话怎么说来着：是了，我竟无言以对。叶阙狠狠瞪他一眼，起身将那个饼干盒抱了过来，并没有预想得沉，可见里面的小家伙该是多小的个头。不过她绝没有因此就打算原谅邵航的意思，横下心索性不看他，只是小心翼翼地掀开了盒盖。

角落幽暗的光线下，只见苹果大的脸上，一双湿漉漉的大眼睛和她对了个正着，就像是被谁狠狠欺负过一样，几个月大的小狗崽刚一见到叶阙就畏生地又要缩回去，但可惜小小软软的身体已经被她抓住，毫无抗拒之力地给抱了出来。

灯光下，那咖啡色的小狗崽浑身毛茸茸的，四条腿又短又小，即使放在办公桌上也颤巍巍的仿佛站立不住。叶阙刚要摸它的脑袋，它就一副恨不得找个洞钻进去似的想向后退，可惜四条小短腿实在跑不动，只得嘴里呜呜呜地叫着以示抗议，叶阙看后心中一软，嘴角不自觉地就弯了。

"它有名字了么？"也不去问这狗崽究竟是什么品种，多半是身为女人的她也逃避不了在这种时候被狗狗萌化了的事实，甚至说话间手还不自觉地在逗着它。

"resucitate."低声呓语般，邵航道。

"resucitate？"叶阙无意识重复，三秒后才反应过来这个英文单词的意思，"复活？你说它的名字叫复活？"

话音落，这方发觉自己是上当了，这个男人还真是腹黑得可以了啊！明白了这点，她索性连白他一眼的机会都不给，当下就道："它既然是我的了，也就该是由我起名，嘟嘟，对不对？"

被刚刚起名为嘟嘟的狗崽显然还听不懂她在说什么，拼命地摇着尾巴，仿佛叶阙就是总想着把喜洋洋抓走的灰太狼。可惜摇尾巴拒绝也没用，因为很快它软软的身体就又被叶阙圈进了臂弯里。

"嘟嘟？"听到这个名字，邵航也来了些兴趣，他凑近了伸手摸向那小狗崽的头，奇怪的是那狗狗见到他却不躲，惹得叶阙心中一阵气急，奈何颜面上还要故作镇定。

"呜呜比较奇怪，嘟嘟才萌萌哒。"叶阙撇了撇嘴，也就是这个时候她的脸上才能流露出一些少女时才能看到的纯真，"邵总，时候不早了，我也该回去了。"

"哦，这么说还真是。"邵航听罢居然真做了个抬手腕看表的动作，直让叶阙刚要准备的那些所谓的后招都死在了瞬息之内，"你这么看我做什么？难不成是送了人礼物，还要顺便请吃饭吧？"

"……"

这个男人她真是越来越搞不懂了，叶阙白了他一眼，这下真的收拾东西起身准备离开，倒是随后那一声"叶阙——"响在她身后空荡的办公间里，不知怎么地就让她回忆起当年那个相似的深夜里教室中只剩下他们两个人的情景。

那时也仿似今日，彼此间的一静一动，一呼一吸，都因夜的洗礼变得纤毫毕现。

"叶阙，"那个执着的嗓音再次重复，仿佛是从记忆里跳了出来，一下子穿透了现实。此刻他站在巨大的玻璃窗前，身影被对面建筑的广告牌上闪烁的光线拉长，像又变回了当年单薄的少年模样。

"那年圣诞节，我其实是给你准备了礼物的。"他的话音一如昨日，却沉得像敲进了魂里。

Chapter 10 从新手村起航

最后连叶阙自己也不知道是怎么离开公司的，是的，她逃了。她也不知道为什么要这样，但好像只有这样，这样固执地不去听那个答案，她心里就永远能有个理由不去原谅邵航一样，但其实为什么要这样呢？

越是这样，才越忘不了这个人不是吗？她叹了口气，抱紧怀里那只会呜呜叫唤的小狗崽，一步步走上楼梯，谁说不是呢，就为了这个男人莫名送来的礼物，害得她今天不能坐地铁，白白花了七十块大洋才打车回到小区公寓。

这个男人，简直就是她命里的劫数！

她咬牙切齿地想着，奈何怀里温热的小家伙却不停地蹭着她的胸口，一下轻一下重的，就像是在替他乞求她的原谅。"不要以为这样，我就会原谅你！"她哼了声，惩罚似的将小狗崽高举到半空中，岂料它居然畏高，一个劲儿地就哆嗦起来，她摇了摇头，只好又将它重新抱回怀里。

"你啊！"她摸摸它的头，"你以后就是我的狗狗了，不能再胳膊肘往外拐，知道吗！"

"呜呜~"小狗黑色的大眼睛怯怯的，也不知道是不是在回应。

回到公寓的时候已是夜里十点半，叶阙以为宋佳佳早就休息，是以所有的动作都放轻了许多。谁知她刚进门，就看见一个披头散发的黑影坐在客厅沙发上一动也不动，吓得她险些没把怀里的狗狗给扔了。

"宋大小姐，你要扮贞子麻烦你也先找一口井成么？"她边吐槽，边将电源的开关摁下，当光线铺泻下来的时候，她才终于看清面前人脸颊上的泪痕。

虽说宋佳佳身高一七二，蹬着双近十厘米的高跟鞋，也是雷厉风行的长腿御姐一枚。但不化妆的时候，她那张小巧的瓜子脸配上柔和中带出几分妩媚的相貌，多少还是能透出了江南女子的风情的，那就更不用说她现在一身棉质白色睡衣，中分褐色卷发下一张泪痕模糊的脸……

"怎么了，佳佳？"记忆里叶阙好像还没看过宋佳佳哭的样子，顿时便跑上前安慰道，"你别哭啊，快跟我说说究竟发生什么事了？"

"他说他不喜欢我……"看清来人是叶阙，宋佳佳吸了吸鼻子，也不怎么想的伸手便抱住了叶阙，哪知那小狗狗还在叶阙怀里，她一愣，哭得更厉害，"现在连狗都欺负我！我……"

她没"我"出个所以然，注意力却很快被软萌的嘟嘟吸引，"不对，这狗是谁的？"

"邵航给的，"叶阙本就没打算骗她，虽然这样说很可能会刺激到她，"他说是一个客户送的，估计就是不好养，或者生多了什么的……"

"你才生多了，这可是贵宾犬里的贵宾犬，生多了那也是一条好几万呢！"话到这儿，她那显然也不短的反射弧终于跳转了回来，这下倒是不哭了，而是故作生气地给了叶阙的手臂轻轻一下子，"你们这些坏东西，偷偷地好，还不告诉我，我怎么这么倒霉，交上你们这些朋友。老天肯定是觉得我连交友都不慎，所以才让我好不容易表个白都被人给拒了……"

"这可是我平生第一次表白失败啊！"她捶胸顿足道。

"但你说了半天，也没说是向谁表白失败呢。"叶阙掐准时机问。

"我还以为你知道呢，"她撅着嘴，索性把叶阙的狗狗抢过来揉进怀里，"当然是谭嶂。"

"可他说他已经有喜欢的人了！"她末了补充，一脸的失落又向往。

Chapter 11　遭遇小帅哥

说实话叶阙的确没想到谭嶂会拒绝像宋佳佳这样的女人，毕竟宋佳佳的确是货真价实的富家美女，能将这样的女人比下去，可见那个他声称喜欢的女人该有多么的优秀。

不过现在的她也无心理会那个女人究竟如何优秀，因为就在她们将这个我喜欢你但你不喜欢我的问题陷入一个死循环的时候，宋佳佳突然来了一句："你知道吗叶叶，薇子终于跟那个渣男分手了，不过我没想到的是，那个渣男居然最后会说要娶她。"

"啊？"愣了愣，叶阙才终于反应过来她在说什么，"那，薇子后来怎么说？"

"当然是拒绝了，"宋佳佳一边摸着小狗一边耸了耸肩，"像那样的男人，白送给我我都不要，更别说是过一辈子了；真不知道她当初是怎么想的。"

"不是说了，是喝了酒吗？"叶阙也叹气，倒是宋佳佳显然不同意这个说法。

"我看呐，还是薇子心里恨嫁，巴不得早点结婚了却父母心愿，但话又说回来，即使跟了这样的男人又能怎么样呢？在北京这个地方，还不是没房没车没户口吗！算了，我跟我妈说声，想办法把她弄进华盛吧，不管怎样以她的学历，至少薪水是不会低了。你知道的，我其实最讨厌走后门这种事了，但她毕竟是我好朋友，你说是吧？"

叶阙点点头，毕竟她也想不出什么别的好办法了。事实上，宋佳佳正是传媒业里Top10集团的华盛集团的董事长的外孙女，不过近年来华盛集团的经营出现了一些问题，所以连宋佳佳自己也避嫌没有去自家的集团，而是找了个时尚杂志社自谋生路。但叶阙心里明白，像宋佳佳这样的千金大小姐，最终是要回自家公司的，至于说现在所经历的一切，都不过是暂时的体验生活罢了。

她叹了口气，手机铃声却在此时忽然响了起来，屏幕上显示着三个字：叶瑾瑜。

是母亲，她皱眉，向宋佳佳示意了一个眼色后，就独自走向了阳台。宋佳佳所租的公寓是十六层，从这个高度俯瞰下去，夜色中的北京城就像是被无数川流不息的灯光网住的孤城，在她的头顶，厚重的云层遮蔽了暗淡的星光，母亲的声音像从夜风里送来。

说起来，叶瑾瑜早年也是位貌美且才华横溢的画家，正是她将艺术细胞遗传给了叶阙。但也是艺术家的这份不羁，才有了叶阙的出生以及私生女身份的事实。只是，在叶阙十七岁以前，并不知道自己其实是有父亲的，那就更无须提起这样荒唐的身世。好在在那段让她焦灼不堪的过渡期里，有凌江陪伴了她，让她觉得自己也可以慢慢变回一个正常的姑娘。但现在……

"你还在听么，小阙？"叶瑾瑜清了清嗓子，叶阙握着手机，几乎能想象到电话那头她欲言又止的表情，"我已经打算和你爸爸重新在一起了。"顿了顿，叶瑾瑜终于说。

这对任何本已拆散的家庭来说，可能都是好事，但在叶阙听来，却像是不知道怎么去接受这个事实。她始终觉得自己不过是他们因为避孕失败而诞生下的产物。可现在，她那不足为他人道的小三母亲终于要扶正了，她却连一句恭喜都说不出……是的，她觉得可耻。

尽管真爱原本是无罪的。

"你父亲早在五年前就跟那个女人离婚了，你就算要恨，这么多年，也该释怀了。"叶瑾瑜深吸了口气说，"再者说，他们那时本来也是商业联姻。"

"妈，你以前可不会说这些话。"叶阙将电话换到一只耳朵，双眸望向天空，试图在夜幕中找到那颗她小时候经常能看见的最亮的启明星，那个时候叶瑾瑜经常跟她说，如果你想爸爸，就多看看那颗星星。后来懂事些，她以为叶瑾瑜这么说是因为她的爸爸早就不在了，可后来才知道那是因为她的爸爸名字里刚好有两个字：启明。但北京城的霾总是这样重，她就再看不到那颗启明星。

"是啊，"许久，叶瑾瑜才开口，"可能是因为我老了，你爸爸他也老了。"

"妈，对不起，我还是没办法原谅他。"叶阙低头，擦了擦眼角，"我很早就习惯了没有爸爸，所以我也……绝对不会靠他。"

电话那边的叶瑾瑜似乎猜到她早会这样说，无奈下只好转了个话题，叶阙则是配合地又聊了些其他，十分钟后才收了线。

等到那电话结束后，宋佳佳还在客厅里等她，只不过目光一直望向大门，似在期盼着什么，叶阙心领神会不去提谭嶂，倒是宋佳佳自己先忍不住了，"叶叶，你说他就这么不喜欢我，连回来都不肯了吗？"

叶阙不知道该怎么答，她忽然想起了小时候吃饭时叶瑾瑜总会不时看向门边的模样，可能她那时候她就隐隐懂得，人一旦记挂上了什么人，哪怕一刻，都是寂寞。

这一晚叶阙睡得不太踏实，期间被宋佳佳弄醒了一次，之后看了好半天天花板，这才迷迷糊糊睡下，早上能醒来纯粹是靠了习惯性预设的手机闹钟，倒是叶阙在听到闹铃后发了半天呆，终于回过神，桌上的这台金色的iPhone 6 plus其实是凌江送的。

可能是因为太习惯了，以至于忘了它原来的主人。她皱眉，目光又落回到用棉被把自己裹成一只粽子的宋佳佳身上，但一转念，还是任宋佳佳顾自睡觉了。

且不说这份工作对宋佳佳的重要性，就说人家昨夜刚失恋这件事……她叹了口气，最后还是一个人静悄悄地出门了。

这才是她进新公司的第二天，不管怎么说，迟到总是不好的。好在她平常都是乘坐地铁上班，能将时间掐得比较准时，倒是1号线人多得一如既往，而就在她即将要被挤成一张照片时，地铁的指示灯终于停在了国贸站。

出了地铁口一直向东走，不用多久就能找到华成所在的写字楼，等赶上电梯间的末班车，她终于开始认真考虑要不要动用那笔即将到账的影视版权费的首款买一辆车，不需要太贵，十万出头的就已经很好，但北京除了每天限号，似乎购车还得先摇号……

她的脑袋被各种乱七八糟的跟汽车有关的信息充斥着，并低头用手机飞速搜索着相关资料，没承想这就撞着了人——

"是……叶老师？居然真的是你，叶老师！"眼前，一身蓝色运动装打扮，满脸朝气的小帅哥兴奋地盯着自己，只是，他口口声声说的是……叶、老、师？

叶阙一头雾水地挂了推鼻梁上的眼镜，见鬼般地看了看他，又回头看了看身后人流匆匆的走廊刚要开口，又被面前的小帅哥抢了先，"早就听邵总说要把叶老师请来，没想到您真的来了呢！我关注过您的微博，您本人可比照片年轻多了呢！"

废话，我也就比你大个几岁好不好！还真当我是大妈啊！叶阙在心里吐槽着，默默看了一眼他，再默默推了推因搜索资料特意戴上的眼镜，"我说小朋友，我好像不认识你吧？"

"我认识您就行了呀！"小帅哥冲她眨了眨无辜的大眼睛，"叶老师，您快给我签个名吧！"说罢，还真就从身后的背包里摸出一枝钢笔，叶阙定睛再一看，居然还真的就是自己惯用的那个品牌，倒是这个二十岁出头的大男孩，自己真的完全没有印象啊。

"叶老师，您知道吗？我从大二起就开始读您的小说了！哈哈，当时我还以为您是个男人，但没想到……"话到这，他突然停下来，又退后一步，叶阙被他的举动以及周围路过的同事异样的眼光盯着心里发毛，他偏偏又赞许地来了一句："您真是又年轻，又漂亮！"

要说这个孩子，到底是会说话呢还是会说话呢？叶阙有点想挖个洞把自己埋了，索性给他草草签名了事。说来，这还真是她第一次遇见如此明目张胆的粉丝，哦不，应该说是，小帅哥！

但她绝没想到这位小帅哥会是华成的一员，并且还是《人鱼岛屿》编剧组的一员，说起来，事情其实是这样的。

为了确保《人鱼岛屿》项目的顺利进行，也为了让叶阙这位新人能顺利地融入集体，公司决定召开编剧组讨论会，其中除了CEO邵航和编剧组的成员外，还有执行总监魏朗，财务总监吴雅丽一起参加讨论，至于说这一直空着座位没有人来的……

"不好意思，不好意思，我迟到了！"蓝色运动服的大男孩抱着一叠厚厚的资料风风火火地推门进入，叶阙原本在翻着自己的大纲初稿，听到那门响声下意识也抬起头，谁想就跟他对视了个正着。

"叶老师，真高兴能跟你分进一个组，以后还请多多指教！"男孩几乎是无视了其他人，径自就走到了她面前，又认认真真一鞠躬，惹得叶阙也不知道是该哭还是该笑。

"陶冶，咱公司可不兴拜师这一套，要拜师回家拜去。"说话的是Lesley，叶阙目光一顿，刚要说原来这孩子叫陶冶情操的那个陶冶时，目光就落到了Lesley桌前的文档上，那文档正是她昨天修改过的大纲，不过从她紧皱的眉头可以看出，这份答卷并不能让她满意。好在很快有人替大男孩和叶阙解了围，那是坐在叶阙斜对面穿着一身笔挺西服的男人，男人三十五左右的年纪，精心梳过的头发油光发亮，一张脸微微发福，圆滑的眼神显得人精得很。

"小杨啊，对待新人，要宽容嘛！"他笑呵呵地说。

邵航曾经说过，如果全公司里的人都叫杨紫玲是Lesley，但独独有一个人叫杨紫玲是小杨的话，那么这个人就是魏朗。叶阙表示不是很明白，而那个本应该给她解惑的人坐在魏朗的旁边，目光不轻不重飘过来，一副若有所思的样子。

叶阙假装没看见，反倒是将注意力放到了也向她点头示意的吴雅丽身上，吴雅丽是华成的财务总监，人如其名，内敛雅丽，她一头黑色齐耳短发，明明是已过四十的年纪仍旧保养的像三十出头，她穿着宝格丽的经典米色套裙，更显出身材无一丝赘肉。叶阙看后不由在心里给她点了个赞，想这样的女子每日在不动声色间操控着巨大的资金流，简直让她有动笔杆子的念头。

但她的思考很快被打断，因为会议随即开始了。

此次会议的主题自然是针对叶阙的小说《人鱼岛屿》，但与叶阙预想不同的是，邵航竟然在合同签订的短短几天后，就已经联系好了拍摄的影视团队，而制片方为了抢拍摄的进度，更在最后决定——边写边拍。

这当然不是不行的，所以才有了他们编剧小组的成立。由Lesley牵头负责定下最终大纲，再由他们三人分别开始故事的分幕部分，叶阙是新人，自然不可能领到很多任务，但她毕竟是小说的原作者，所以讨论了又讨论，最终决定让她在编剧组里打个下手，做做譬如润色语言，调整顺序这样的杂活儿。

叶阙对于这样的决定早已有了逆来顺受的觉悟，但这不代表得知了消息的她的好闺蜜宋佳佳就能消停，宋佳佳的想法是，那心机婊Lesley绝对是看你长得比她好看所以总跟你过不去，咱输人不输阵，这次去南半球，一定要在要气势上秒杀她。

叶阙听后一愣，道，泰国南部的岛屿虽然纬度的确够低，但它还真的不在南半球，可惜宋佳佳的地理常识直接甩她的审美品位一赤道，回话道，我这么说的意思是让你不要再在某宝下单了，咱要购物直接去西单你明白了吗？

叶阙摇摇头表示不明白，但显然，宋佳佳也没打算给她想明白的机会。

Chapter 12　宋佳佳的心思

　　在叶阙近乎魔鬼式训练编剧技巧的一周后，如约和宋佳佳一同前去西单。叶阙对西单其实有些阴影，但这点小心思实在不足于外人道，所以粗心的宋佳佳自然就不会知晓，甚至还将她拽去了华夏商场，随着圣诞脚步的逼近，这一带都被节日的气氛装点得热闹非凡。

　　叶阙和宋佳佳一路穿行在精心摆放着圣诞树、悬挂着彩条和五色气球的商场中，目光很自然地就被琳琅的商品所吸引，只不过，叶阙和宋佳佳被吸引的角度不大一致，叶阙看的是化妆品，宋佳佳看的是鞋。单就这一点，孙晓蕾大概跟她得有一拼。

　　多半是为了避免想起某些事，叶阙这次刻意绕过了露华浓的柜台，转而走向了纪梵希。纪梵希是法国品牌，据说最初是做香水起家，后来才涉足了彩妆和护肤。在叶阙的记忆里，纪家有一只名为小羊皮的丝绒口红十分出名，想到这，忙拉住了视线正飘向百丽专柜的宋佳佳。

　　哪知蹬着十厘米高跟鞋的宋佳佳正要迈步，当下一个重心不稳，差点儿就摔了跤。"我说你……"惊魂甫定的宋佳佳眼疾手快地拽住叶阙，这习惯性的刚要开口教训几句，目光就定住了。

　　"那什么，叶叶，要不我们还是去看衣服吧！"下秒宋佳佳的态度已经来了个180度大转弯，"你这不是就快要去体验南国之春了吗，我知道三楼有个专做比基尼的牌子不错，咱们去看看？"话还未说完，手就已经牵上了叶阙。

看她这个样子，鬼都知道前方有情况了！叶阙不吃她这套，这就要转身，谁知她又急吼吼来了一句："我送给你！"

叶阙妥协了。

但她并不是真的妥协了，只可惜她的这点小九九身为老友的宋佳佳又怎么可能不明白，甚至后面一路都小心翼翼地挡住她的身后，直到上了三楼。

华夏商场的三楼主营的是二十到三十岁的年轻女性的时尚服装，场区主体采用的是流行的"回"字形结构，以便于消费者能相对完整的逛完全场。宋佳佳她们一路顺时针逛下来，没多久就找到了那几家传说中不错的比基尼品牌店，叶阙放眼望去只觉一片花花绿绿，让人不知从何下手，倒是宋佳佳驾轻就熟地拉着她进入其中一间，道："Angle这个牌子你知道吗？其实它不仅做内衣，还做比基尼。"

叶阙一愣，恍惚这个名字好像哪里听过，下意识就拿过货架上的一套随意翻看起来，这一看，立刻就想起了某些事，"要不我们还是换……"她的那个换字还没说完，抬眼就望见了正从对面走来的一对金童玉女。

金童是邵航，玉女是……Lesley？不巧的是，邵航也望见了她，但更尴尬的是他的视线就这么淡然地往下，落在了她手里布料清凉的比基尼上。

那比基尼是三点式，颜色惹火的复古红配上从背后系结的黑色肩带，简直堪称夏娃的诱惑。

顿时，叶阙只觉得百口莫辩，倒是十秒钟后从另个货架逛回来的宋佳佳发现这一幕，当下脸就绿了。

"老同学，好久不见啊！"宋佳佳撇撇嘴，率先打破僵局。电光石火间，她已将站在邵航身边的一身金属朋克风的Lesley审视完毕，并重新将目光落回到邵航的脸上，故意啧道，"看来是艳福不浅嘛。"

"宋小姐是吧？"没想这个时候竟然是Lesley接下话，Lesley比宋佳佳略矮一点，但也是高个长腿的成熟女人，甚至冷冽的气质还尤胜她几分，"我和邵航只是朋友，所以你大可不必用这样阴阳怪气的语调说话。"

一出戏，正主都还没出声，配角却已经先嚷了起来，叶阙手攥着那件比基尼，将视线一一扫过面前人，终于道："原本以为泰国之行邵总不会参加，看来是我想错了。对了，这个牌子挺不错的，邵总你说是吧？"

叶阙索性将手里的比基尼递给一旁看着热闹的专柜小姐，"麻烦帮我包起来，谢谢。"

"叶叶！"宋佳佳在身后喊，她却顾自掏出了钱包，"要比这个大一号的。"忽地，她又像想起了什么，补充说。

"邵总你们逛吧，我们先走了。"说话间，她拉住了正要开口的宋佳佳。

可能是真的找不到话说，所以才想要逃；也可能是记忆里某个雪夜的场景太清晰，所以才让人产生了不该产生的误会。

"叶阙，"已经走出专柜好几米远，邵航的声音还是传了过来，她攥着手里的包装袋，故作淡定地回头。

"你们放心吧，这事儿我不会跟公司的人讲的。"她挤出个笑，脑海中却控制不住地飘来那句少年时在相似的门店旁许下的承诺，她将围巾挂上邵航的脖颈，笑得一脸放肆：戴上它，你就是我叶阙了的人了。

但她终于是长大了，人只有长大了，才可以只谈工作，不谈感情。

宋佳佳现在真是后悔带叶阙来华夏商场这个鬼地方了，因为粗线条的她终于回想起来，这里也曾是叶阙发现那渣货前任男友出轨的现场，她耷拉着脑袋，心不在焉地陪同叶阙购买完去泰国的准备物品后随意找了家咖啡馆，决定把自己和邵航一直保持联系的事和盘托出。

如果这个世界上有那么一个人是全心全意地希望邵航和叶阙在一起，那么这个人一定就是宋佳佳。但这到底是为什么呢？可能连她本人都说不清楚。可能是因为觉得他俩般配，也可能是因为当年的叶阙做了自己所不敢做的事，所以从某种程度上说，她会认为帮助叶阙，就是帮助她自己。

尽管，她心里喜欢的那个人，并不是邵航。不过言归正传，现在的她心里还是虚得很，至于叶阙则一边用银匙搅动着咖啡，一边盯着她的脸。

"我说……你就别看我了……你这么看着我，我心里发毛！"宋佳佳咳嗽着，端起木质圆桌上的拿铁咖啡灌下一口，可惜却不小心被烫到了嘴。

"看吧，报应！"叶阙口吻优哉，"老早就怀疑你俩不对劲了，说吧，你们什么时候开始的。"

"你这都哪儿跟哪儿！"宋佳佳瞪她一眼，高挑的眉毛显露出她对叶阙这措辞的不满，"好吧，实话都跟你说了吧，那个时候我的确是第一个知道他要出国的人，不过你得相信我，我当时真不是故意要瞒着你的……"

小小的咖啡厅里，她的话音隔着桌前散发出热雾的咖啡香，仿佛氤氲的水汽浸透了往事。

"邵航你疯了吗，你现在出国，那叶叶怎么办！你有没有想过，你这一走，她肯定要难过死了！"年轻的争执声从陈旧的体育器材室里传出，但并没有一个人因此驻足。

是的，在这个夜幕笼罩的夜晚，学校里的学生几乎都已经走完了，邵航自然也要回家，但怎样也没想到在快放学时被宋佳佳叫来了这里。

"你要是个男人就说句话，别这么一声不吭的！"宋佳佳被他那一脸沉默的表情惹得完全没想法，只差撸起校服的袖子上前揍人，但邵航在那个时候身高就已经窜到了一米七九，她掂量了又掂量，还是把武斗改成了文斗。

"喜欢一个人，就是要给她选择的权利。"许久，沉默终于在男孩单薄但坚定的口吻中打破，"宋佳佳，你觉得她现在喜欢我，是因为什么呢？因为我的成绩好，因为我长得帅？"

男孩并不避讳自己的优点，但从他的口气里，显然并没有将这些视作优势。"但这些其实都是没有用的，一个真正成熟的男人，是要用实力去保护自己的女人的，但现在……"他握紧手心，再慢慢松开，"我还是太年轻了。"

"喜欢就是喜欢，不喜欢就是不喜欢，哪有你说得这么复杂！"那时的宋佳佳自然当这些都是托词和借口，"我就问你两句话，第一，你喜欢不喜欢叶阙？"

"是。"

"那好，第二句话，你是不是一定要出国？"

"是。"

"你有病！"宋佳佳一脸恼火，几乎就要摔门而去，谁知才迈开几步，又掉回头狠狠踩了他一脚，"我跟你说，你一定会后悔的！"她最后只得撂下狠话。

可惜站立在器材室里的男孩始终没有回话，他站在光照不进的阴影里，看不清表情。

"你当时真这么骂他的啊？"听完这段话，叶阙骨瓷杯里的咖啡还剩下一半，"不过还挺解气的。"

"我当时是真恨呐！"宋佳佳看着叶阙一脸事不关己的模样，索性夺过她的咖啡喝了一大口，声音越发愤愤，"因为我想不明白，邵航家条件那么好，为什么一定要选择牺牲你出国，但后来我才知道……并不是的。"

"不是？"听到这，叶阙也不由变了音，其实对于许多往事，她的确是不够了解的，可那时的她又别扭地不愿去了解，于是一拖再拖，到最后有些眉目的，都变成了不了了之。

"当然不是，"宋佳佳摇了摇头，深吸了口气再开口，"我记得他刚到英国的时候，有一天晚上，他忽然在网上跟我说，他可能无法继续待在英国了。"

"为什么？"叶阙自然惊讶。

"因为英国和其他许多公费出国的国家都不一样，在这里的前半年是不允许学生勤工俭学的，但那时他为了赚钱，托学长给他找了份黑工，哪知道被人发现，差点连学都没法上了。"

"竟然会这样……"叶阙握紧咖啡杯，实在很难想象那样高傲的一个人为了攒生活费竟然差被赶回国的情景，不过，另一个问题又很快冒了出来，"你说他找你，那你们当时是靠什么联系的？"

"当然是MSN，我记得他说过，他的QQ密码忘记了，再加上那边普遍都在用MSN，所以就换了聊天工具。"宋佳佳理所应当道。

"居然是这样，"叶阙阖眼，回想起在那之后的无数个夜里她曾打开那个六位数的QQ等待某个头像亮起的场景，而那个头像再没上线的原因竟然是他忘了当初设置的密码……

"不过叶叶你也应该知道的，那个时候大家为了抢QQ，密码都是随意设的，所以会忘了也很正常嘛。"宋佳佳自然没意识到她的话其实是在神补刀，"再者说，他当时还特意叮嘱过我，叫我不要告诉你他的联系方式，毕竟那个时候都已经快高考了，他不希望你分心。"

"他不希望我分心？"一句话仿佛点燃深埋在坚硬地壳下岩浆的稻草，"那他还真是为我着想啊！"

说罢，她猛地将杯中还剩最后一口的咖啡灌下，就仿佛那是烈酒，可惜再烈的酒过了喉、穿了肠，也终有变淡的时候，正如她没过多久的话，"服务员，请问这咖啡能续杯么？"

宋佳佳："……"

自然，这出与青春有关的问答的关注点不该是在咖啡能否续杯上，而是邵航。只听宋佳佳话锋一转，继续说刚才那个问题：

"叶叶你知道吗？那个时候我们都理解错了，邵航家里并没有传言的富裕，他父亲不过是个替人开车的司机，所以经常会在放学的时候刻意绕路去接他，可在当时我们都误以为他是公子哥出入有人接送。但这不是重点，重点是他父亲早年生意失败后，就变得颓废并开始浪迹风月场，以致他母亲养成酗酒的毛病，所以你发现了吗？在整个高中时代，他永远都是一副把自己裹得严严实实的姿态，甚至还被那些花痴的学妹称作禁欲系，但那其实是因为……"

"因为她妈妈一发酒疯就会打他。"宋佳佳看着她的眼睛，表情有些微的动容。

但叶阙已经猜到了后面的内容，又联系起自己多年前看到的一幕，不知怎么的，心某处柔软竟然涌起些微的疼痛。她低头望着早已见底的咖啡杯，如同回首白驹过隙的青葱时光。

"这些，都是他告诉你的？"许久，她才开口问。

"怎么可能，像他那样一个人。"宋佳佳摇了摇头，表情却变得微妙，就像想要开口又不知道怎么去解释，"其实，他父亲正是我大伯家的司机。"

她握住叶阙的手，咬字生硬，"我也是很偶然才知道的，所以他那个时候选择出国，其实多半是为了想要申请那笔高额的奖学金吧，因为伯父说，那时他母亲的身体已经渐渐不好了……"

年少的秘密，就像是那层薄薄的窗户纸，一旦捅破，就再无美好可言了。

Chapter 13　我是她男朋友

后来叶阙是什么时候和宋佳佳一起离开咖啡馆她已经记不太清楚了，她只记得自己的头脑明明该是清醒的，但身体偏偏又昏沉得厉害。

宋佳佳管这叫发烧，她自然不信，还说，我们是去喝酒又不是喝咖啡怎么会醉？

宋佳佳听后反映了好一会儿，才说，你这哪里是醉了，这简直都能梦游了。

叶阙冲她笑一笑，接着身体就轻了，仿佛是陷入了一个温暖的怀抱，依稀中她以为自己又回到了十六岁的那个路灯下，邵航风姿卓然地立在光束里，一张好看的脸简直让人产生种要把他一辈子据为己有的冲动。

但她却不能动，她只能一步步地看着光影里的那个人向自己靠近，再靠近，直近到了鼻尖，最后在心间落下了一道轻轻的叹息，只不过台词怎么成了：

"爱尔兰咖啡的原料是爱尔兰威士忌加上咖啡豆，所以叶阙会醉咖啡也并不足为奇了。"谭嶂不徐不疾的声音从耳边飘来，叶阙心里一惊，当下就醒了。

"我说叶大小姐，你不能喝花式咖啡早说嘛，害我还帮你连续了三杯。"宋佳佳轻拍她的脸，在确认没事后，才松下口气。

"下次咱还是续一杯好了。"宋佳佳耸耸肩，目光又转回到谭嶂脸上。顺着那视线，叶阙也将四周看了看，除了站着面前的宋佳佳和谭嶂外，那只总一副可怜兮兮的小狗嘟嘟也在她脚下蹭来蹭去……竟是已经回到了住处，她揉了揉太阳穴，这边刚要开口，那边谭嶂已经替她将话说了：

"现在是晚上10点20，离你明天下午4点35分去曼谷的飞机还有18小时55分钟，所以时间上还相当宽裕；另外你快递来的签证下午我已经替你代收了，就放在你登机箱拉杆处的口袋里，你明天早起时可以再检查一次。"

"哦，好，谢谢。"才醒过来的叶阙思路自然跟不上自带夏洛克技能的谭嶂，几个单音节的词从嘴里一一吐出来后，她那单核的脑机终于缓慢启动了。

"对了，半个小时前你的手机响过一次。"说话间，谭嶂已经将手机递了过来，叶阙疑惑地按下手机，见一条来自邵航的彩信弹了出来。估计他多半是没有自己的QQ才会如此选择，曾几何时起他们的关系变成了这样？竟要一切重头再来。

她并未避讳周围有人就直直点开图片，手机在有WiFi的家里以2.5MB/s的速度下载，眨眼间，高清的原图就已经下载完毕。照片的背景是北欧十二月的隆冬，远方连绵的雾凇和近处中世纪的古堡构筑出童话般的古典风情，厚厚的积雪在金色的余晖下反光，雪地里那简单的两个字压在了一人单薄的身影上。

那人自然是邵航，名字却是——"叶阙。"

叶阙抚摸着那写有自己名字的屏幕一角，一时间竟不知该回复什么，在相片的右下角水印出拍摄时间是2007年12月24日……居然是他们分离后的第一个平安夜。

"那个Lesley，本名是叫杨紫玲吧？"才洗完澡，还拿浴巾擦着头发的宋佳佳在看到叶阙手机上的照片时突然说。

叶阙一愣，再点头时她已然继续："今天看见的时候我就觉得面熟，原来她就是邵航在英国遇到的那个学姐啊！对了，这女的喜欢邵航你知道吗？"

原来Lesley竟然喜欢邵航，难怪了。叶阙终于恍然，但是退一步想，此刻当着宋佳佳的意中人谭嶂的面八自己初恋的卦这个事是不是不好，那边谭嶂已然先她一步开了口，道："你们聊，我去睡了，晚安。"

这个人其实是有读心计的吧？叶阙哑然，倒是宋佳佳惯了一脸崇拜地冲她眨眨眼，仿佛在说，看吧，这就是本大小姐选中的人。

你这选的哪里是人，是计算器吧！叶阙想吐槽，但心思到底还是没能过

Lesley喜欢邵航那道坎。然而宋佳佳话匣子打开了就收不住，很快又道："第一次听邵航提起她的时候我其实还没怎么在意，但是提的次数多了，我就留心上这个名字了。后来有一次我实在没忍住问邵航是不是喜欢她，他却反问我说怎么可能。不过老实说，我一直觉得这个Lesley，嗯……"

这个Lesley的存在感于邵航而言大概就如同凌江之于她，叶阙在心里替她默默补完后面的话。可如果真有这么一个人在那长达六年的时间里嵌入过他的生活，那么对有些事，她真的不知道还该不该去相信了。

叶阙第二天的登机时间是在下午3点55分，因为早上起床较早，昨夜东西也收拾得齐备，所以时间确如谭嶂所说就变得较为宽裕。可惜在北京这个地头，再宽裕的时间也耐不住还有堵车这档子事，所以叶阙纠结了好一会儿，还是没纠结出究竟是该打车去还是坐机场快轨去。

而就在她扣上登机箱的密码锁，决定边走边思考这个问题的时候，谭嶂的房门突然打开了，叶阙一惊，实在是没想到这个时候家里居然还有人。

"我送你去吧。"说话间他已经伸手接过叶阙的登机箱，"顺便试试我新买的车。"

提到私家车，近期本来就有购车想法的叶阙本能的眼前一亮，这边刚要开口问品牌车型之类。那边谭嶂就已经开口："哦，我买的是两厢的福特。"

"两厢好呀，平时就自己开开，再说了，车身小还方便占车位呢！"叶阙丝毫没意识到自己已经眉飞色舞起来，"对了，你买的多少排量的，听说福特不是很省油，但如果是手动挡应该会好些。"

"呃……现在几乎都是自动挡。"谭嶂冲她淡笑笑，"我买的是1.6L的，就偶尔开开，其实足够用了。"

叶阙就是喜欢和这种实诚人做朋友，谁知他下句又道："不过我还有一辆不限号时候用的奥迪A8，叶小姐也有兴趣试试吗？"

"……"

叶阙自然不会想到谭嶂竟然也是一有钱的帅哥。果然真是应了那句话，现今越是有钱的帅哥越是不显山露水，也就难怪他那样干脆地就拒绝了宋佳佳的表白了，毕竟人家压根儿就不差钱，又何须靠一张好看的脸蛋去吃软饭。

但多半是因为突然知道了谭嶂的身家，所以在这一瞬间里，叶阙忽然想谢绝他的好意了，可惜下一秒，谭嶂那让人挑不出错处的理由再次道出：

"如果我们从这里开去机场辅路，现在一定很堵。不如选择东五环平房桥的线路，平房桥那一带我很熟，现在过去，时间也应该刚好。"

他话音谦和，丝毫没有看轻或者显摆的意思，叶阙听后转念一想，顿觉自己刚才的想法实在是太过以小人之心度君子之腹了，于是点了点头，跟他一起出了门。

"不如我下次请你吃饭吧。"进入地下停车库的时候，叶阙看着面前替自己拿着登机箱的顾长身影说。

她这番话说得相当真心实意，却没想那人回得更是真心实意："生人之间讲客套，朋友之间才讲客气，我以为叶小姐就是太客气了，所以，我以后还是管你叫叶阙吧。"

一番话说的以退为进入情入理，叶阙表面上一副不容置辩，心里只能暗暗点赞。昏暗的地下车库里，空气污浊又凝滞，直到车钥匙的滴声划破寂静，她才从快要举白旗的情绪里脱离出来。

后来很久，她问起宋佳佳为什么会喜欢谭嶂，没想到向来粗线条的宋佳佳居然也文艺情怀的总结了一句：因为他这个人呐，总是那么恰到好处。

但怕就怕是恰到好处的多了，就不免种进了心里。

与投机的人聊天时间总过得飞快，更何况是像谭嶂这种每每能猜到心事的人。期间叶阙除了将嘟嘟托付给谭嶂以外，更是屡屡被他的话逗笑，甚至他们还聊到了国产的单机游戏《古剑奇谭》。

叶阙说自己为了从铁柱观那不停旋转的关卡中走出，不惜下载了修改器。谭嶂听后笑道，你们这些写故事的，一般玩游戏不就为了看剧情么，话毕还给了她一个建议，说为了保持参数相对的合理性，可以把基本参数都乘以2至3倍。叶阙听后会心一笑，刚要说老娘其实早这么干了，但话到嘴边还是成了，其实还可以把屠苏晴雪他们的血量上限提高，这样就不容易挂了嘛哈哈哈。

谭嶂还没见过她不淑女的样子，不过偶然一见，居然还觉得很新鲜。叶阙自然也没见过玩游戏也作弊的男神，二人越说越投机，直至进了首都机场，他们还在讨论游戏里哪种星蕴的加法能开发出最大的潜力。

由于和邵航他们均是从T3航站楼登机，所以本就选择第二条机场高速公路直达3号楼的他们自然就省去了不少事。

离换登机牌的时间还有一段距离，索性他们就站在候机厅外聊天。叶阙感到口渴，虽只字未提，但谭嶂一个眼神已然懂得，一句简单的"看好行李，我一会儿回来"便转身去买饮料。叶阙嘴上不说，但心有悸动在所难免，毕竟是对着这样一张颜好又体贴的男人。

她提醒自己不能想多，只能克制地将视线飘向那个渐远的颀长身影，不成想她在看着别人的同时，另一道目光也在看着自己。

那个人是谁不言而喻，但那个人直到走到跟前了才开口，足可见其非同一般的忍耐功力。

"人都走远了，还这么舍不得？"落话间，一杯尚温的咖啡已然推入怀中，叶阙愣住，再抬眼面前人已换作了一身笔挺黑色西装的邵航。

她还没想好那话应该怎么回，但动作已领先了思路半拍，她试图将手里的咖啡推还给他，谁知另一头的谭嶂已然买好了饮料原路返回。

四目相对，叶阙奇怪自己居然慌错了，倒是谭嶂一副神色泰然，反倒让她心虚。

"看来是有人先我一步了。"并不理会饮料已经被人领先一步的事实，谭嶂冲她温和笑笑，这才将目光对上一直以一种不动声色打量着自己的邵航。

忽地，叶阙想起不久前看到过的一个梗，说如果男友和男神一起掉到河里，应该先救谁？当时网友的神回复是：首先，我想知道他们俩为什么会在一起？

现下的情况与这个回复七分神似，只不过原因昭然若揭，都为的是她叶阙。但她却不愿意承认，只是用指甲盖抠着咖啡纸杯边缘，慢吞吞道："谭嶂，我来介绍一下，这位是……"

"我是她男朋友。"没等她说完，邵航已然将话打断，并迅速给她的身份以新的定义，叶阙被那声"男朋友"砸得脑袋直发懵，他的进一步补充又再跟上，"现在还不是，不过从泰国回来，一定就是了。"

"……"

叶阙都不知道自己是几时给了邵航这种错误的信息，不过他既然都这样说了，那么她自然就有打消他积极性的义务，谁知道她清了清嗓子正要开口，一声兴奋的"叶老师"已经从大老远飘了过来，她头皮发麻地回过头，只见头戴棒球帽穿着运动套装的陶冶冲她兴奋地挥着手，同时露出一口整齐的小白牙。

"我们叶大作家可是很受欢迎的。"邵航嘴角牵起，竟还不忘调侃，"我记得上学的时候，就有人拜托我给她递过纸条。"

这件事叶阙自然不知晓，顿时就"啊"了一声。倒是谭嶂也配合着气定神闲，将话给接上了，"所以你也是从那个时候起注意到了她？"

话音落下的瞬间，周围所有的嘈杂都好似成了背景音。耳边飞机在跑道上发出巨大的轰鸣，叶阙心中如鸣雷鼓，就仿佛那些被刻意束缚的情感从记忆杀回现实，而解放它的钥匙竟是他们曾有过的，最珍贵的，共同的回忆。

与此同时，邵航的回答也落下，"当然。"

叶阙实在想不明白邵航为什么要去招惹谭嶂，甚至连陶冶也是一脸凑热闹的表情，不过对比起前两人，小帅哥陶冶显然可爱得多，甚至还主动帮叶阙拿过了拉杆箱，虽然表达的确是欠了些火候：

"叶老师，不如我们先过安检吧！反正杨姐已经进去了。"他说的杨姐自然是指Lesley，只是Lesley居然先他们一步进候机厅了，的确是让人意外。叶阙被这孩子弄得很是头大，正想着要如何圆眼下这局，那边谭嶂已然冲她淡笑了笑，并道了句：

"心之所向，无所畏惧。"

那话是《古剑奇谭》里男主角百里屠苏的经典台词，身为铁杆粉丝的叶阙又怎么会不知道？自然这一笑再会心不过，她点点头，最后目送谭嶂离开。

邵航看在眼里没有说话，却见她在交换完登机牌之后拿出手机匆匆打下一行什么字。距离有些远，他无法看清晰，但那一瞬间，他心里竟涌起多年来不曾有过的一种名为妒忌的情绪。

至于叶阙在手机里输入的，其实亦是一句台词："天高地广，心远即安。"

Chapter 13　我是她男朋友

Chapter 14　客机惊魂

　　飞机在三千米的平流层滑翔，它将横穿大半个中国大陆，在五个小时后抵达亚欧大陆架的南部国土——泰国的首都，曼谷。

　　叶阙的位置靠窗，透过舷窗的有机玻璃，她看见成片的白色云朵在瞬息间变幻，速度快得仿佛是要逆转时光。她握紧手机，想起登机前给叶瑾瑜发的那条即将出国的信息，本来说这件事应该提早告诉她，但却因为自己那个便宜爸爸的关系，又让她纠结了好几天。

　　她叹了口气，默默地将手机收了回去，装模作样地拿起面前折叠桌上的旅行杂志，故意不去看身旁坐着的邵航投过来的目光。

　　谁能想到他们的座位号竟然是连在一起呢，真是可气！她秀眉皱起，想起那时陶冶急吼吼地说这肯定是助理故意给邵总安排的福利时，邵航居然一脸镇定地反问说，你觉得邓茜的时间已经多到可以干这个了么？

　　陶冶又一想那小助理几乎每天都要忙死的节奏，觉得这话也是有那么些的道理。倒是夹在他俩中间的Lesley从登机开始就没说过一句话，低着头不停地将文件夹里厚厚一沓的文稿唰唰唰地翻个不停。

　　“杨姐，像你这样整天只知道工作，以后会嫁不出去的哦。”陶冶一脸真诚地道。

　　这话实在是哪壶不开提哪壶了，甚至连叶阙都几乎要忍不住用余光望向邵航，但她还是克制住了，不过这架飞向曼谷的飞机离降落还有一段时间，所以怎么去打发这段时间，还真是一个问题。

　　但她不去八卦，并不代表其他人就不会。这一行去曼谷的人里，除了邵航和《人鱼岛屿》的编剧组，执行总监魏朗也在其中，不过他坐在他们的前排座位，视觉上容易被忽视。

　　果然，为了刷新自己的存在感，他清了清嗓子也帮腔道，"听说小杨是被邵总亲自挖来的，不知道小杨在这之前……"

　　"不知道魏总什么时候也有兴趣八我邵航的卦了，"邵航挑眉，但并没有打算对这问题含糊带过的意思，"我和Miss杨是校友，在英国的时候Miss杨帮过我许多，所以我请她过来，也和当年一样。"

　　他落字定音，但魏朗显然不希望就此带过，而是笑着故意怂恿道，"小杨你听听，就因为这句一样，你就被他卖了吗？"

　　"他这还不到卖我的时候，"Lesley略带不屑地笑笑，低垂的下颚终于抬起来，手指更是在被她画上不少红线的地方停顿下来，不假辞色道："叶阙我好像已经跟你说过，剧本不是小说，能不用独白就不用独白，你自己看看这里……"

　　说话间那剧本初稿已经递了过来，叶阙在听她这话的时候大概就猜到了她会说哪里，这下一看，更是证实了自己的想法。

　　"其实我觉得这个地方呢，"她抿了抿嘴唇，正要解释，谁知小桌板上的水杯一个猝不及防的颠簸，直接就将里面的水浇上了她的裤腿。

　　与此同时，飞机的整个机舱也开始晃动起来，她脸色煞白，手腕随即被人抓紧了。"别乱动，检查好你的安全带。"邵航视线扫过来，一脸镇定道。

　　她连忙照做，但机舱里已经有小孩大声哭了出来，她想回头，但飞机又一个剧烈倾斜，直让她栽进了邵航的怀里。

　　居然会在这样的情况下肌肤相亲，这真是她从未想过的问题。但此时此刻，并没有太多时间云思考这个问题。因为整个机舱里的气氛都在瞬间绷紧了，秩序也越来越混乱，除了小孩奋力的尖叫声，还有女人的呜咽声，以及空姐推车上饮料瓶、水果、瓷碟纷纷落地的声音。

Chapter 14　客机惊魂

"别怕，没事的。"他的手仍未松开她，力气大得甚至拧得她皮肤发疼，有机玻璃的机窗外，颠倒的云层已然变成了灰暗的墨团，就像是飞机闯进了某片引力未知的空间，被强行吸引着被动颠簸，这种感觉甚至让人不敢呼吸，仿佛多呼吸一下，就有多一分可能性的永远滞留在这里。

现在的一切都让人感到陌生又害怕，除了那个还在不断给自己打气的男人，"这种陡然上升，陡然下降的情况多半是飞机遇到强气流了……"

他的话刚落，就听天花板一声巨响，接着整个机舱的灯都熄灭了，然后是时断时续的电子播报："女士们，先生们，飞机遭遇强气流，现正在努力下降附近机场，请您回原位坐好，系好安全带，收起小桌板，将座椅靠背调整到正常位置。所有个人电脑及电子设备必须处于关闭状态。请你确认您的手提物品是否已妥善安放。请大家不必担心。"

"这哪里是普通的强气流，这根本就是BOSS级的强气流吧！"叶阙试图靠说冷笑话寻找安慰，但不说还好，一说她心里反而更加没底。黑暗中，她向邵航的方向看去，却撞见他一双深邃的黑眼睛也正在盯着自己。

灵犀相交间，前排座位里不知哪个无意喊了一句，该不会是最后一次坐飞机了吧！顿时，整个机舱居然都渐渐安静了下来，甚至连发型松乱的空姐也不必再上前维持秩序，因为她从所有沉默的眼睛里都读到了同一种名为祈祷的意味。

此时此刻，人所有的情绪都仿佛暂停在了这里，只剩下最原始最本能的反应。叶阙的手腕被邵航握紧在手心里，他身旁的Lesley看在眼里，居然不发一言地也反握住了他。黑暗中，叶阙看不清其他，唯独看见Lesley手腕上那块银色的石英表在反着光，一时觉得刺眼非常。

这种极致的沉默和窒息大概维持了五分钟，机舱的灯终于再次亮了起来，也就是这时重重吁了一口气的人们才体会到电灯的发明大概是这个世界上最伟大的发明，且没有之一。

紧接着，是再一次响起的略带激动的女声播报："女士们，先生们，经机师们的全力驾驶，中国航空公司CA979号航班将按照原定路线飞往曼谷，本架飞机预定在2个小时25分钟后抵达曼谷，地表温度是26摄氏度，感谢您的配合！"

播报循环了两遍才停止，机舱里先是一阵压抑，紧接着掌声和欢呼声就爆发了出来，叶阙的情绪被调动了，也想跟着那些互不相识的人一起鼓掌，但抬起手臂才发觉腕部还被邵航牢牢握紧着，"等等。"他低声说着，慢慢才松开了手。

竟是他的手握她的太久发麻了，叶阙心中一阵激荡，倒是Lesley究竟是什么时候放开的手她却并未注意到，一排座位四个人，没想最后居然是陶冶先发了话。

"邵总，您还是跟我换个座位吧！"他猛地站起身，急急道。

可惜邵航依旧一副岿然不动，他只好再接再厉，"刚刚飞机失去平衡时我给自己许了个愿，如果最后一切平安，那我一定要趁着飞机降落前给叶老师您表白！"

敢情是向自己表白而不是向邵航表白？叶阙轻抚着刚被邵航弄疼的右手腕，一脸的不可置信，"你是说，你要向我表白？"

"对！请叶老师接受我的表白！"陶冶大声道。

他的话刚说完，机舱里才停歇不久的鼓掌声再次响了起来，人多的地方，最怕缺的就是热闹，更何况是这大难不死后的热闹，哦不，这简直就堪称是福利了。

于是在这无数道热切目光的注视下，她终于挤出几个字："小朋友，你知道我比你大几岁吗？"

"不就是四岁零三个月！"陶冶一脸早料到她会有此一问的表情，"但那又怎么样，我看过你所有的书，我知道你所有的喜好，所有的开心和不开心。何况，我的身高比你高，体重又比你重，这些加起来，又有什么不可以的！"

"当然不可以。"没想到最后居然会是邵航替她解了围，只是事情太过峰回路转，一时间让所有好事之徒都伸长了脑袋想要一探究竟，至于他说的则是："如果这个世界上有另一个人看过叶阙的书，知道她所有的喜好，所有的开心和不开心。身高比她高，体重比她重……最重要的是叶阙还喜欢他，你觉得，你还有胜算么？"

"我……"陶冶锁眉，意外于说这话的居然会是邵航，但就算是邵航又如何？他将视线重新摆正了对向叶阙，一字字道，"就算真有这样一个人又怎么样？不去试一试，又怎么知道呢？"

试一试？如果她叶阙再年轻几岁，哪怕是二十刚出头，她或者都可以试一试，可她已经不算很年轻了，再去赌一场赢面不算太大的牌，老实说，她真是缺了些锐气和勇气。

但以上的说法实在无法满足在场众人的好奇心，以及陶冶小同学的求胜欲，于是她只好打了个哈哈将话头先圆过去："陶冶，其实我也有件事没告诉你。前天下午，你跟魏总监打这个赌的时候，其实我已经偷偷听见了。"

她这句话的信息量十足，作为一枚烟幕弹，着实达到了不算低的分数。再加上她一脸认真又淡定的表情，甚至瞒过了绝大多数听客，可惜陶冶是何许人也？华成编剧里年龄最小天赋最高的小伙伴是也。

像她刚刚描述的这种二流桥段，他陶冶上高中的时候就已经不屑使用了。不过好事者虽多，也总还是有像Miss杨这种职场女王的存在。只见她慢条斯理地将刚才因飞机原因弄乱的文稿整理完毕，然后站起身，将剧本响亮地甩了甩，道："叶编剧，你昨天给我的这份剧本里面有这句吗？还有你，陶编剧，你自己入戏也就算了，还拉着邵总跟你一起对戏，邵总出场费很贵的你知道不知道？魏执行，你说对吧？"

"这……自然！自然！"魏朗一双眼睛油锅里炼过的，哪能不知道她几个意思，连连点头后还顺便故作高深地指导道，"不过小陶啊，表演时这个表白你知道吧，一定要发自肺腑才能感人至深，像你刚才那个眼神就不那么到位……"

魏执行最大的能耐当属他的那张嘴皮子，一张嘴，黑白颠倒，一闭嘴，红白两案。倒是提及说话水平，叶阙其实更欣赏Lesley刚才的表现，先是将所有人都牵扯进来，再又将所有关系都撇得干干净净。

Lesley果然不一般，可惜若不是自己和她那层奇怪的关系，叶阙还真挺稀罕和这样胸大又有脑子的女汉子交朋友。

可惜，时耶命耶，缘分这个事终究是要看老天给的概率。

老天自然不会轻易在给过你一次概率之后又再给你一次概率，因为学过概率论的朋友都知道，当概率无限接近于1的时候，就是绝对命中的意思。

叶阙他们的行程虽然曾被老天恶意调整过参数险些接近1了，但好在最终还是修正了这个BUG。在这有惊无险的5小时15分钟过后，GA959号航班终于安全抵达曼谷的素万那普国际机场。

曼谷与北京一个在亚热带一个在北温带，南北纬度相差了将近了27度，所以自然当北京尚在"北国千里冰封，万里雪飘"的冬日盛景时，曼谷已经是"我从山中来，带着兰花草"的夏至画面了。

实际上，以上的感慨均来自于现下郁郁不得志的陶冶小同学的口中，因为就在不久前，叶阙已经明确地向他表达了不可能接受姐弟恋的中心思想。不过，现下对着烈日当头的曼谷机场，叶阙的状态也好不到哪里去，她热地很实在，直想脱脱脱。

说脱就脱，第一件刺绣羊毛开衫，第二件绿格衬衫……

与此同时，邵航的视线从她最后一粒剥落的衬衫扣上收回，又在她那显出女性特征的部位上静静停了半秒，终于忍不住了："你这样是生怕别人不知道你是女人吗？"

"……"

Chapter 15　豆瓣女神苏梦

因为时间的关系，他们在曼谷仅停留了一晚，次日一早就动身去往了普吉岛。说来，他们的终点站其实也不是普吉岛，而是离普吉岛很近的一个名为伊士顿的私人岛屿。

为了拍摄《人鱼岛屿》，影视剧组其实早在半年前就花重金将它租下，并开始了紧锣密鼓的场景搭建。倒是叶阙在听到这个消息后，对邵航不以为然道："你就这么有自信我一定会把影视版权卖给华成吗？"

"不卖给华成，你也会卖给别的公司。但对场景工程项目的承包方来讲，替哪个公司做，结果都是一样的。"邵航淡定回话道。

他这句话里的逻辑关系着实令人费解，叶阙想了一会才将因果捋清楚，但还是逞强道："可就算是这样，他们做的又真能达到故事里形容的那种感觉吗？对了，还有那些演员们，我们是不是一会儿也能看到？"

她是个写书达人，却也是个编剧小白。而所有的小白都有一个共同点，那就是有一颗如同十万个为什么的好奇心。邵航早在数年以前就领教过她的好奇心，当时就甘拜下风，更遑论是现在："虽然做不到一比一完全复制《人鱼岛屿》里的迷宫，但上下三层的结构和每一层里大致的景象都非常接近原著了。再者，还有特效师和化妆师们的存在。至于说演员……"

"你明天不就能看到了。"他卖了个关子，顺便结束这场解惑。叶阙在来之前早已看过各位演员的照片，但那毕竟不是正式的定妆照，所以心中还是更期待现场的表现，可惜邵航决心闭嘴不言，她也只能悻悻地跟在他的后面。

事实上，在众人辗转几趟终于到达伊士顿岛屿以后，就兵分成了两路人马，一队是以魏朗和Lesley为首的商务，率先去会面拍摄方的人员；另一队则是以邵航、叶阙、陶冶为主的其他寥寥数人，去往主要拍摄场地熟悉环境。

自然，叶阙心里其实想的是跟着魏朗他们去见世面，纵使是要与她的那位难搞的上司Lesley一起。但邵航并不这么觉得，因为新梦演艺公司虽然是他最先联系的，但最终能将事定下来的其实是魏朗。实在这里面的门道不足以向叶阙道，索性就任她就这么误会下去。

但任她误会下去的最直观的结果就是叶阙一下子就和陶冶走得近了。那陶冶年龄虽然小，但见识过的场面可不少，在他们驱车去往拍摄场地的途中一路跟她讲着自己以前的经历，又再加上他编剧小王子的口才，几乎听得叶阙都快要给他写本书了。

至于说邵航他本人……

他降下车窗，点燃一根烟在嘴边，幽幽吐出个圈，怕顶多就算个充话费送的番外吧。

阳光铺泻在银色的海滩上，海鸥在湛蓝的天空中盘旋，海风低语呢喃，整座伊士顿岛屿都仿佛是从童话中缓缓铺陈开的画卷。

叶阙和邵航他们此时已经登上海岛，又花了将近半个小时，终于来到了《人鱼岛屿》的拍摄场地。

由于明天就要开机，所以现场一切的准备工作都在有条不紊地进行着。叶阙他们下车后，首要做的就是熟悉场地。根据小说的描述，《人鱼岛屿》最主要的活动地图就是娑婆迷宫，也就是邵航在开头提到过的迷宫。考虑到在电影拍摄完毕后，这里可开发为旅游景区，所以投资方慎重考虑后，决定把迷宫的规格、复杂程度等等都按照比较高的标准建造。

事实上，岛屿的娑婆二字，正是取自佛教对于现世的大千世界所定义的娑婆世界，故而这座迷宫其实是在暗喻现实与理想世界的交汇。

但也正是它的虚幻色彩，加大了迷宫本身的修建难度，所以当作为创作者的叶阙在看到这几乎是还原了小说的实景以后，心中的欣喜可谓不言而喻。

现在，他们就要按照故事里男女主相遇时的情景重现一遍。拨开竹帘般厚重的藤条，故事里那个半人宽的洞穴口便映入眼帘，那洞穴深黑不见底，他们打开手电侧身进入，岩石触手一片沁骨冰凉，耳畔似有隐约的滴水声。

进入后，则是另一番曲折洞天，场景里有灯，但并未全开，整个基调幽深昏暗，光影照不尽的嶙峋岩石后，仿似随时有鬼魅出没。

根据小说的描述，整个迷宫被分为上中下三层，通道大致呈螺旋结构，一层进三层出，沿途共有七景，这七景的创作来源是七宗罪，所以每一景都代表一种原罪的拟物化。

他们现所在的位置是第二景：欲泽之海，因为在故事中，男主正是在这里遇到了女主，所以叶阙他们粗略地看过第一景后，就直奔向了第二景。

比起第一景仅用岩石搭建出的光怪陆离，第二景的确别出心裁得多，单是这人工打造的长约200米深约1米的地下河就耗资不菲。它由专门的抽水泵抽自岛屿附近的海水，并在洞穴里以隐秘的接口相连，以此保证拍摄的真实性。

迂回的河道上，原木打造的浮桥尚散发出一股淡淡的生木味道，叶阙他们走在上面，一路感受着鼓风机从地底送出的凉风和从岩壁上投在深黑水面上的点点浮光，当真像是走进了故事中。

陶冶走在最前，将剧本卷起塞进了牛仔裤口袋里，手里则拿着相机随处乱拍，"叶老师，你当初写这个故事的时候，想象的也是这个模样吗？"

他的话像是砸进这湖里的一颗石子，不由得让人思绪万千。叶阙走在中间，步伐也跟着慢了下来，"其实当时想的时候……嗯，比如这个浮桥，肯定是不能有扶手的。"

"所以说多了个安全措施，你还不乐意了？"邵航的手电没关，依旧替他们照着前面的路。倒是陶冶在听她这么说后立刻表示赞同。

"对对，还有这个浮桥，绝对不能这么结实，要踩上去晃悠悠的才好！"说完他还顺便踩了它两脚，像是在试验它的牢固程度。谁知他这一跺脚，浮桥竟然真的大幅度地晃动了下，不过源头似乎并不出自他们处，是拐弯处看不见的另一端。

"怎么，难道这里面还有其他人？"陶冶嘟囔着与他们对视了一眼，疑惑道。

"走，去看看。"邵航沉声接话，"不过，大家千万小心！"

应着他的那声小心，叶阙他们点了点头，忙快步跟上。因为拍摄需要，这条地下河被修造得迂回异常，经常是还没走到几米，前方的视线就被岩石阻断了。也就是在这时，陶冶才又忍不住吐起了槽，"叶老师，你说当时你要是写个四通八达的浮桥，这下子咱们不就看见了嘛！"

但也不知道是不是他的那声"看见"触动了迷宫里某处神秘的机关，就在他的话刚说完，紧紧缠绕在岩壁上的道具灯忽地就灭了。

突如其来的黑暗让叶阙不由尖叫了一声，好在手很快被人握住了，"叶阙你是笨蛋吗？自己写的场景，也会害怕。"

那腔调一如当年，只是音量极低，像是耳语。

……是邵航，叶阙轻吁了口气，刚想从牛仔裤口袋里把手机掏出，前面的陶冶已经先她一步将手机打开。

"你们刚在说什么？"陶冶回过头，视线落在叶阙略显不自然的脸上，四下漆黑，手机莹蓝色的光沉在黑黝黝的湖底，一如已经沉下的刚才的那幕，不过他并没有看见。

因为叶阙已经飞快抬起头看向他，"告诉你一个秘密。"

"什么？"两个异口同声的声音道。

"其实我当时想的时候，浮桥走到一半是会断裂的。"叶阙淡定开口。

"……"

然而，现在并不是讲冷笑话的好时候，因为就在他们走了一段发现震动已经消失时，另一波震动又开始了，并且越来越快，简直就像是要掀翻这座浮桥似的。

"难道真的有别人？不是说一层的拍摄场地今天人都被清空了吗？"叶阙扶稳栏杆，这次连她也忍不住了。

"也许还有场务，或者来踩点的演员……"邵航皱了皱眉，一个大步，已然换到陶冶的位置。"你们都跟在我后面，记住等下无论看到任何事，都不要声张。"

"不要，声张？"叶阙的那句为什么还没问出来，这次连陶冶也拽住了她。

"听邵总的。"陶冶难得一脸严肃，"可能是前面出了状况。"

叶阙一头雾水地点点头，精神也更加绷紧了。

这下他们谁也没有再开口说话，倒是这无端静下来的幽闭空间里，那股晃动的声音回声般被愈发放大了。

"好像是……"叶阙压低声音，正要说出那后半句，只听远处扑通一阵落水声，是有什么掉进了水里，接着便开始大喊救命。

这真是再诡异不过的情形，明明这条河道里除了他们三个再没有看到其他人，可现在却听到了第四人的声音。

还是个女人的声音。

叶阙倒吸了口气，来不及去想如果故事里出现这个场景会怎样，脚步已经不由自主跟着陶冶、邵航一起向前小跑去。

手机的光束照不清的河道尽头，浮桥戛然而止，漆黑的河床正中只见一个身穿红裙的女人从水里摇晃着站起，她湿漉漉的黑发长及腰，面色如纸般苍白……

"啊！"众人还未来得及被她不用化妆已能去演女鬼的造型吓到，她倒是结结实实先惊叫了一声，"鬼呀！"

"小姐，你看我们哪里像鬼了？"叶阙先一步发话，实话说，她在看见这女人的第一眼时的确也觉得诡异非常，但在听到她的那声尖叫后很快打消了想法，何况这时连邵航的手机电筒也打开了，更证实了眼前的女人是人非鬼。

"我……"看见他们的女人此时也想开口，但一个喷嚏就打了出来，她又扑腾了两下，这才发现水深其实只在腰上一点，于是跌跌地想要爬上浮桥，但手才刚放上来，却又像想起了什么般回头四下望了望。顺着她的视线，众人很快发现她在找的可能是剧本，不过那剧本已经被浸泡了水，慢慢地向河下沉去。

"你是演员吗？"河道里没有灯，自然就看不清脸，陶冶跟叶阙对视了一眼，很快倾下身向女人递出了手，"我跟你说话呢！你……"

"你是苏梦！我勒个去，你真的是苏梦哎！"像发现新大陆似的，陶冶那递过去的手顿时就不知道该怎么放了，他擦擦裤腿，正要重新把手递过去……

那边人已经被邵航一把拉了上来。

"我说你这个人怎么回事啊！"名作苏梦的年轻女人瞪了他一眼，注意力很快放到了自己的"救命恩人"外形俊逸气质冷峻的邵航身上。事实上，叶阙在听到这个名字时心里也激动了许久，实在是……她方才抬起俏脸的一瞬间，简直漂亮得让人心虚。

没来得及尴尬，这边陶冶依旧在"苏梦苏梦"地喃喃，甚至小半天过去才反应过来叶阙还站在自己身边，"我……叶老师你懂的，我就是，就是太激动了！"

是啊，谁能想到会在这种情况下遇到享誉豆瓣的新生代女神——演员苏梦呢？苏梦到底有多美？曾经有知名评论家这样形容过她，说苏梦以后豆瓣再无女神。不过，难道是临时换演员了？开始的剧本里，叶阙明明记得女1号是路琪琪的。

"对不起苏小姐，真没想到会出这样的意外，"邵航皱眉，视线淡淡扫过叶阙，伸手间就将陶冶的运动服给剥了下来，众人一阵不明所以，倒是他一脸淡定地将衣服给苏梦披上，继续道，"但我想知道的是，刚才这里究竟发生什么事了？"

Chapter 16　熄灭的线香

　　他的话成功转移了大家的注意力，饶是裹着运动服的苏梦冷得哆嗦了好几下，又纠结了好一番，这才将事情的原委道了出来。

　　原来，她确如邵航开始说的那样，是前来踩点的演员，只不过因为临时更换了演员，再加上保密宣传的需要，所以一直没有向外界透露她将参演的消息。不过苏梦自出道以来就一直保持着低调的冰山芭比的形象，所以公关部这样的选择其实也符合她一贯的风格。

　　但，她怎么会一个人在迷宫里呢？

　　"多半是路琪琪那个贱人在剧本的迷宫图上动了手脚！"苏梦又紧了紧外套，嫌弃的口吻丝毫没避讳周围人，此刻三台围着她的手机同时打开，聚光的效果几乎等同于一个小型T台，那光照在她白细幼嫩的肌肤上，即使是这刚被捞出来的形象，又怎一个诱惑了得？

　　同样是黑长直齐刘海，有人是村姑，但有人就是童颜巨乳。显然苏梦是后者，一张娃娃脸上尺子量过似地嵌着樱唇瑶鼻，最引人注目的则要数那双疏离的点漆目，恰恰应了她那冰山芭比的称呼。

　　不过再标致的美人如果说话爆粗口，还是会扣了她美人的分数，但显然她苏梦并不在乎这点，而是直视邵航的视线，道："一开始我就说过，如果那贱人在，我就肯定不在，没想到最后还是……"

"路琪琪的角色只是前任女友，前任再好，也是会被现任取代的。"邵航淡笑笑，"还是说，如果她的出演费比你少10%，苏大小姐会高兴些？"

"她的钱真比我少10%？"提到这，苏梦果然双眼一亮，说来也是，毕竟已经没什么比金钱更能直观的衡量她们这作为演员的价值了不是？倒是邵航接下来话锋一转，再又比了个请的手势，"这话我可没说，我只知道，苏小姐才是大家心中最认可的女神。"

邵说的话正中苏梦下怀，自然就引得佳人笑逐颜开，顺便还朝他抛了媚眼，"你这个人，还真有点意思。"

叶阙从未见过邵航在谈判桌上的一面，自然就更未见过他对付这样的极品美女对手的功底，今日难得一见，心里竟是涌起一股说不出的滋味。至于那苏梦就更是，没想到外界盛传的，甚至连自己也以为许久的冰山似的美人，居然也有如此撒泼的一面。她在心里暗暗想着，随即就听陶冶的下一句已然接上："邵总说的对，贱人就是矫情！"

"……"

"哦，我说的是那个路琪琪啊！"他抓抓头，一脸尴尬地补充。

真是马屁拍到马腿上去了，叶阙默默替他叹了口气。

Chapter 16 熄灭的线香

由于苏梦已经"湿身"的原因，所以众人没多作考虑便决定原路返回。不过，对于剧本是被女2号路琪琪找人修改，导致苏梦在迷宫中迷路的说法众人心里还是有疑问，毕竟那剧本现在早不知飘到了哪里，实在无从对证。另外，在业内苏梦和路琪琪不和已经是人所共知的事情，路琪琪手段再low，按理说也不至于做出这种搬起石头砸自己脚的事。

不过，对于开始他们听到的震动声，苏梦所解释的抽水口出了问题则显得过于含糊了，但既然她不肯多说，现下又已经没事，大家也就不好多问。

众人出了迷宫，叶阙的手机第一个就响了起来，那华丽丽的十一个未接来电即使在阳光满布的海岛上也依旧能亮瞎眼，就无须说那来电人赫然是母亲叶瑾瑜。

　　叶阙叹了口气，在尴尬地对邵航陶冶他们道了一句"抱歉我有点事"以后，就匆忙跑到了一株椰子树旁临时搭建的凉棚下接电话，但没想到——

　　"小阙，是爸爸。"电话那头，男人低沉中透出一丝沧桑的声音自祖国最南端海域的海底光缆里传来，叶阙抬头望见天际一群海鸥恰好飞过，一阵地出神。

　　"哦，有事？"小半天，她才淡声道。

　　"听你妈说，你现在在普吉岛。"听到她终于松口，男人似乎有些欣慰，"爸爸刚好有个老朋友在那边，不如你去他家住？"

　　耐着性子听他说完，叶阙忍住了没挂电话的冲动，克制道："不了，我住剧组里，我妈呢？"

　　"瑾瑜，小阙找你！"听见叶阙一次居然对自己说了这么多字，男人连说话的声音都好像年轻了好几岁，"瑾瑜，你快点！"

　　"来了来了，"电话这边，叶阙似都能想象出母亲那张虽已迟暮，但依然美丽的脸上透出的久违的红晕，"小阙，你是怎么回事？打了十几个电话，都打不通。"

　　"这岛上信号不太好，"叶阙用手指有一下没一下地够着那矮椰树的树叶，视线在对面和苏梦说话的邵航身上顿了两秒，又静静收回来，"我估计要在这里待上一段时间，你放心，剧组的人都很照顾我，等我回去了，给你带礼物。"

　　"那你爸呢？"叶瑾瑜忙道。

　　"再说吧，我还有事，先挂了，你照顾好自己。"叶阙正要收线。

　　"等等。"叶瑾瑜却是叫停了她，"你这次拍摄，是跟那个叫邵航的在一起？"

　　"他在前期大概会在这里待上一阵，等拍摄稳定了就会离开。"叶阙并不明白她的用意，皱起了眉又道，"不过，妈，你怎么突然提到他？"

　　"哦，没什么，只是忽然想起来你有这么个同学在而已。"叶瑾瑜话锋一转，"你好好工作吧，不要太辛苦。"

　　"好的，知道了。"

　　最后以拉家常式的对话收线，叶阙稍事整理心情，很快向他们走来。这时苏梦已经离开，倒是陶冶拿着苏梦亲笔签名的剧本在叶阙眼前一脸雀跃地晃动着，让她很是无奈。

"对了，你们之前说，不要声张，我不太明白？"想起方才迷宫中的疑问未解，叶阙问道。

邵航的目光从她的手机重新飘回到她的脸上，一副"你难道还看不出来"的表情，"你觉得如果电影还未上映就传出拍摄基地出现问题，或者主演不合这种事，真的会对我们的宣传有帮助吗？"

原来如此。叶阙"哦"了声，刚要说自己还是太嫩了，耳边就听邵航接着开口道，"不过说真的，苏梦本人看起来真是比电视上还要漂亮。"

陶冶："就是，就是啊！"

叶阙："……"

晚上吃完饭八点多的时候，Lesley终于姗姗来迟。午间分房时叶阙已经知道自己和Lesley住一间，但真正到要面对的时候，心里还是不那么自然，就好像是面对着一座无形的山，明明它从未动，又好像一步步在朝你压来。

叶阙卸了妆将头发扎成一束马尾，盘着腿坐在床上用iPad装模作样地看剧本，另一边涂着复古红指甲油的Lesley指间点燃一根香烟，忽然默不作声地给她递过一块抹茶蛋糕，"我知道你晚上没吃饱，不过剧组就是这样，除了盒饭就是盒饭。"

"谢谢。"叶阙接过蛋糕，但并未立刻开动。

"你知道吗，其实我一直挺不喜欢你的。"她看着叶阙，撇了撇嘴道。

单刀直入，的确符合她女王的性格。叶阙看看蛋糕，再又看看她，没接话。

"因为我一直搞不清楚Highmore为什么会在意你。"她幽幽吐出个烟圈，也就是这个时候叶阙才第一次知道邵航的英文名原来叫Highmore，听到这，叶阙心中一热，因为她一直有个很喜欢的演员，就叫作Freddie Highmore。

"尤其是在我们回国，他又接触了那么多明星以后。"顿了顿，Lesley继续，"面对那么多美女，他居然都可以不为所动，所以我想，他大概不是贪恋你的美色。"

一些话被诸如Lesley这样性格乖张的女人直截了当地说出来，还是免不了让人一阵面红耳赤。卧房里，叶阙跟她对视着，唯剩吊顶上一盏孤灯兀自亮着光，倒像当真要坐实了那电灯泡的意思。

"所以呢？"彼此僵持了三秒，叶阙绷着的脸上有些挂不住了，于是问。

"不过你也不要因此感觉太好，毕竟像Highmore这样的男人，一旦真坏起来，你绝对不是他的对手。"Lesley没头没脑地说了一句，她伸了个懒腰，再慵懒地脱下了那勾勒出妖娆身材的黑色蕾丝背心，"好了，我去洗澡了，刚才的话你就当我没说吧。"

要说这个女人还真是……

叶阙被她弄得一头雾水，可她却这么遁了？

"我和他之间大概不是你想的那个样子。"在Lesley脱得只剩内衣内裤，甚至一只脚已经跨进浴室门的时候，叶阙还是忍不住开口了，"人对初恋总是有情结的，所以他可能只是觉得，觉得那时候对不起我而已。"

"他对不起你？"像是听到什么好笑的话，Lesley忽然收住了脚步，扭过头对她道："叶阙，如果天真也算是一种美德的话，我想他大概是忘不了你这点吧。"

一夜再无话。

第二天七点五十的时候，叶阙就被Lesley的手机闹铃震醒，那闹铃声是ladygaga的成名曲《Just Dance》，ga姐的销魂魔音配上曲乐的蚀骨电音，简直让人不想醒都不行。

"如果你厌恶一首歌，就把它用作手机闹铃。"穿着性感黑色吊带内衣的Lesley如是说。叶阙表示这话很耳熟似乎在哪里听过，倒是真等她想起来的时候，人已经来到了片场。今天是《人鱼岛屿》剧组开机的第一天，依照惯例需要进行开机仪式，而在这里面最重要的一环又是拜神。

叶阙大清早和Lesley跑这一趟，正是为了它。因为《人鱼岛屿》电影里很大一部分都是惊悚剧情，为了图个吉利，也为了众人心理上的踏实，编剧组成员务必要到场。

作为头一次跟剧组的叶阙自然免不了心中好奇。但不知是不是越刻意越出错的缘故，除了今天天公不作美细细飘了层小雨以外，就在总导演将线香点燃插进铺着厚厚香灰的青铜鼎里时，不知怎么的三只香里竟然就莫名熄灭了一支。

起先众人还未留意，倒是距离最近的摄影师眼尖地第一个发现了。

"真是晦气啊！"人堆里不知是谁低低骂了声，叶阙站立其中努力想要辨认声音来源，但接连的声音和语调，很快让她辨不清了方向。

曾几何时也有这样的话语如雷霆入耳？她怔怔望着那缭绕出青烟的线香，思绪也像是被带回到了多少年前，她记得那时邵航刚出国不久，但对她来说，似乎一连串的糟糕事才刚起了一个头。但在这堆糟糕里，首当其冲又是她所谓私生女的身份。

是啊，私生女。她活了十七年，还从未想过自己的人生原来是这么个荒唐的设定。

"真是晦气啊！"她忘不了当时也有人这么说，甚至说这话的人不是别人，正是自己那所谓生父的结发妻子。

可父亲的结发，竟然不是她的母亲！

"我不知道到底叫什么，但是我要告诉你，我苏米，绝不会轻易让你，还有你那下贱妈妈名正言顺跨进沈家的大门！"

恶狠狠的诅咒，是记忆中仅次于邵航骤然出国的最深刻的伤疤。

而这个世上所有的伤疤都是不容揭开的，时间越久，就越不容易揭开。叶阙紧了紧手心，试图甩开这种曾经好不容易克服，偏偏又卷土重来的心理障碍……

"也就是没见过世面的人才会对这种事瞎嘟嘟。"身旁，Lesley对着人群的某处狠狠啐了声，还附带翻了个白眼。

叶阙被她极富表现力的动作拉回现实，隔着袅袅青烟，她的视线落到另一道穿着银灰色西服的挺拔的身影上。那人不知是何时出现，但此番现身却更多地像是为了救场。

"线香受了潮或许还能用，但用在开机仪式上就不好了。"说话间，那修长的手指已将熄灭的香重新替换。略一顿，他不徐不疾又道，"那位新来的导演助理，虽然你不说话，但我希望你能记住剧组给你上的这第一课：不论何时何地，都要有B计划。"

是B计划吗？叶阙隔着人群，将目光掠向那人那双深黑的、漂亮得不像话的眼眸，倒是视线忽而被一把撑起的格子雨伞挡住，跟紧再是一句：

"对不起叶老师我睡过头了，刚刚听到人群里有议论，难道是我错过了什么吗？"

陶冶急切的声音近在耳畔，但也是在这一瞬间，叶阙不知怎么地却想起第一次和邵航见面的场景。

那也是这样的阴雨天，也有把这样相似的格子雨伞，她立在嘈杂的人群中，背负万千刀光剑影，她与少年在战场上劈面相逢，命运声撞如洪钟。

Chapter 17　导演助理忙得要命

　　悬疑气氛浓郁的开机仪式过后，很快就是正式的电影开拍。叶阙是第一次参加这种现场拍摄，自然少不了好奇和紧张。同时作为备胎编剧和新手助理，职业履历比空白好一点的她这一天更是被呼来喝去地几乎累成了狗。

　　时间一转眼很快到傍晚，匆匆吃过晚饭，紧接着又要开始夜景戏。这场戏主要讲的是男主夜里无聊在小岛上四处闲逛，无意中发现迷宫的情形。谁承想戏才刚拍到一半，天上就忽然飘起了雨来，先是淅淅沥沥，后是哗啦哗啦。

　　直到拍摄没法再继续了，人群中就又出现了令人刺耳的声音。

　　叶阙穿着秋鞋一路小跑着跟在刚过了四十头发就花白了一半的导演后面，一边听一边心里也想骂，但真让她骂她又骂不开了，好像只要这一开口，就当真成了自己的错。

　　还真是晦气啊。她皱眉，迅速将剧本卷起塞进牛仔裤口袋里，便忙随着场务们一起紧张地收起场地来，没办法，谁教剧组人手紧缺，都是巴不得男人当成牲口用，女人当成男人用。好在她今天没来"大姨妈"，不然这样浴血奋战下去，真要被当作"开门红"了。

　　再一转念，只好将这破事吐槽为开机前没翻皇历，兴许那里还真有一条譬如"不宜动土"之类呢？她这边脑洞大开着，怎料那边忽然又一声尖叫，简直就像绷紧的弦被谁狠狠弹了一弹。

居然是迷宫出事了！听说消息后，人群里顿时议论开，有说是因为雨水倒灌进一层地下河的关系，也有说是抽水泵出了问题的缘故，总之就是迷宫的某处重要景点可能被破坏了。

叶阙站得离迷宫的位置最远，具体的消息也不准确，可那句隐约的结论还是让她一下子没站稳。

……景点被破坏了？

明明不是自己建造的东西，但在听到这话的一瞬间，意识还是脱离了控制。然而脚不自觉地走到洞口，手却被人拽住了，"若真出现问题还有工程队，有场务，你去能干什么？"

邵航不容置辩的声音在耳边响起，叶阙一愣，声音也变得结巴了，"我……我就是想去看看。"

"我不同意。"并没给她拒绝的权利，邵航拉住她的手腕，直直就将人带出了几米远。他抬腕看表，神色严肃，"现在是七点半，再过一刻钟会有食堂的师傅在宾馆发晚饭，如果七点四十五我没有看见你人在宾馆一层，叶阙，你知道我会怎么做的。"

一句你知道我会怎么做，霎时就将她的神思扯回到了年少的某个午后。她记得那是她第一次趁着邵航午休的时候在他的水杯里放橘子，那橘子是金朔的特产，色泽澄亮，生得一副生津开胃的小巧模样。那天她洗干净后本来是想自己吃的，结果看见某人长得足以让女生妒忌的睫毛在睡梦中冲她眨了眨，当下一个鬼使神差，就将橘子给小心放了进去，至于说某人醒后——

"叶阙，如果你再让我发现你对我做奇怪的事。"年少的邵航沉默地看着她，再不开口了。叶阙冲他吐吐舌头一脸不以为然，但到第二天她终于知道自己错了。因为当她拉开座椅时，整整228颗金橘从她的课桌抽屉里依次蹦了出来，那场景简直就像是列队欢迎似的，在冲她高唱着恶作剧之歌。

至于说无聊到数那数字的，除了她就自然不会有别人。谁教那时的喜欢是这样呢？心里那个他的每一个哪怕再小的习惯和喜好，都是被仔细标注过序号的。

但那个人的报复心从那时起就已经是如此了，这是当年的她早就领教过的。

无奈下叶阙只好点头答应，并跟随众人一起回到宾馆。

晚上大概十点的时候雨势已有停歇的意思，叶阙半张脸贴在宾馆的飘窗前似发现了新大陆，似是眼前一亮，立刻就把套在手腕上的发圈绑上了脑后。

因为剧组提前休息的缘故，疲劳了一天的众人几乎都是累趴在了各自房间的床上。四下无人的宾馆走廊上，叶阙穿着身浅灰色运动服两手揣进兜里，那里面装着只强光军用手电，依照淘宝卖家的说法，它可以照明长达10个小时。

不用10个小时，2个小时就足够了。她轻吁了口气，在心里计算着时间，脚步不由得更快了。

出了宾馆门，绕过一座假山，沿着低矮灌木后的一条石子小径直行约十分钟，就是拍摄场地了。被暴雨洗刷过的海岛上，潮湿的空气扑面而来，远方厚重的墨团压迫天空，仿佛在预示着随时可能再来一场的暴雨。

隐约的灯光从暗淡的夜幕后透出，叶阙眼望着它，惊觉它其实是藏在心底的一把钩子。她深吸了一口气，回头四望了望，随即撩开竹帘般的厚重藤条，迈进了迷宫拍摄场地。

黑不见底的迷宫一层中，她手中的军用电筒笔直的射出一道白色光束，潮湿的地面上，斑驳的水痕提示着几个小时前发生的事故，尽管到现在为止场务方依旧没有明确这次事故发生的具体原因，但并不难猜测这事八成跟抽水泵有关。

静得连滴水声都有回音的甬道里，最底层的鼓风机并没有停止运作，呼呼的海风贴着小腿肚刮上来，不自禁让人将运动服的金属拉链一拉到底。

到底该不该继续呢？心里疑问冒出的同时，脚却仍旧不自觉地向前迈开步，倒是在这样无旁人的情况下进入自己小说的场景里，叶阙心里竟无端竟涌起了一股异样。

……是明明熟悉，但又陌生，快形容不出了。

脚步沿着记忆里的方向向前，直到走上原木浮桥。浮桥踏脚处微微晃动着，仿佛真被人动了手脚，地下河道的水不深，所以有勇气踩上两脚。

好在还算结实。她在心里默默给自己加了把油，正要打算继续，没想到身后冷不丁就飘来一句似曾相识："如果浮桥也有生命，那么一定是从你第一次感受到它的温度开始。"

竟是《人鱼岛屿》里的台词，但这声音……

叶阙猛地回头，手里的强光手电却在照见邵航那张突然出现的，面无表情的俊脸时差点儿跌落进河水里。

要命，这简直就是阴魂不散的节奏啊！

"你……"她刚想开口，但视线却骤然在他的装束上顿住：一身浅灰色的运动装搭配白色的匡威板鞋，几乎就要和自己的这身做成情侣装。但最让她心惊的却是，他这个久违了的模样。

年轻、单薄、挺拔得像冬日里的白桦树。

"看得都呆了？"偏偏某人的嗓音打破了这种近乎文艺的回忆，于是她只好装作不在意地喊了声道，"我只是没想到邵总你居然会出现在这里。"

"你不是也出现在了这里？"邵航的反问跟上得极快，他推开自己的手电，但并不给她台阶下，"不过我也没想到，时间都已经过去了六年，叶阙，你的胆子居然还是这么大。"

什么叫作都已经过去了六年，胆子还这么大？叶阙皱眉，就差没狠狠瞪他，倒是邵航在说完这话后再没有在语言上招惹她，而是径自走上了浮桥。

"如果我没记错，浮桥的尽头应该有架水车？"他头也不回道。

"是。"叶阙颔首，这下真有些相信他是读过自己写的书了，不过他去读自己的作品真是因为喜欢自己吗？她苦笑了笑，说实话，这个理由恐怕连她自己都很难相信。

少年时就没有捅破的情感，凭什么要在长达六年的时间过后去实现？作为一个文字创作者，没有人更能比她了解这个所谓"原动力"存在的重要和合理性。

时间在闭塞的地下迷宫里缓慢流淌，脚步声一前一后地响起在浮桥上，叶阙攥紧手电筒，努力不让自己手里的那道光重叠上邵航的。

"你这几年过得好吗？"蓦地，身前人冷不丁问道。

好不好？应该拿什么去衡量好不好？她扯了扯嘴角，仿佛在笑，"好过，也不好过。"

"是因为凌江？"那人脚步不停，问的话却是一顿，"我听宋佳佳说过他，站在同性的角度看，我以为他最大的错，就错在他还不够强大。"

"你这样说，算是为他辩驳？"叶阙忍了忍，终于还是说。

是的，就在她和宋佳佳在咖啡店的谈话结束后，她其实已经有想法原谅他了，但即使全原谅了又如何？她并没有想法去听一个"失联"了近六年的初恋评论她的前任，尽管她的前任就是个人渣。

但是人生在世，谁还能不错爱几个人渣？

"假使我说我是为自己辩驳，你会不会比较好接受一点？"邵航回过头，却是转折了下一句："已经是尽头了。"

显然叶阙还没有跟上他的思路，她呃了声，小半天道："你这是打算让我回答哪一句？"

"手电筒靠过来一点。"并不给她思考的机会，他身体前倾了些，继续又道，"朝着一点钟方向。"

"啊？"虽然没明白他的意思，但叶阙还是照做，因为戴着隐形眼镜的她现在也发现了某处不同。

此刻，被光束照亮的地方正是水车最内侧的车轱辘处，由于光线聚焦的缘故，本该隐藏在木质纹理下的断痕也变得明显，由于笨重的木制水车直接连接着浮桥，所以这一头地下沉，连带着迫使整个浮桥都向下降了几个厘米。

但是即使这样，也不该影响到整条地下河才对啊！叶阙这边暗自思考着，那边邵航手里的电筒已然调转了方向，直直将光束照进了幽深的河道里。

"抽水泵在这里。"他弯下腰认真地看了看，最后道，"看来真正被动手脚的地方应该是在这里。"

"你说的这点恐怕工程队的人下午就已经发现了。"叶阙撇撇嘴，不以为然地回话。说来也是，虽然抽水泵藏在这里她事先并不知道，但在水车上动手脚，而抽水泵的压力持续作用在水车上，最后导致浮桥塌陷这样的推理实在并不难得出。不过，话锋至此，邵航并没有立刻喊停，反是问道：

"如果你是那个做手脚的人，在事发后你会怎么做？"

"如果我是他，我大概会先收手，但我并不是他，所以……"叶阙听明白他话里的意思，很快继续："也许他还会在下一个地方再做手脚？！"

　　"看来当年的圆锥曲线没有白教你。"邵航呵了声，一双长腿信步迈上通往迷宫二层的入口，优哉道。

　　他圆锥曲线的意思，是最不可能猜到的，就是最可能的结果的意思？叶阙挑眉，刚要上前问个所以然，就见那修长的身影迅速没入眼前的黑暗里。

Chapter 18　两个人的秘密

迷宫的二层是整座迷宫的过度部分，但作为即将要搬上银幕的场景，工程队显然也不能因此马虎。由陡峻的石荆棘铸造的隧道长过百米，昏暗的光影下，仿佛随时会有鬼魅从密布的荆棘后窜出。

但这并不是这里最令人恐怖的地方，而是这是一个近圆形的结构，没有明显的出口再加上几乎生长得一模一样的荆棘林，更无疑加大了由它进入下一层迷宫的难度。甚至就连它的创作者叶阙本人在看见它的第一眼时，都被混淆了该如何前进的视听，好在这里还有我们的剧务小能手邵航同学。

"还记得出口在哪里么？"挤兑间他手里的光束已经照了过来，叶阙下意识用手去挡，不想他的第二句已然飘至，"还是我们叶大作家自己写的时候都没想到，有一天当它真正出现时会这么的……难搞定？"

微一顿，他终于给它以合适的定义。倒是刚刚适应场景的叶阙不甘示弱回嘴道，"话这么多，我以前怎么没发现？"

这真是一句毫无战斗力的回复，但邵航居然还将它稳妥接下了："因为人生也像是行走在这荆棘林，不走下去，谁知道会不会看到黎明？"

竟又是《人鱼岛屿》里的一句台词。看来这家伙真的是……

"那你发现了黎明吗？"她刚回了一句嘴，却见邵航停下来极认真地看定了她，接着将她一把拉进了怀里，顺势搂紧了。

"你，你做什么？"叶阙脸红，想挣脱又不得，只觉那突然而至的男性气息熟悉又陌生。"邵航，你再这样，我……"

"别动！"并不给她多说话的机会，他几乎是同时低喝道，"有蛇，就在你后面。"

蛇？可她分明记得自己的故事里没有蛇这种设定啊？思维凝滞了一秒，她这才反应过来，也怪情况太过突然居然就让她忘了本能地呼救，至于眼前那片被光束照亮的荆棘丛林从这个角度看，更是……白森森恐怖得很。

"打火机在我裤子口袋里。"邵航的嗓音果断打断她的思考，她深吸了口气，忙摸向面前人的口袋，可惜指尖才一触碰，就像烧着了似地险些弹开，"别乱碰……打火机是在前面的口袋，不是后面的……叶阙你是笨蛋吗？"

"我，那……那现在要怎么办？"叶阙努力定下心神，咬咬牙把那句骂忍下了。

"把衣服脱了。"

"什么？"

"我说把外套脱了，然后烧着它。"邵航镇定着继续，"你的。"

"……"

因为一直没有回头看看的机会，所以直等到邵航搂着她的腰小心翼翼将烧着的衣服转过来时，她才终于看清那条盘在不远处荆棘枝上的花纹白蛇，也怪那颜色太过相近，不细看还真就难以发现。

"蛇应该没有毒，但我们不能再继续待在这里了，必须马上走。"邵航道。

"那这衣服怎么办？"运动服的纤维材质很快让火势窜猛，叶阙一分钟前还拿着衣袖，眼看就要烧到帽子，一咬牙，只差没立刻扔了它。

"它怕火，现在还不敢过来，我们退回到入口处，再想办法关上通道的门。"电光石火间，邵航已接过了那件熊熊燃烧的运动服，并拉着她的手腕迅速离开。

曾经的曾经，她只在动物园里看过蛇，但那时是隔着厚厚的玻璃墙，可现在……隔着厚厚的火帘以及一波接一波地灼热，他们置身在被火光映红的荆棘隧道里，仿佛真的看到了矗立着白牙的炼狱入口。

终于，等二人好不容易退回到了刀口处，邵航这又掐准时间开口道："快拉下门阀！"

叶阙自然不敢耽搁，虽然还忌惮着那条随时可能会窜来的，冲他们吐着信子的白蛇，但由于她之前并未注意过这里有暗门，所以找了好一会儿才触到那开关，邵航则一路等到那道门落下，才一个大步流星将烧着的运动服抛进了地下河里。

随着滚烫的火焰被沉沉的黑河吞噬，那方悬在心里的石块才总算落了下来。

"刚才真是太险了。"叶阙背倚石门，试图用那冰凉让自己冷静下来，静得能听见河水在河床里流淌的声音，她这才总算回过神来，更让她难以相信的是，自始至终陪在她身边的，竟然会是他。

"的确是太险了。"说话间，邵航已从河道边走来，并脱下了他的外套向她递过，"刚才你那么紧张，不知道的还以为我是要把你怎么样。"

"你还有心思说笑，"叶阙喊了声，这下倒是不客气地把外套给披上了，谁叫这家伙刚才大言不惭地要她烧外套，还是她的外套！

"说吧，你刚才在想什么？"重新调整好手电的光圈，邵航走近了问道。

"我在想，"叶阙嗯了声，迅速跟他拉开距离，又三步并作两步地跳上浮桥，"想我们意外遇到白蛇，最好的办法其实是撑开伞，然后假装自己是许仙。"

邵航："……"

他们二人从一层回到迷宫入口只用了十分钟的时间，叶阙对此的解释是，由于差点儿摸到了曾经的男神不能摸的位置，所以还是三六计走为上比较理想。但显然像邵航这样属性高冷的男人并不这么认为，这表现在他的行动上，则是在叶阙前脚刚迈出洞口，手腕就立刻被他给拽住了。

"你不会打算就这样回去吧？"邵航一双漂亮得不像话的黑眼睛望过来，说得话里有话。

叶阙决定装傻，"那你还要怎么样？"

"将计就计。"邵航扫了她一眼，淡声回答。

Chapter 18 两个人的秘密

　　叶阙的确没想到邵航会在第二天电影开拍前的半个小时把自己"约"了出来，碍于他昨天的运动服还在她这，她想了想，只好答应前往。

　　此番见面的地点是在宾馆顶层的天台，叶阙从电梯间出来后一路小跑着奔上七楼楼梯，生怕被哪个熟人撞见，谁知推开门就见金色的阳光铺满天台，视野所及处，那人一身白衣黑裤衣架子般站在那里，修长又分明的指节间还优哉夹着根烟。

　　"迟到了五分钟。"他抬腕看表，淡声道。

　　真是恨透了他这一副有恃无恐的样子！叶阙攥紧手里的衣服袋，好容易忍住了砸过去的冲动，才道："说吧，你让我来做什么？"

　　"总不会是让你来还衣服的吧。"邵航掐灭了香烟，视线玩味地在她的服装袋上停了两秒，接着从裤子口袋里掏出了个中号的透明玻璃瓶。

　　叶阙对玻璃瓶里颜色近似硝石的粉末产生了疑问："这是？"

　　"驱蛇粉。"邵航这下倒是不含糊，"这里面含有不少的雄黄，雄黄有毒，你放的时候可得注意了。"

　　居然是雄黄！不过，为什么是她来下驱蛇粉！"不对，你怎么会有这玩意的？"她反应过来道。

　　"当然是在淘宝买的。"邵航一副理所当然地看着她，"你总不会连阿里旺旺都没用过吧？"

　　叶阙："……"

　　这都什么跟什么啊！叶阙要抓狂了，好在他很快回归正题，"好了，不逗你了。这东西我早在来泰国前就准备好了，毕竟像这种才开发不久的原始小岛，总难免会有蛇虫鼠蚁的。"

　　他这么说也有道理，叶阙点点头，将瓶子在手里掂了掂，又道："不过你确定它真的效果显著？"

　　邵航沉吟一番："嗯，味道显著。"

　　叶阙："……"

　　新一轮的拍摄终于继续，叶阙借着自己导演助理的身份东窜西跑，终于如约将驱蛇粉洒向了拍摄场地，然而那味道实在有些刺鼻，几乎就要被清洁的大妈发现，好在这并未能影响到正常拍摄。

可越是看似正常的情况，就越是让叶阙感到焦虑，毕竟按照他们的计划，如果真有人要破坏剧组拍摄，那么那个人在发现障碍已被阻挠的情况下应该是会有所行动的。可惜的是，根据她这一天的仔细观察，并未发现什么异样。

而这，已经是最大的异样。

事情至此，她终于焦急了，甚至在傍晚大家准备要吃晚饭时，她都忙里偷闲地思考自己是不是错过了什么细节。

餐厅里饭菜的香味飘出老远，直勾出人肚里的馋虫。可即使如此，但凡有那个名为苏梦的女人出现的地方，大家的注意力还是更乐意放到这个梦幻般的女人身上。

是啊，像这样的女人哪个男人不爱慕，哪个女人不嫉妒呢？叶阙自然也不能免俗，她手端着黑色的塑料盘，一双眼睛却在苏梦那条露出玲珑蝴蝶骨的红色吊带裙上打转。

是，红色的，裙子。

她皱眉，思绪不知怎么地就飘到了第一次看见苏梦的情形上，当时他们一群人听到声响后便迅速向浮桥的尽头走去，紧接着就在地下河里发现了失足落入水中的苏梦。

但苏梦怎么会掉进水里呢？她当时的解释是，前来拍摄现场踩点，却被路琪琪陷害错拿了有误的迷宫地形图。可如果将她的话仔细思量开，路琪琪倘若真有心害她，又至于做出这种明显会被人发现是自己所为的举动吗？

可如果那个人不是路琪琪的话，又会是谁呢？叶阙思索着，抬手想将面前青瓷罐中盛着鲜嫩白菜叶的豆腐汤浇进碗里，孰料一个不留神，居然就直直将汤盛上了塑料盘……

"看来小叶今天是有心事啊。"身后，一句寒暄直抵胸口。

那说话人是华成的执行总监魏朗，一位甚少和自己有交集的上司。叶阙尴尬地笑笑，忙从包里拿出张纸巾，并道："刚在想明天夜场分场的事，您看，这不小心就……"

Chapter 18 两个人的秘密

"原来是想分场，我还以为……"魏朗话音一住，但并没有要离开的意思，"我听说，你和小邵以前是同学？"

难道她和邵航的关系已经成了公司里公开的秘密吗？叶阙重新扶正汤勺柄，没擦手，又重新盛了一碗新的，"我们高中时是同学，不过在他去英国后就断了联系，看起来魏总监也很好奇这段历史嘛。"

她是故意用了"也"字，甚至在说这话时，还注意起魏朗脸上的表情。毕竟现在的谜团未解，所有人都有可能是那个始作俑者。

不过对她暗自布下的局，一脸人精相的魏朗只是随手打起了太极，"你和小邵是同学，小杨和小邵也是同学，你们这关系还真是微妙的很呐。"

"听魏总监的口气，似乎咱们华成是不允许办公室恋情？"听他这么说，叶阙也索性来了个正面迎敌，"不过师姐似乎一直有意邵总，想必魏总是知道的吧。"

原本说作为一名下属这样抛石问路确是不妥，但作为上司，尤其是非行政上司，对自己和邵航的这段过往居然知晓一二，又怎能不叫她起疑心。不过到底姜还是老的辣，只听魏朗呵呵一笑，道："她有意小邵恐怕不止我知道，就连每天来做保洁的大妈都知道了吧。"

"……"

这说了等于没说，简直毫无信息量，叶阙有些气馁，不过戒心倒是轻了，嘴角也随即扬起来一点，"不过，魏总您这话说得也不全对，可能这世上真就有一个人不知道呢。"

"知不知道，你有机会问问他不就知道了？"魏朗打出了她的哑谜，但叶阙不知道为什么，心中竟是一动。

Chapter 19　她不领情

　　像叶阙这样的导演助理兼打杂的编剧原本是没什么机会去苏梦的化妆间的，但是负责下一场戏的主编剧陶冶临时有事要被派去开会，于是送剧本给苏梦讲戏的活儿就落到了叶阙身上，叶阙是第一次给人讲戏，虽说是她自己的故事，但要对着另一个人讲出来，甚至是剖析到位，又是另外一个角度上的事了。

　　敲门进入苏梦的化妆间，还穿着戏服的苏梦正对着桌上的圆形立镜在卸妆，化妆镜里，她的皮肤吹弹可破，哪怕是露出半边脸素颜的模样，也不知道羡煞了多少少女。她的手法轻柔娴熟，想必也是不经常为难化妆助理的人。

　　不过，对于叶阙的这些猜测，她只是一脸漠然道："也不知道那Sarah孩子懒哪儿去了，今天是你来讲戏，看样子小帅哥是有事外出了。"

　　看她这童颜的模样，明明也不比陶冶大多少吧？叶阙淡笑笑，但还是问道："我们是现在讲，还是等你卸妆完了再开始？"

　　"你是这个故事的原作者？"苏梦看了她一眼，顺便将假睫毛小心扯出，但并不接话茬，"其实我一直有个问题，你觉得像你故事里这样纯粹的爱情是真实存在的吗？"

　　"它在故事中是一定存在的，"叶阙找了把椅子安静坐下，"人总是要为着一些所相信的东西活着的，如果爱情是最好表达的元素之一，那么创作者会不遗余力地选择它。"

"果然是作者，连说的话都这么文艺，"也许是叶阙的话激起了她的少许兴趣，也许是她终于将那该死的假睫毛卸下来，她转过脸，正面对向叶阙，用一种带有打趣的口吻道："那么你本人呢，作者大姐，你也相信吗？"

"人不是相信，就是在相信的路上，"叶阙说着翻开那被自己仔细用红笔标注过一遍的剧本，"我是后者，所以才会写了这样的一个故事。"

"你是个很有意思的人。"她的视线在叶阙的剧本上顿了几秒，表情微妙，"很认真，甚至还救过我的命，不过对不起，我从来不是个喜欢被导演们牵着鼻子走的演员。"

叶阙："……"

这一路峰回路转，简直就像是那淘宝段子手评论的：老板服务很好，东西也很不错，但你以为这样我就会给你好评？错，我就是要给一星差评，呵呵，人生有时候就是这么不可思议。

那还真是不可思议啊！面对这个不可思议的结果，叶阙一瞬间有骂娘的冲动，但她还是忍住了，因为她听到了苏梦最后的那句"演员"，而不是"明星"或者"女演员"。

像她这样的以网络红人身份出道的艺人，对自己的定位居然是演员。叶阙忽然想起自己曾经看过的周星驰那部自传式的电影《喜剧之王》里的一句台词：其实，我是一个演员。

那句话从星爷嘴里说出来或许心酸，但从苏梦嘴里说出来……叶阙好像有点明白为什么外界对苏梦的评价通常都是高冷了，不是她气质冰山，而是她真的不愿意迎合什么人，她想，演自己。

"既然如此，我只好告辞了。"叶阙微微叹了口气，"不过我最后还有一个问题，那天你为什么会在迷宫里？路琪琪，不是最主要的原因对不对？"

叶阙之所以会这么说，完全是为了套她的话，但苏梦到底是没有回答，反是指尖轻拍了拍叶阙留在桌角的打印剧本，道："我会看看的。"

电影《人鱼岛屿》的拍摄依旧在继续，仿佛是从雄黄粉事件后一切怪异都烟消云散了，终于能安静地拍摄至接近故事的尾声，在这期间叶阙不是没出过糗，或是没被导演或者Lesley骂过，但她还是坚持下来了，可能是因为有些人有路可走，而她无路可退，更可能是因为她隐隐觉得那个藏在暗处的人不会就这么轻易罢手。

此时距她第一次登岛已经过去了近三个月的时间，时断时续的手机信号和两点一线的工作生活让她几乎忘了自己是个现代人，但她似乎开始习惯这样的生活了，毕竟在这种快节奏的大环境下，真的能让她不去回忆过去的一些事。

但所有的平静都像是暴风雨来临的前一夜，尤其是身处在这四面环海的热带荒岛上，这样体会就更直观地多得多。尤其是，当那以北欧神话十二主神的雷神之名命名的台风登陆了。

和几乎所有私人岛屿一样，伊士顿岛屿一直有着较好的防护措施，基于这个原因，当天的拍摄照常进行，这是倒数第三场戏，拍摄地点是在迷宫的三层——人鱼祭坛。

依照小说的描述，那祭坛浮起于水面近一米，底部有倒三角的立座，它通体散发出贝母的光泽，整个造型呈六角菱形，在它的每个角上都镇有一方同等制式的石柱，正中有一云台，云台上端幽蓝色的星河涌动如瀑，最后一并汇聚进云台的石盘中。

这里正是男主发现岛屿秘密的地方，至于说那些光影的效果最后自会有特效师来实现。但现在，就在男主登上祭坛走到云台后，忽然身旁的石柱莫名地就开始断裂，甚至直接导致了整座祭坛的倾斜，但这不是最要命的，因为最要命的是，女主苏梦恰好就站在那个倾斜的角度上！

因为在这段剧情里，女主是悄悄尾随男主来到了祭坛！

随着苏梦一声惊呼，剧组人员几乎都倒抽了一口凉气，叶阙站得最近，简直就要预料到整座祭坛砸到苏梦身上的场景。好在这刚刚落成的祭坛不是豆腐渣工程，最后也仅仅是倾斜了一个角就停了下来，但事情到这，苏梦的经纪人却是说什么都不肯再拍了，为了安全起见，导演也只好宣布拍摄暂停。

可惜这边拍摄刚停，那边就有场务慌慌张张跑来说，台风"雷神"已经登陆了，现已经对海岛造成了不小的干扰。消息一出，顿时就人心惶惶起来，因为这很可能就意味着大家一时半会都要被困在这迷宫里了！更有甚者，人群中开始传出拍这部戏一直不顺的谣言来，叶阙一路帮导演收拾着杂物自然也听见了，但即使听见了又能如何，那个幕后人她一直都没找出来，也就是在这样的时候，那种深深的无力感再一次涌上心头：

就像是得知自己的身世时，就像是邵航当年选择出国时，就像是凌江选择出轨时……她阻止不了这一切，只能眼睁睁地看着它发生。

她真是恨透了这种感觉。

于是在这个瞬间里，她开始想要逃离，但她没想到在奔跑出迷宫时遇到了前来补戏的路琪琪。路琪琪是这部戏的女二号，也实在是因为她的戏份太少，导致叶阙在乍一看见她时，险些都没认出来。

但路琪琪却先认出了她，陶冶曾经说过，如果这部戏注定要被什么人深深记住，那么路琪琪一定是除了叶阙本人以外最刻骨铭心的一位。

不单单是因为她被换去了女主角的位置，更是因为替代她的人是她最痛恨的苏梦，而叶阙是这所有的因果里最大的始作俑者。

可怜叶阙本人在来之前对换角一事毫不知情，所以这一切直观的反应到现在就是：

"叶阙，你也有今天！"迷宫洞口外，路琪琪穿着深紫色的冲锋衣站在暴雨里，狂风突然卷起，穿着那件衣服的她更显得像是被霜打了的茄子。

叶阙实在觉得眼前的这条茄子和笔下男主的梦中情人差得有些距离，便好配合地耸了耸肩道："是啊，你看外面台风这么大，但我不怕死。"

事实上，她在路琪琪开始对她落井下石时，也认出了路琪琪，但她这人生来最不怕是就是别人挑衅，从前她输给邵航那算是她道行尚浅，输给凌江……好吧，毕竟凌江最后还是想过要和她复合，这应该算是出和局，但输给一个女人，那算是怎么回事？

不过，能在娱乐圈这种是非之地摸爬滚打八年的路琪琪虽然有些震惊这个看起来很好欺负的女人居然会说出这样的话，但还是顶着狂风道："你怕不怕死我不知道，我可是怕死得很，所以才要离开这个被诅咒了的鬼地方。"

她这话说得太毒了，敏感的叶阙何尝听不出，但转念一想到这组谣言的源头：苏梦当初说剧本是路琪琪给的事，她还是决定追上前面的人。可惜暴风雨实在太猛了，几乎就要让清瘦的她追不上一路以大长腿狂奔的路琪琪，"苏梦说剧本是你给她的，你为什么要陷害她？"她在雨中大声问道。

她这么说完全是在套路琪琪的话，原本她也不想这么单刀直入，但现在情况紧急，索性就豁出去了。

但让叶阙没想到的是，路琪琪对这件事居然真就回应了，虽然回应地不那么和谐，"苏梦那个贱女人，事到如今居然想反咬我一口，不错，剧本是我给她的，但我可没想要害她！谁知道呢，说不定是她自己跳进的河里，又说不定是她自己走错了，再对你们装纯情，哼，最瞧不上这种女人了！"

看她这么义愤填膺的，直觉不像是假的。但，她可是个演员……

寻思的空当，路琪琪已然跑出了老远，叶阙被狂风带的刚要栽跟头，手腕就被人狠狠抓住了，"叶阙你是笨蛋吗？"

熟悉的嗓音，熟悉的腔调，不是邵航还能是哪个？只是……

"邵航你是笨蛋，你全家都是笨蛋！"她瞪着他直想骂，但不知道为什么，这种不管自己怎么错，最后总还是会有人来救场的感觉当真是小暖心，她吐了吐舌头，终于还是跟着邵航一路抄近道跑开了。

Chapter 20　换一个思路

　　一路和狂风暴雨做着斗争，等终于回到宾馆时时间已经过去了近半个小时，可见这名为"雷神"的台风的破坏程度。

　　但这还不算最要命的，因为就在叶阙准备回自己的房间时，她悲催的发现……嗯，她没有带房卡。加上此时Lesley又寻不见人，是以一身落汤鸡般的她站在房门前思考了整整一分钟的人生，终于还是决定去找邵航。

　　邵航的房间是在宾馆四层最里层的位置，鬼知道他在选房间时是不是故意，总之叶阙做贼般地穿过一间又一间客房终于来到那钉着黄铜的418门牌的房间时，她有种想一脚踹进去的冲动……

　　说起来，她最近冲动的次数有点多，所以她严重怀疑是不是大姨妈快要来了。不过现在，她的那位亲戚没来，房门倒是先开了。

　　"你好像是在十分钟前给我发的短信，也就是说，你走这一层楼花了整整十分钟？"邵航居高临下看过来，拷问的目光简直能把她烧出一个洞，而他那尚滴着水的短碎发则再明显不过地提示着：他现在的心情很不爽。

　　但是，谁会想到他在进入宾馆后就立刻洗澡了呢？叶阙撇过脸，不敢看他半裸着的充满成熟男性气息的身体。明明印象里他是很单薄的，怎么现在居然都有六块腹肌了？

"真是人不可貌相，海水不可斗量，穿衣显瘦，脱衣有肉啊！"她这边自言自语道，那边双脚已然先意识一步迅速溜进了房内。

"叶阙你就是属贼的。"他想恶狠狠地骂她，但在房门落上锁的瞬间，又好像骂不出了。

这个人从前不就是这样么？先招惹他，再好像什么都没发生过地离开，接着再招惹再离开，甚至就在他强吻她以后她还是那样有恃无恐，就像今天一样，明明已经证据确凿，她却好像当做什么都没看见！

简直就要拿她没有一点办法，简直就像是……是了，劫数。

然而，不论邵航此时的心里如何暴风骤雨，叶阙现在的关注点都在那件湿漉漉的黏在身上的外套上。说来也是，她没有房卡进门，自然也就没办法换衣服，至于说邵航这边……试问她敢向一个刚刚洗澡洗了一半，现在又进浴室的赤身裸体的男人借衣服吗？

虽然，曾经的他们也不是没有共处一室过。她坐在飘窗的一角，小猫一样缩着身子，思绪不知怎么地就又回到了那个时候。

那天禹山的雪也像是今天的雨，一下起来就好像没有停的时候。深夜半山腰的小镇上，屋舍里未熄的灯光零星闪烁着，像是浓郁黑暗里一抹抹不安定的亮色，也像是那年青春的躁动和懵懂，明明捉摸不透，偏偏说不出口。

早忘了那天是谁提议说要去男生的屋里打扑克，总之这提议刚发起，就被其他几个爱闹的女生叽叽喳喳地撺掇开了。叶阙原本是不想去的，因为那天她脑子一热，在给邵航戴上围巾时顺便就大胆宣布了所属权，可邵航心里究竟怎么想，她其实是并不知道的，那种很想求一个结果，又怕知道这个结果的感觉就好像是有千万只爪子在心里挠，挠得她怎么也睡不着觉。

那是她平生第一次喜欢上一个人，她用上了所有能想到的方法和力气，所以她怕极了他会对她说那一句的对不起。

她不要他说对不起，所以她索性不想去，但是世上的事似乎总喜欢和尽如人意偏差上一些距离，她叶阙自然也不能幸免。

因为最后她还是去了，甚至她还因猜拳失败被派去敲他的门，更有甚者，开门的恰好也是他。他穿着胸口印有小黄鸭图案的浅黄色睡衣，相对四目，她不知道该脸红该笑还是该逃。

但她最后没有逃，那表情一如她多少年后总能装出好像很镇定般，说："我们是来挑战的。"

她话音刚落，屋里就有男生吹起了口哨，"哎哟喂，清一色娘子军啊！"

于是对垒就这样开始。

叶阙从小看着叶瑾瑜的油画长大，耳濡目染，竟连思维也走的是印象派。惨败六局下阵后，一直在旁边观战的邵航给她递来一杯温开水，调子淡淡的："加油。"

叶阙当时真是连想死的心都有了。

但她又不能表现得太过于明显，所以只好假装自己真的很渴的样子喝完了整整一玻璃杯水，没话找话道："邵航，你不去跟他们一起玩啊？"

谁知她说完，他还真就冲着那些男生看了看，最后淡淡一摇头，"总应该给其他人一个在女生面前表现的机会。"

"……"

"你在那笑什么呢！"不知几时从浴室出来邵航竟已走到她面前，可是她的思绪还停在那件小黄鸭的睡衣上，如此一反差，她本能地就是一吓。

接着整个人就被一条宽大的白色浴巾罩住了，"叶大作家，你不知道雷雨天最好不要坐在靠窗的位置吗？"

叶阙望着他愣了半秒，没接他那话茬，反是鬼使神差道："那件小黄鸭的睡衣后来哪儿去了？"

邵航自然没领会她话里的意思，只是道："你也去洗个热水澡吧，不然会着凉。"

被这样一个男人邀请去洗澡，原本该是许多女人的梦想，但现在叶阙却还是执迷在那件睡衣上死死不放，"就是当年班里组织我们去禹山，你晚上穿的那件。"

我晚上穿的那件？邵航勾了勾唇角，视线从自己的浴袍，又落回到她企盼着的双眼上。

"原来你也不是什么都忘了。"猝不及防间，邵航已抬手擒住了她的下巴，

"叶阙，你还敢说这些年你没有想过我。"

这都什么跟什么啊？她瞪大眼，本能地想要甩开他的手，却被他先一秒高举过头顶按在墙壁上，接着倾身堵住了她还残留着雨水气味的嘴唇。

跟她这样的女人就不能讲道理，谈思路，不然就活该被带到爪哇岛去！他不给她机会，只是狠狠强吻她，她用力推揉他，浑身都哆嗦得厉害，但他还是迟迟不肯罢手。

是啊，六年了，他回国只为得到这个近在咫尺的女人。曾经他以为她很爱他，但是结果呢，她就在他离开不到短短一年的时间就跟另一个男人谈起了恋爱，而且这一谈就是整整五年，甚至直到跟那个男人分手她才肯想起他，哦不，她想的居然还是什么见鬼的小黄鸭睡衣！

他真的很想把她的脑子撬开来看一看，这里面装的都是什么乱七八糟的东西，就是这些乱七八糟，让他没有一点办法，他十八般武艺，不敌她素手纤纤。甚至，他也不是没试过别的女人，可结果却让他对异性的看法变成了：叶阙，以及别的女人。

真是该死啊！他用力吻着她光滑的肌肤，直到那响亮的耳光终于重重打在他的脸上，他抬眼看她，但这一刻，他居然可悲地产生种如愿以偿的错觉。

那年他扔下她独自一人远赴英国，他以为她会打他，结果她没有；六年后他回国，精心安排彼此见面，他以为她会打他，结果她还是没有。

他以为她真可以忍一辈子的，却不想她第一次给他的耳光，是因为他强吻了她。

"我欠你一巴掌。"他握住她细瘦的手腕，深沉的目光偏执又笃定，"但是叶阙，我不会对你说对不起。"

"因为你是神经病！"终于逃离了魔掌，叶阙避瘟神似的忙跳出老远，同一刻，她裤子口袋里的手机忽然响了起来，那架势简直像是掐着点赶来的，故意要把这僵硬的气氛撕开一道口子。

叶阙警惕地看了邵航一眼，飞快掏出手机，只见来电人显示着一个熟悉的名字：谭崤。

谭崤这个时候找她做什么？叶阙一溜烟跑进了洗手间，关门，再反锁上，这才按下接听键喂了一声。

"叶阙？"确定了那边人的安全，谭嶂总算松了口气，"我今天看泰国的天气预报说台风'雷神'会在普吉岛附近的海岛登陆。你，没事吧？"

"我命大，能有什么事。不过，谢谢。"叶阙笑笑，毕竟这个时候朋友的关心总能让人心中温暖，"嗯……你找我就是因为这个？"

"呵，是'嘟嘟'想你了。"电话里，他嗓音温和，配合着电话那头沙沙作响的风声，像是一出和缓的音律。她闭目，猜测他这时应该是站在阳台边，想这时的北京城该是杨柳飞絮的日子，她向来不太爱这种天，但此刻竟是怀念了。随即，一阵低低的呜咽的动物声也跟着传来，谭嶂则没说话，仿佛是在等她辨认。

"是嘟嘟，真的是他？"叶阙被那软萌的声音逗得直发乐，刚要对他再道谢一次，那边谭嶂已然又道，"对了，你最近怎么样？在剧组待得还习惯吗？"

"没有天天吃便当能不能算还可以？"叶阙自嘲笑笑，目光无意望向洗脸镜里的自己，忽地，她脑中灵光一闪，瞬间整个人都兴奋起来。"谭嶂，你……你能不能帮我个忙？"

她希望谭嶂帮忙的正是剧组最近接二连三发生的怪事，前面已经提到过，谭嶂似乎有种奇妙的能猜测人心的本事，所以叶阙一直怀疑他是在从事着某种神秘的职业。以前她不好意思一直追问，但现在，契机终于来了。

"原来是这样。"听完她的叙述，电话那头谭嶂先是安慰她不用着急，接着又提议道，"其实我觉得这整件事你可以换个思路来想，比如说，对方破坏你们剧组行动能得到什么好处呢？再比如说，缩小你去怀疑的目标。"

叶阙听了个半懂，索性追问："所以你的建议是？"

"我的建议是，留心剧组里每天最后一个走的人。"他沉吟一番，道。

果然是测写师出身的人啊！叶阙舒心一笑，在收了线后迫不及待地用百度搜索开，至于百度词条里对它的解释则是：比对作案手法、现场布置、犯罪特征等的分析，勾画案犯的犯罪心态，从而进一步对其人种、性别、年龄、职业背景、外貌特征、性格特点乃至下一步行动等做出预测，以便警方缩小搜捕范围，它是犯罪心理学中应用心理学的一个分支。

对于这一复杂说法，谭嶂却不过用了短短一行字概括：侦破协助，江湖伪骗术。

真是太帅了！她简直有为这种职业写一个故事的冲动，不过等等，现在亟待解决的问题是……浴室外面的那个家伙怎么办？

她通完电话，再顺便洗了个热水澡出来时，邵航已经换好了衣服，坐在靠窗的单人沙发上抽着闷烟。还好他不是坐在床上抽烟，叶阙一边脑补着自己写过的某个场景，一边默默地想。不过邵航可不这么想，就在她逃似地窜进浴室后，他就听见她的声音由客套变得熟稔，再笑得花枝乱颤，最后甚至还把他们发生的事讲给了不知谁听，实在也是那浴室的隔音效果太水货，让他想不听见都难！

"我想起那件睡衣是怎么回事了。"邵航故作淡定地朝着水晶的烟灰缸里弹了弹烟灰，慢声开口，"那件衣服是李浩的，那天我没有带行李，是他把衣服借给的我。对了，当年就是他留意到的你，然后让我给你递的纸条。"

他的身后，推窗外的暴雨如倾盆水泼般倾注下，雷电交击轰鸣，他口中的往事云淡风轻。

叶阙点点头，试图努力回想记忆里那个名叫李浩的少年，可惜能想到的，仅仅是一张模糊的长着青春痘的脸和操场上隔着好几排一模一样校服的距离。但对另外一些事，她则是记忆明晰，因为那天他是最后一个上的大巴车，空着一双手，穿着单薄的灰色运动服，衣链拉至颈。

原来是如此，她握紧手机，又像想起了什么般，道："但我从来没有收到过你说的纸条。"

"岂止是这张，其他的你不也一张都没收到过么？"邵航掐灭了烟，一双黑眼睛望过来深邃又危险，"叶阙，我以为从你招惹我的第一天起，就应该有这样的觉悟。"

居然是他？怎么会是他！

叶阙瞪大眼，只觉曾经的那些少女心，那些对他的满满的幻想好像瞬间崩塌了。是啊，谁能想到高冷的校草居然也会干出私藏纸条，并将其毁尸灭迹的事情来呢！她半张着嘴，"你你你"了半天，竟都想不到一句来堵住他的话。

"听完这些，你是不是以为这就是故事的开始？"他起身，一步步向她走近，"那天夜里你们没来之前，我们男生其实是在玩真心话大冒险的……我输了，所以就有你后面看到的那幕。"

这剧情简直峰回路转一波三折有没有！作为一名职业写手兼三流编剧，叶阙都快要哭了，果然艺术来源于生活，但她咽了咽口水，终于还是忍不住："那天，你究竟是因为什么问题输了的？"

"叶大作家，你今天的问题额度用完了。"说话间，邵航已经走至她面前，"现在该换我了。"

Chapter 21　是他？

叶阙打死都想不到邵航会在这之后跟她求婚，她甚至觉得这人八成是得了失心疯，所以才会在那种情况下，掏出事先准备好的钻戒。

是的，钻戒！

她等了凌江整整五年都没等到的钻戒，还是一枚……嗯，看起来价值相当不菲的钻戒。

"你不要误会，我没有别的意思。"邵航一副淡定不要多想的表情，顺便磁性嗓音的低音炮模式也自动开启，"我只是觉得如果你注定要成为邵太太，那么这个东西早一点或者晚一点给你，其实也没什么差别。"

果然是做电视媒体行业的，照搬起别人的台词来简直不费吹灰之力，叶阙看着那烫手的山芋没敢接，当然归其主要原因是没有将这件事透彻地消化开来。

可惜，邵航并没有给她足够的反应的时间就已经离开，叶阙对此茫然了好久，才终于反应到外面还在刮着破坏级的十二级台风。

于是就这样过了一夜，这一夜邵航未归，叶阙等了许久，终于抱着他的枕头睡着了。

第二天台风过境，剧组一番拾掇又要继续开拍，虽说多耽搁一天就多一天的经费，但是这些人也太超人了好不好？仿佛那场台风不过是让他们强制按了一次重启键，第二天开机启动，又是百分百"满血复活"的状态。

叶阙在一夜暴风骤雨中入眠，自然睡得不怎么样，再加上那枚突然收到的钻戒，更是让她险些失眠。不过纵然身体状态百般不理想，工作也依旧要继续，今天拍的依旧是倒数第三场戏，因为上次场景临时出问题，导致大部分镜头需要补拍。

叶阙对这场全篇的最高潮部分原本是最充满期待的，奈何她心里一直在想着谭嶂教给他的方法，所以很是分了不少心。不过直拍到男主终于发现女主一直以来都是在骗他，还装作无事继续和女主待在一起，并准备接受女主的"欺骗"时，她发现女主角苏梦的表演的确是相当走心的。

该怎么说呢？因为戏到这里，其实是全剧里内心戏最丰富，也最难表现的一段。难的是男主假装不知情，更难的是女主知情却偏偏要装作不知情。整个设定都用了经典寓言《麦琪的礼物》，只不过在这里则成了对方彼此都在装，所以一颦一笑，都讲究一个拿捏，既不能过度，又不能不足。

在这里，女主角苏梦显然就比男主角陆琛处理得更好，一双水汪汪的大眼睛笑是情不笑亦是情，简直分分钟都是戏。叶阙在一边看着，几乎都要忍不住为她叫好，尤其是那几个最关键的部分，她都把握得惟妙惟肖，不过仔细揣摩下来……想到这，叶阙的嘴角忽地弯了起来，苏梦最后到底是看了她那份批注过的剧本的。

这个演员虽然看似高冷又固执己见，但其实也并不像外界评价的那样。

她在心里默默念叨着，又等了许久，这才挨到今天的拍摄结束。她是导演助理，属于正事没有杂活一堆的技能辅助类型，不过也多亏了这职位，让她左磨磨右蹭蹭，帮完这个收道具，帮完那个递剧本的，终于挨到了最后。

她当然还是要走，可一来得等到发现谁是最后一人，二来得让那最后一个人不发现她，这才算了事。但要做到这一条已属不易，更是要同时做到这两条？好在功夫不负有心人，她躲在高大的摄影架和杂乱堆放着的纸箱后好半天，终于发现了来人，但是，为什么最后来的那个人会是他？难道说，做这一切的居然是……邵航？！

从纸箱的缝隙看过去，邵航的表情显得有些奇怪，叶阙说不上来，刚想多一点地去确认，这就不小心撞到了纸箱。邵航是多敏锐的人，闻声立刻就向她的方向走来，叶阙捂紧嘴尽量往后缩，那边邵航脚步一顿，速度更快了。

"找你半天，你躲在这里干什么？"邵航漆黑的眉毛皱起来，像是在打架。叶阙起身，拍了拍裤腿上的灰，没来得及反应他这话到底是暗号还是真心，索性开始装起傻，"郑导说他的原始脚本不见了让我在这里找找看，所以……"

"那你最后找到了吗？"邵航伸手扶起她，一脸高深道。

"没有，可能是不在这里吧。"叶阙灰尘扑扑地从纸箱后走出来，说话间还假装四下看了看，"你说，它可能去哪里呢？这脚本它又没有长脚。"

"走吧。"邵航摇摇头，实在忍不住叹了口气，"叶阙，你说这戏要是让你来演，真是连剧务都不用了。"

"……"

我有这么差么我！叶阙想瞪他，这才反应过来他这话的真实意思……难道说，他已经发现自己是在骗他了？

"昨天你在浴室里说话那么大声，我又不聋。"邵航没表情地扫了她一眼，抬手间一片藏在她蓬乱发丝上的碎纸屑便被清理干净了。他话锋又一转，语调没来由地透出一丝得意，"你说我们这样，算不算最萌身高差？"

都是平跟鞋惹的祸！叶阙一脚踢飞道路上不顺眼的石子，不服气道："身高181cm了不起啊？你看恐龙那么高，还不是照样被毁灭了？"

"嗯。"邵航听后面色一瞬，调子淡淡的，"是184cm。"

叶阙："……"

叶阙已经不想再跟他讨论诸如身高这种没有节操的问题了，但这不代表事情就可以结束，被邵航拽着手腕摸黑又走了一路，二人很快停在最后一个的场景前。

"拍摄快结束了。"邵航松开她的手，正色道。

"所以呢？"

"所以我们再不找出他（她），可能就没有机会了。"邵航看了叶阙一眼，然后从口袋里拿出一个小号的钢化扁瓶，在她面前晃了晃。

猛地，叶阙脑海里出现了武侠剧里那个曝光率极低但存在感极强的江湖密器

"化尸水"来。再配合现在犹如古墓的阴森气氛和自地底吹来的阵阵凉风……

"它又不是化尸水，你那腿抖什么抖？"若不是已跟她认识许久，谁能猜到她会脑补出什么稀奇古怪的东西来，邵航自问对她还有三分理解，再看她那吃惊的模样，很明显就是猜中了，再来只好叹气，解释道："这个东西你可以把它理解为一种特制的荧光剂，除了无色无味在夜里会发光以外，它最大的好处就是一旦接触到皮肤，可以保持长达一周不褪色。"

听她这么说，叶阙有些明白他想怎么做了，但这样做也不是没有风险的，她想了想，道："但即使这样，它也还是有很大的概率不落在那个人的身上，或者落在除皮肤以外的其他地方不是吗？"

她的疑问恰好也是大家的疑虑。

但邵航摇了摇头，反问道："但这个世上，从来就没有什么事是能保证百分之百的不是吗？"

叶阙表示你说得很有道理我竟无言以对，不过到底还是赞同了邵航的后一句："但如果我是他，我一定会在别人没发现之前先在道具上做手脚。"

言下之意荧光剂落到那个人身上的概率还是最大的，叶阙点点头，毕竟这也是除了报案之外现在最好的办法了，想通了这点，她很快帮他一起在场景道具上可能出现问题的地方谨慎刷上了试剂。

他们已经很久没有一起配合着做完一件事了，距这次最近的恐怕还是高三那年放学值日的时候，那时邵航在讲台前擦黑板，她就提着水桶，一边假装在擦桌角，一边频频回头偷偷看。邵航的手指修长又骨节分明，简直就是手控党的福利，有一次叶阙看得太入神，竟没发现邵航已经转过了身，紧接着就是一道优雅的白色弧线正中她的额心，"叶阙，你说你都白看了我这么久，下次我是不是可以考虑收便宜一点？"

"那就一次来张一百块的你看行不？"那时候她也胆大，擦擦额头就敢撂下大话。

邵航被她恼得没有办法，一层薄红顿时就飘上了脸颊，叶阙至今记得那个景象，就像是挺拔的白桦树染上了瑰丽的红霞，竟也有了风情的姿态。

那是十七八岁的邵航，一双深邃漂亮的黑眼睛配上没有完全长开的略显阴柔的长相，真是不辜负了当时的绰号"高岭之花"，只不过他本人十分反感这点，所以当着他的面，叶阙从来不敢这样乱喊乱叫。

"在想什么？"摘下了透明的塑料手套，邵航低声道。

叶阙看罢也老实将手套摘了下来，向前又走了好几步，这才回过身，口气泄愤仿佛是在报当年之仇："高岭之花！"

"叶阙你！"邵航挑高眉毛，这边拳头都已经握紧了，半天又松开，"算了，你要是喜欢就叫吧。"

大概人这辈子终是会遇到一个克星的，所以，他认命。

等待的时间总是漫长的，尤其是在经历了钻戒事件和荧光剂事件以后，叶阙一颗本就不大的心更是整天整天地端着，生怕哪一刻她一个不在场就又出现了问题。

这种滋味不好受，但更不好受的是因为拍摄临近杀青，所以邵航也会每天出现在拍摄场地。不知是不是因为彼此间有了共同的秘密，连带着她觉得邵航每每看她的眼神都变得不一样。

叶阙被他看得几乎要把持不住，终于在一天午饭后溜进洗手间给他发了一条："钻戒我放进你床头柜的二层抽屉里了，你不要再往我这看了"的短信。

后面的那句纯属此地无银三百两，叶阙发完立刻就后悔了，可惜后悔已经来不及。因为邵航的那句："你不看我，怎么知道我在看你"已经秒回。

都说现在是秒回时代，聊天的回复速度能看出你在对方心中重要的程度。然而叶阙却对此感到深深的不安，因为她实在不确定自己是否还能跟邵航重新走回到一起，甚至说，她觉得现在的自己未必能配上现在的邵航。

学生时代，大家还可以凭感觉讲一句真爱，但毕业走上社会以后，太多太多的爱，怕都不过是各种权衡下的结果。

她不希望自己的爱情也是权衡，因为对她来说，那是一种成长的妥协。

不过，即使她妥协，也总有人不会妥协，那个人就是他们一直在等的黑手。是的，他（她）终于再一次出手了，如邵航所料，因为拍摄已近尾声，所以他

（她）的破坏也变得势在必行，这次他再不是不痛不痒地玩一两出猫腻，而是先破坏了整座迷宫的电路系统，再让男主本该乘船离开的出口，变成了一触即发的黄泉井。

但事情其实错也错在这里，因为如果他不去先碰电路，恐怕还不会让人发现瞬间的变黑的迷宫里唯独他一人的不同，没错，他裸露的右臂上，正是不小心蹭上了邵航他们事先刷上的荧光剂，至于说他究竟是怎么蹭上的现在已不重要，重要的是即刻拦下他，并立刻停止拍戏和检查拍摄现场。

或许做贼总是心虚，就在邵航的那声快抓住他刚刚落下时，他就立刻拔腿狂奔起来，迷宫此时已经断了电路，他中途不知踢翻了多少道具，撞翻了多少人，而等人终于打开手机的电筒时，除了一片哀鸿遍野的现场，众人更发现不知几时起那个存在感极低的导演助理竟被他给掐住了脖颈。

"你们别过来，再过来，我就……"那个杀字他大概说不出口，但叶阙此时已经感到开始缺氧了。这一出捉贼是她和邵航共同设计的，但结果怎么反倒把自己给套了进去？她两眼发黑地望着迷宫顶，想自己出门前真就应该听宋佳佳的话去卧佛寺拜上一拜，可惜现在再想这些已经晚了，搞不好她的小命就要交代在这里了。

耳边嗡鸣声响起的同时，她依稀听见邵航的声音仿佛从云端传来，似乎是在说你快放开她，只要你放开她，我就如何如何云云。

但现实的情况是，所有人都在和他对峙，唯有邵航在跟他对视，他手无寸铁，话语却如刀锋顿地，他说："你若动她，结局必定一死；你若放开她，我保证前事不计。"

他是这部戏的发起人之一，他的保证甚至比导演更有说服力，那人手指微松，终于给了叶阙以反击的机会。

"竟敢暗算老娘！当老娘跆拳道白学的啊！"她已多年不暴粗口，好不容易活过来，当下一个回旋踢，就是给了对方老二一脚，她身材瘦削，但这一脚却是用了全力。众人被这一出反转惊地目瞪口呆，却见她一个急撒腿，扭头就跑回到了人群的大部队里。

众人："……"

　　"你真学过跆拳道？我怎么不知道？"惊魂甫定后，邵航一个用力将她拽至身边，低语道。

　　她凑过去，气喘吁吁地："嗯，在少年宫学的。"

　　邵航："……"

　　"不过我就学会了这一招。"她四下看看，一双眼睛贼亮贼亮的，"替我保密。"

　　邵航："……"

Chapter 21 是他？

Chapter 22　你们都猜错了

之后叶阙回忆起这一幕总不禁想，如果拍摄本身也是一部电影的话，那么那个幕后黑手的最终现身，恐怕才是这出戏最大的彩蛋。这并非因为他做这一系列事的手法有多么高明，而是他的真实身份竟然是路琪琪的私人助理——小袁。

但小袁为什么要破坏拍摄呢？提到这，众人的想法都几乎一致飘到了：因为苏梦抢了路琪琪女主角身份，路琪琪为泄愤于是索性搞破坏这一条上。

可惜事实总是与大家的推断背道而驰，甚至说一路被黑惯了的路琪琪还真就对小袁做的这一切一无所知，的确，像她这样飞扬跋扈的女明星，又怎么会去在意一个小助理的私生活呢？

但即使这样，小袁的事也让她脸上很没有光，但更让她觉得没面子的是，小袁宁愿天天在她身边任打任骂居然是为了，苏梦？

小袁的女神是苏梦？得知这一消息，不光路琪琪快要从椅子上跌下来，就连叶阙邵航他们都几乎以为是自己耳朵听错了。

"既然苏梦是你女神，那你又为什么要破坏她主演的电影呢？"大门紧闭的办公室里，叶阙皱起了眉，问道："还有就是，你为什么要去给路琪琪当助理呢？"

"我只能回答你第二个问题。"小袁全身像瘫软在了座椅上，他双手抓着头发，表情既懊悔又不甘，"因为我想多了解苏梦，而路琪琪是这个世界上最把苏梦当对手的人。"

"对手永远是比自己更了解自己的那个人，"坐在不远处的邵航颔首，又幽幽吐出一个烟圈，"那么第一个问题为什么不能说呢？还是，有人不让你说？"

他的话音落，就见小袁猛地一抬头，见小袁这个模样，鬼都知道是有问题了。叶阙刚想走近，就被站在她身边的郑导拉住了，郑导是整部《人鱼岛屿》电影的总导演，年纪刚过四十，正处在青年导演最黄金的年龄段和上升期里，但自己执导的戏却被人一再暗地里搞破坏，简直已不是愤怒二字可以形容的。

"袁锐，你好糊涂啊！"他大声斥责着眼前的年轻人，像他这样的总导演，能记住如袁锐这样的小助理的名字，可见他本人对这部戏的用心。但可惜，他的用心并没能改变眼前这个固执的年轻人的想法。

"我答应过的，我不能说！"袁锐双眼通红，他拼命摇了摇头，"总之，这件事既然是我错了，我认错！该承担的罪过我一个人承担就是了！"

"我还有一个问题！"叶阙像想起了什么又道，"你既然说苏梦是你的女神，那么你理应不会真的伤害她，但我们第一次看见苏梦时却是在地下河里，我想知道当时究竟是怎么回事？那时是不是……你约的苏梦！"

果然是写悬疑出身的作者，叶阙的问题一下子就问到了点子上。话音落，果然众人的目光齐刷刷都聚焦在了袁锐的身上，大概连袁锐自己也没想到这个看起来柔弱好欺负的女生不单身手了得，竟连洞察力也犀利过人。

他摇了摇头，知道自己此刻如果什么都不说必不会被轻易放过，抓抓头只好道："苏梦的确是因为错误的迷宫图来到了那里，但真实的原因，是路琪琪错拿了我的那一份。"

"说清楚点，究竟是怎么回事！"郑导被他这话绕住了，脸上的肌肉更加绷紧。

"也就是说当时你趁四下无人去水车上做手脚，可惜事情办完后，拿着原本属于你的那份迷宫图的苏梦也来了，你害怕她发现你，情急下失手将她推进了地下河里，因为你知道地下河的河水并不深，即使把她推进去，她也并不会出事。"邵航双手交叉着支在磨砂茶几上，身体微微前倾看着他的眼睛，仿佛在看着当时的案情，"因为迷宫的回声会被放大，所以你很快发现这里居然另有其人，慌忙中你跑下迷宫二层，并最终逃走？"

"你！难道你就是当时……"袁锐被邵航几乎一字不差的复述惊得面色煞白，下秒目光就转回到了叶阙身上，"还有你，你也在，对不对？"

"难怪老大当时让我们不要对外声张。"叶阙这下终于明白过来邵航的真实意图，不经意间连对他的称呼都变了，"但我真的不相信，凭你一个小助理，一个人就能干这么多的事？你背后……"

"别问了，他是不会说的。"这下建议她中断询问的居然也是邵航，只见他从沙发上起身，信步踱到袁锐的面前，"你想，这件事他既然最后没有办成，那么对方势必不会按照之前的约定给予他相应的承诺或者酬劳，他又这样不愿供出幕后主使，原因恐怕就只有一个。"

"是什么？"叶阙忙问。

"对方的来头很大，大到他害怕如果真的供出了那人，自己会有性命之危。"邵航沉声道。

邵航的话其实不是说给叶阙听，是说给袁锐听，袁锐才刚领教过他的厉害，这下被猜中了心思更是整个人都好像被雷电击中了，半天动弹不得。

至于邵航、叶阙、郑导甚至路琪琪他们，也无非是陪着他一起耗，终于，他决定缴械投降："其实我也不知道他是谁……他很谨慎，每次和我联系的手机号码都是用完一次就再不会出现，好像还用了变声器，我甚至分不清他究竟是男是女……只有唯一一次……"

"唯一一次什么？"众人相视一眼，像抓住了关键词。

"他口误提到了一个wei字，我不知道是魏还是薇或者是维，接着他就迅速挂断了电话。"袁锐回忆道。

"线索断了啊。"办公室里，叶阙作为"受害者"一方，跟邵航他们整个下午"审讯"着他，只觉其全过程都像在侦破一出惊险的黑帮大案，她从没有过这样的经历，更没有想过有朝一日陪同她真实地完整地走过这一切的会是邵航，那个已不是少年时代单薄高冷的男生，或是重逢时她或嫌憎恶的负心者，而是独当一面的男人。

结束了持续一段时间被传得沸沸扬扬的"灵异事件"以后，电影《人鱼岛屿》剧组终于迎来了拍摄的最后一场戏，这场日景戏讲的是男主醒来后发现小人鱼不见了，自己也回到了原来的帐篷中，就仿佛一切都只是南柯一梦。然而，手心里的人鱼手串熠熠闪光，他知道那是小人鱼的眼泪，更知道了那个迷宫的真相：如果有天有一个男孩甘愿为你留下来，那么你就可以离开，但是人鱼的记忆只有七天，七天后，你还是会忘记他。

可哪怕只有七天的爱情，也足够她放弃自己的自由，这就是爱情的魔力，也是这个故事要表达的主旨。

拍摄到这里，很多人都默默地流下了眼泪，只有叶阙没有哭，因为她知道，这对爱情而言，或许已是最好的结局：在现实里风干，不如在记忆里永生。

哭过了，累够了，接下来就是放松的时刻。拍摄杀青过后，大家都显得格外兴奋，先是制片方做东请全剧组成员在酒店"豪"吃了一顿，接着是大家或仰慕或心仪的导演、主要演员等依次上台发言，他们说的是什么叶阙在台下其实听不太清，但经过这短短三个半月的相处，她也好像跟大家打成了一片，甚至好几次还被问道，"作者大姐，你跆拳道黑带几段了？"或者是"原来那个制服歹徒的就是这部戏小说的作者，啧啧，真了不起。"等等。

叶阙对自己被塑造成英勇女汉子的形象不甚满意，但脸上的微笑却多了，仿佛微笑也成了她的另一把武器。

是啊，她在得知自己身世后已沉默得太久，设防得太久，是时候改一改了。毕竟人生活着，不单是生下来，活下去，更应该活得努力，活得充实，活得坚韧。

在剧组的海鲜大餐结束后，很快就有人提议说下海游泳，意见一出，纷纷附和，毕竟平时大家都在忙于工作，哪里还有时间去那嬉戏？加上现下阳光正好，又吃饱喝足，再没有亏待自己的理由，男生这边一起哄，没多久就有三两女生结伴着向沙滩走去。

叶阙自然也带了泳衣，可惜没有女伴。不过，她都被誉为与歹徒斗智斗勇的女汉子了，又何惧一人泅水哉？

说干就干，她这就上楼回房，倒是刚从拉杆箱里拿出那条和宋佳佳一起在西单买的复古红的吊带游泳衣时，那边手机短信的提示音就响起了：

我在西沙滩等你。发件人：邵航。

遥记当时买这套游泳衣时还碰见了他和Lesley来着？想到这，叶阙不由轻哼了一声。

顾名思义，西沙滩是伊士顿岛屿西面的一个沙滩，由于日照较差，位置也偏僻，所以平时会去的人并不多。邵航会选择这里，想必多少也有避嫌的意思，叶阙换完泳衣，一个人蹑手蹑脚地来到约定的地点，却见邵航穿戴整齐的躺在沙滩椅上，在他的身后一把彩条的太阳伞遮蔽日头，身旁摆着两杯果汁的白漆圆桌昭示出他丝毫没有要下水的意思。

叶阙顿时有种被耍了的感觉，扭过头转身就要走，但被邵航叫住了，"我还以为你不会来。"他站起身，伸手拉住她，"你会来，说明我在你心里还是有分量的是不是？"

"耍我很好玩是不是？"叶阙反问他，一双清亮又倔强的眼睛似极了当年，这是邵航多少次在梦里见到的眼神。

"我感冒了。"他少有地示弱，"但我知道你带了泳衣。"

话音落，他的目光在她那件复古红配黑色蕾丝边的泳衣上停了三秒，"你不好奇那天我为什么跟杨紫玲在一起？"

叶阙实在是很少听见Lesley被称呼为杨紫玲，是以这一瞬间里注意力成功被转移，但她还是嘴硬，道："谁想知道为什么。"

"因为我告诉她，我想趁着去泰国这个机会追回你，所以我希望她能站在女性的立场给我一些建议。"他垂眸，复又抬起，"这个问题你不必现在回答我，不过……"

他的话未说完，就见湛蓝的海面上，一艘私人游艇乘风而来，它的马达高速运转着，像是在奏着一曲欢快的华尔兹。

叶阙明显被这架势震惊到，刚要表达有钱就是任性的中心思想，就见邵航向她比了个请的姿势，并道："我记得以前有人对我说过她这辈子一定要去看一次大海，如果有机会的话，最好还能有一艘游艇。"

"可见我少年时代的梦想就是这么接地气啊！"叶阙故意道。

"你的意思，拜金就是接地气吗？"邵航不由扬起嘴角。

然而叶阙嘴上在吐槽，心思却像被那轰然临近的快艇撞开了一道细缝：那道细缝提示她此情此景是这样的不真实，又这样的让人忍不住想要靠近。她以为自己魔怔了，因为只有魔怔了，才能容忍这个曾经伤害过她的男人，再一次进入她的生活。

"多想你在我身旁　看命运变幻无常
体会这默默忍耐的力量
当春风掠过山冈　依然能感觉寒冷
却无法阻挡对温暖的向往"

游艇上，内置的立体音响循环播放着李健的那首《向往》，她跟邵航并肩站在船头，远方的海平线上，阳光耀眼，海鸥盘旋，她忽然想，年轻真好！

Chapter 22　你们都猜错了

Chapter 23　交往原则三条

　　一行人飞回到北京时已是四月初，满城的杨柳絮飘飞起来，满满都是记忆的触感。由于拍摄期间几乎不休，所以叶阙有了将近一个月的调休假，但她并没有打算将假期全部用完，只是歇了一周算给自己放个小假。

　　将礼物从拉杆箱里郑重拿出来，叶阙这才敲响了宋佳佳公寓的门。是的，她在回国以前就已经跟宋佳佳通了电话，不过还没等叶阙开口，义气的宋佳佳就表示要请一天假等她回来，所以从某种程度上说，在叶阙内心里，还是看重宋佳佳多过丁薇一些的。

　　不单是因为跟她在一起更有共同语言，还是因为轻松坦然，不必照顾彼此太多的情绪。然而，此番的郑重情绪并没有引起她内心的足够重视，甚至直到她连敲了好几下，这才听见房内拖拖拉拉的脚步声。

　　叶阙自然好奇，下意识伸长脖子向里看，但……

　　"小叶，你总算回来了！"将拖鞋踩出噔噔声的宋佳佳满脸笑容地将门推开，叶阙被那声肉麻的"小叶"雷地浑身起鸡皮疙瘩，直觉哪里出了问题，视线就落在了安静坐在沙发上的中年女性身上。

　　那女人穿着黑色刺绣孔雀羽的真丝旗服，下身搭配复古棉麻的中国风拼接大摆裙，一张略显古典的面庞明艳姣好，尽管已上了年纪，却让人看不出太多岁月的痕迹。

竟是叶瑾瑜！

"妈，您怎么来了！"叶阙拿着礼物的手半尴不尬地举在半空，只好磨蹭着将东西推到茶几上，继续道："这个地方，您怎么找来的？"

"年也不回家过，是故意气你爸的吧？"叶瑾瑜话里有话，叶阙自然听得出，但碍于周围还有宋佳佳在场，只好摇了摇头，道：

"剧组这不是忙嘛，我本来还打算过两天就去南康看您。"叶阙抬腕就要给她茶杯里添水，哪知话还没说完，就被叶瑾瑜打断了。

"南康的房子我打算卖了。"话音落，叶阙果断被滚烫的茶水给烫了，"卖了？卖了我回家住哪？我可不打算在北京买房，现在连天通苑都涨到快四万，我辛苦工作一年也就能买个卫生间……"

"我，我去买些菜回来。"宋佳佳见这母女俩刚见面形势就要急转，立刻找了个理由就要开溜，倒是叶瑾瑜也意识到在这里说话着实不便，忙拉住了她，并对叶阙道：

"小阙，陪我出去逛逛。"

叶阙自然从命，临出门还对宋佳佳使了个眼色，宋佳佳则对她吐吐舌头，一脸女王大人您走好，我只能帮你到这里了的表情。

Chapter 23 交往原则三条

叶阙已有将近大半年没有看见叶瑾瑜，原本讲母女相见应该有很多话要说，但叶阙却总感觉到别扭。叶瑾瑜对于自己生的女儿自然了解，但是作为丈夫和女儿之间唯一的联系桥梁，她认为有些话还是有必要说，但这种话在楼下的小区谈总显得不正式，便就近找了一家咖啡厅领着叶阙进去。

看她这阵势，叶阙本着敌不动我不动的原则，索性等着叶瑾瑜先开口，哪知双方僵持了一阵，叶瑾瑜的第一句话竟然是：

"小阙，妈妈给你找了个对象。"

叶阙听后差点打翻了服务员刚刚端上来的卡布奇诺。她以为自己听错了，没想到叶瑾瑜看她这个表现，还以为她是太激动，于是清了清嗓子又道："对方不论相貌学识，还是家世人品都是上上人选，你们不如先接触一段时间再看看。"

"但是我……"叶阙扶额，原本想说但是我已经有男朋友了，但话到了嘴边才想起自己跟凌江都分手快小半年了，于是又想提邵航，可是邵航心里究竟怎么想，她却并没有足够的把握。

"你和小凌的事我和爸爸已经知道了，女儿，这样的男人配不上你，为这样的男人伤心就更不值得。"叶瑾瑜一番话说得很直接，毕竟如果叶阙真跟了这样摇摆不定的男人，才是她作为母亲最大的失责。

叶阙很明白母亲的用意，也点了点头，"但是就算这样，我也没想过要这么快去……"后面的那句相亲她实在说不出口，毕竟这种事她从前都是在电视上看到，想那时她还常常爱抱怨一两句，但事情真的发生到自己身上，她真的是半点都笑不出来了。

"总之就是我不想见他。"她索性靠向椅背，闷闷道。

"你不想见他，难道是因为你已经有喜欢的人了？"叶瑾瑜押下一口咖啡凑近了，"我生的女儿我还不清楚？所以妈妈这次特意找了个……"话说着，她从钱夹里抽出一张照片推了过来：

"如果这样的你都不能满意，那只能让你爸爸在娱乐圈给你找了。"她总结说。

叶阙为她断其后路的做法吃惊不已，但脸上还在故作镇定，实在这已不是电视上发生的情景，这根本就是自己在拍电视剧的节奏啊！

她握紧拳，半天才松开指节，而叶瑾瑜也不急，就这么锲而不舍地用关切的目光注视着她，终于，叶阙忍不住了，默默翻开了那张照片，然而……

"谭嶂！怎么会是他？"叶阙瞪大眼，仔细将照片里的男人又跟记忆里的核对了一遍，不禁道："妈，你究竟在搞什么？"

"原来你们认识。"这下倒换成叶瑾瑜吃惊了，"他父亲是我在法国一家画廊参观时认识的朋友，很有风度和学识，至于他本人我也见过，的确是俊朗儒雅，气度不凡。"

"但是妈，我跟他……"我该怎么跟您解释宋佳佳其实是钟情于他呢？叶阙表示很头大，不过等等，宋佳佳和谭嶂认识，母亲叶瑾瑜又跟谭嶂认识，茫茫北京城这么大，难道人和人的相遇已经巧合到这种程度了吗？

不对，这里面一定有哪里不对！

作为一个悬疑写手，遇事先去怀疑几乎已经成了她的生活本能。想到这，叶阙索性收起了照片，她思忖了一会儿，终于嗯了声，"好吧，我答应。不过我有一个条件，我和他的事，你们不许插手干预。"

"可以。"叶瑾瑜放下心来。

只有你们不干预，我才能知道你们葫芦里到底卖的什么药啊！叶阙看着母亲大人脸上绽开的花，心中默道。

回到北京的这段时间，虽然叶阙还处在假期中，但实际上邵航还是约了她好几次的。但或许是回到了北京就好像有什么不同了，又或许是答应叶瑾瑜和谭嶂试着交往的约定让她感到不安，总之她并未赴邵航的约会。

她这边一路推诿，那边邵航尝试几次未果后也害怕起反效果，于是二人便开始了一种微妙的制衡关系。然而，邵航那边才按下暂停键，谭嶂的启动键就开始了。

不是有那么一句话么，没有挖不动的"墙角"，只有不努力的"小三"。谭嶂自然不能算小三，准确说，他连小四小五都排不上。

因为叶阙至今没有正式答应邵航，也就是说我们的女主角，依旧是单身。但单身的人也是有尊严的，并不是随便什么人便可以轻易让她动心思的。不过，这谭嶂的综合分数还是挺高的，只可惜已经被富家美女宋佳佳惦记上了。正所谓朋友妻不可戏，哪怕是这在路上的"妻"。

是以叶阙将这事思了又思，决定在套出谭嶂的话以后立刻和其恢复正常的朋友关系，且坚决不能被宋佳佳看出任何蛛丝马迹！

女人的友谊往往经不起男人的考验，身为一名常年被小言荼毒的编辑兼作者，她叶阙到底也只能向现实低头。

所以她含蓄地将地点选在了离宋佳佳的公寓千里之外的被称为宇宙的中心的中关村，谭嶂对此颇为不解，甚至一度以为她是要买电脑，谁知她的解释却是，今天太阳真好，刚好适合出门逛街哦呵呵哒。

呵呵哒你个大头鬼。谭嶂不遗余力地回复了严肃的批评，不过也就是这么一说，实际上他还是好脾气地从车库拖出那辆和他本人一样扎眼的奥迪A8载着叶阙一起去。

或许是因为她的大条和粗神经，他开始关注起这个总假装自己是傻白甜的姑娘了。

"跟我交往的第一条原则，不要有道德绑架。"谭嶂手扶着方向盘，双眼注视前方，淡声道。

"那第二条原则是什么？"叶阙眨眨眼，果断转移了话题。

真是聪明的姑娘呢。他在心里感慨，但脸上却写着无奈，"第二条，系好安全带。"

"报告司机，乘客的安全带已系好！"叶阙小学生似的冲他举起手，"那我先眯一会儿，等到地点了你再叫我。"

第一次和人约会就睡觉实在是很失礼的事情，但叶阙管不了这么多了，毕竟相比起得罪他，她更害怕失去宋佳佳。

等叶阙一觉睡醒后，谭嶂的车已经停在了新中关购物中心的大门口前，叶阙看着"新中关购物中心"那七个枚红色的大字一阵发憷，刚想说话，谭嶂先一步开口了："交往原则第三条，尊重女士的生活习惯。那么叶同学，你是想先购物呢还是先吃饭呢或者是喝咖啡？"

不得不说，若是跟这样的男人谈恋爱还真是太省心，但实在可惜啊，叶阙在心里暗叹了了声，道："那就，咖啡馆？"

谭嶂尚未搞清她葫芦里究竟卖什么药，笑笑道："好。"

作为海淀区的主要购物中心之一，繁华的新中关体现出的一站式消费还是很到位的，叶阙他们刚走了没几步，就找到了一家星巴克。

然而，在点完咖啡落座后，这种尴尬忽地被放大了。

"谭侦探跟我母亲认识？"叶阙的视线从骨瓷杯中的咖啡拉花转移到谭嶂的脸上，索性开门见山道。

"家父是商人，机缘下结识令堂，这一点想必令堂已经提过了。"谭嶂对她的提问并未避嫌，"不过我想叶同学此刻好奇的，应该是我为什么会答应与你约会？"

如此敏感的问题让他如此昭然地说出来，叶阙登时一阵脸红。但谭嶂下秒的回答，却更让她意料不到。

"因为我觉得我们很合适。"他轻抿下一口咖啡，淡定道。

我们哪里合适了啊！叶阙分分钟想吐槽，但为了那个真相她还是忍住了。

"谭嶂，佳佳挺好的，你真不考虑下？"又想了想，叶阙决定采取声东击西的战术。

"太高了。"已猜到她不会乖乖就范，谭嶂笑笑，索性给出一个客观存在的理由，"叶阙，我如果说我看见你的第一眼，就在意上了你，你信不信？"

初遇时她刚失恋，见谁都是一脸死相，如果这样都能吸引到他……那他的品位还真是挺有个性的。想到这，叶阙索性一勺挑碎了杯中的咖啡拉花，摇头道："我不信。"

谭嶂看她这样，只觉更有趣了，于是又笑："好吧我骗你的，其实我也不信。"

"那你还……"意识到自己上当了，叶阙忍不住想要去瞪他，经这一闹，原先紧张防备的气氛总算放松了许多。

"既然你这么肯定我俩不合适，那不如你先列举下我们不合适的理由。"谭嶂托腮，饶有兴致地看着她，"我知道现在的女孩儿都喜欢有钱的帅哥，我姑且认为自己还能称得上是，如果你的答案不够有说服力，我可是不会答应的哦。"

最后那声哦还带了丝上挑的尾音，叶阙暗叹了口气，感觉已经快被这个睿智且幽默的男人打败了。

这简直太无赖了嘛！她咬紧牙关，又飞快搜索了一遍脑中可以用的借口，突然灵感闪现，提出了一个古老的习俗："因为我们八字不合呀！"

"你看，你是丙寅年生：属虎，我是辛未年生：属羊，这个……寅未相冲，所谓子未相害，寅未相冲，戌未相刑。"她眉飞色舞着继续解释，"嗯，这么说你是不是不理解？嗯，其实是这样的：属相里，不合可以分为四种，'冲、害、刑、克'，它们的严重程度依次递增。"

"我读书少你可别骗我，"听她好不容易卖弄了半天，这下倒轮得谭嶂乐了，只见他抱臂，笑出声来，"地支里，从来都是丑未相冲，也就是牛羊相冲，什么时候轮到我们老虎和你们小羊了？"

　　曾经，叶阙仗着自己小时候背过地支藏干表不知忽悠过多少人，且这二十六年来从无败绩。岂料谭嶂这一出手就破她不灭金身，简直已不是一句阴沟里翻船可以形容。

　　可恨，太可恨！

　　"是不是不能愉快地聊天了？"谭嶂见她这样，索性站起了身，道："那不如我们再换个地方，说不定你就会挑战我的灵感了。"

　　叶阙："……"

Chapter 24　狭路相逢

　　宋佳佳从来没想过自己最好的朋友会背叛她，作为一名混迹情场多年的高手，这是她人生的第一份耻辱！说来当时事情是这样的……

　　宋佳佳从业于引领时尚风向的MI杂志社，一路打拼三年，凭借自己敏锐的时尚嗅觉、专业的业务水平和绝对亮眼的外形，成了时尚界美编的第一标杆。可惜，她这位第一标杆在即将百尺竿头更进一步的状态下，遭遇了以高傲冷漠著称向来都活在风口浪尖的女人苏梦。具体来说，就是她职业生涯的第一场滑铁卢是被苏梦放了鸽子。

　　好好巧不巧的，苏梦当时就在新中关为一个新的珠宝品牌做形象代言。宋佳佳本来都已和她的助理预约好了，谁料珠宝的品牌方临时增加了一个现场活动，导致采访只能取消。

　　宋佳佳对此不诚信的行为深恶痛绝，一边发誓再不要与苏梦合作，一边打算找个咖啡馆解解闷气。哪知道就她刚推门进ESQUIRES COFFEE，就看见叶阙和谭嶂二人在不远处相视而坐，一脸相谈甚欢的模样。

　　看到这，她脑中"轰"的一声响起，因为她分明记得早上出门前，叶阙还告诉她今天是要去陪叶瑾瑜的，敢情都是在骗她！但这还不是她最气的，她最气的是紧接着谭嶂伸手去替叶阙擦嘴角的咖啡浮沫，而叶阙竟然没有躲！

他俩究竟是什么时候勾搭上的！

她死死地盯着眼前的二人，只觉浑身的血液都好像在瞬间冲上了头顶，叶阙、谭嶂，这两个最不可能的人，怎么能背着她在偷情！

遥记当时叶阙失恋她还将叶阙接回家中，敢情这真是一段农夫与蛇的故事啊！

她心中汹涌澎湃着，目光仍旧寸步不离那准备站起的二人，倒是——

"佳……佳佳，你怎么来了？"叶阙慌张地看着忽然闯进的宋佳佳，情急下险些踩到谭嶂的鞋面，她刚想解释，哪知就迎来了一个响亮的耳光：

"果然有什么样的母亲，就有什么样的女儿！"宋佳佳恶狠狠道。

这句话实在太重了。

重到叶阙一时间竟找不到别的话来回击她，是，她叶阙的的确确就是个私生女，她也并不在意别人怎么看她，但是这个人是宋佳佳啊，好了十年的宋佳佳，怎么可以这样说她？

"叶阙，你变得让我不认识了。"她言辞冰冷，脑中还一遍遍循环着谭嶂方才的那句：叶阙，我如果说我看见你的第一眼，就在意上了你，你信不信？至于说他们说的其他那些，根本在到达她耳朵前就已经自动消音，因为她的眼前只有叶阙娇憨的笑容和谭嶂隐晦的心仪。

他俩这不是偷情又是什么！想到这，她更加怒不可遏，一个冲动更是将那杯没喝完的咖啡直直对着叶阙的脸浇了下去。

"佳佳，你干什么！"谭嶂本想阻止，但到底还是迟了一步，实在是连他也没预料到宋佳佳竟然会做出拿咖啡泼好友的举动，是啊，女人的妒忌心一旦起了，真是不闹到和对方同归于尽绝不会善罢甘休。

他是熟悉侦破，但是女人心，他又如何能懂透彻？

"叶阙，我们走。"到最后也只能和电视里演的那样拉起她的手往外走，叶阙起初还顺着他乖乖走了两步，但不知为什么又突然间清醒了。

"佳佳，我也没想到你竟然这样不相信我。"她眼眶微红，肩膀本能地颤抖着，见她这样，谭嶂自然是起了疼惜之情，然而他才搂过去就被她狠狠推开了。

她摇摇头，已经凉透的咖啡顺着她的刘海一滴滴往下落，经这一闹，咖啡馆里更是聚集了不少好奇的目光和窃窃私语的声音，但她好像没看见也没听见，目光依旧一寸寸盯着宋佳佳，小半晌才道："但我没有做错什么，所以也不会道歉。"

"谭嶂，对不起，我先走了。"她拿过椅背上的挎包，末了道。

地铁海淀黄庄这一站人来熙往，叶阙走在汹涌的人流中，不去理会周围人望向她的奇异眼神，也不知道究竟走了多久，直到天色暗了下来，才终于在一盏路灯下停了下来。

路灯投影下的微暗光束，她站立其中，忽然觉得孤独又温暖。脑海中，不断播放的是那时在后海时，宋佳佳说的那句，"若是让那'小三'遇见我，看我不用咖啡泼她一脸！"

是啊，结果她没有泼那"小三"，却泼地是自己。她们之间，怎么就会变成这样呢？这一路，每走一步她都在想，明明都已经安排得足够好，又为什么还会遇到？

难道说，这个世界上真的有命中注定这回事，抑或者，真的是她把自己看得太高了？都说真正的朋友，就是彼此在对方心中都是同样重要位置的人，她以为她跟宋佳佳十年光阴已经足够长，却没想到千算万算还是算漏了一个谭嶂。

早知道就不答应母亲了！可是现在说这些又有什么用，宋佳佳一定恨死了她，毕竟她是女人里少有的会把义气诚信这些多少人都认为虚无缥缈的东西看得比什么都重的女人。

真是难办啊。

她叹了口气，顺手拢了拢耳边的发丝，在咖啡的作用下，它们早已经结成了生硬的一缕一缕，糟糕的手感让她很快放弃了继续整理的欲望。她望了眼前方，人海茫茫，车流茫茫，天大地大，自己又该去往何方？

难道真要应了那句：敢问路在何方，路在脚下的歌词么？她自嘲笑笑，从包里掏出手机，5.5寸的超视网膜屏幕上，七个红色的未接来电刺眼非常，其中有三个是邵航，还有三个是谭嶂，至于最后一个则是叶瑾瑜。

然而她一个都不想回，于是索性继续走，奈何五脏先一步提出了抗议。也是，此时都快八点了，她再不吃点东西，她自己都快要抗议了。

既然心情不好，那不如就化悲愤为食欲，叶阙用手机搜了圈附近美食，很快将目光锁定在了汉拿山烤肉上。

说来叶阙对烤肉的兴趣其实一直不大，这回之所以选择它，纯属是要发泄下自己的动物本能，毕竟在草原上，狼都是对肉类感兴趣的。

她做羊做了太久，真是时候该做做狼了。

花了十分钟走到汉拿山门口，又花了十分钟去洗手间整理头发，等她重新来到它的大门口时，她惊讶地发现这个点的汉拿山居然还是人满为患。

"小姐，您是一个人吗？如果您现在取号的话，大概在十五分钟后就可以进去用餐了，或者您可以考虑拼桌？"风度翩翩的男侍者机警地为她介绍着。

叶阙对还要继续等待的提议毫不犹豫打差评，几乎立刻就道："我拼桌。"

她都不怕跟好友拼命了，何况是跟陌生人拼桌？叶阙冷哼声，在另一位侍者的带领下来到了最靠里的大圆桌前。

话说叶阙一开始对能同时存在两个炉子的圆桌还是很期待的，哪知对方一听有人要来拼桌立刻就翻脸了。

"我说你们这些服务员没长眼睛还是怎么的！你看我们沈少像是会跟人拼桌的人吗？去，快把你们经理给我叫来！"说话的是一个穿着西装，染着黄头发的年轻人，叶阙原本对拼桌与否也并非真的在意，但他这一副我爸是李刚的表情和一脸你们这些服务员都不过是奴才的口气就很不招人待见了。

倒是坐在他身旁一副精英打扮的男青年见况居然纹丝不动，依旧在蘸料吃着他的烤肉。

"对不起这位客人，我们经理今天不在，但这里是公共场合，还请您配合我们的工作。"侍者不卑不亢道。

"配合你的工作？"黄毛显然极不满意他这个回答，不依不饶又道："我们来你们这，就是来消费的，你们不是视顾客为上帝吗？你们就是这么对待上帝的！"

见过无理的，还没见过这么无理的。叶阙皱眉，实在看不过去那侍者屡次被挑衅，开口便道："对不起先生，是我要求拼桌的，如果您实在不愿意，大可以在一开始就拒绝我，而不是一再为难一位服务员。"

她的意思很明显，你为难我没有不对，但是你为难一位服务员就不对了，但是如果你真的这样理解就太天真了，因为你为难我也是不对的。

这其实是道德绑架，所以叶阙平时很少会这样说，不过对付像他这样的人，她是不介意更犀利一点的，毕竟如果使坏只是坏人的权利，那好人岂不是太吃亏了？

或许是她的话吸引了另位精英男青年的注意，只见他终于停下手中的刀叉抬起头，然而目光相撞的一瞬，他却是先惊讶了，但又迟疑了半分，最后才道："叶阙？"

我认识他吗？叶阙锁眉，再次打量起眼前这个五官俊朗，唯独嘴唇显出刻薄的男人，真是完全没有一点儿印象啊。

"对不起先生，我想我们应该不认识。"她突然开始后悔来拼桌的决定了，不知为什么她有种直觉对方来者不善。

与此同时，男人则翻出手机里的一张照片和她认真比对起来，叶阙站在和照片相反的方向，但还是一眼认出了那穿着嫩黄连衣裙绑着双马尾的姑娘，正是大学时代的自己和凌江在植物园请路人拍摄的照片。

但这人怎么会有自己的照片？她惊讶地看着他，不想对方先一步开口了："没想到竟然真的是你啊，叶阙。"男人话音一顿，顿时吩咐开，"光，你先出去，我还有话想对她说。"

仿佛接收到指令般，黄毛闻言立刻就出去了。

叶阙一头雾水地看着他，只听他接着又对那名僵持许久的服务员道："抱歉，这位小姐和我们是认识的，拼桌就不必了，这顿算我请她。"

服务员一脸半信半疑想要确认，可惜刚要摆手的叶阙就被他强硬拉到了身边坐下，再低声附耳道："先自我介绍一下，我叫沈天宇。"

他姓沈？叶阙顿时有种不好的预感，她很想离开，但手腕却被死死扣住。

"难道我的姓氏不能引起你的好奇？还是，你已经猜到了？"沈天宇嘴角勾出一抹邪戾的笑，他单手擒住叶阙的下巴，强迫她看着自己，"当年你母亲，也是用像你这样一双狐狸眼勾走我父亲的心的吗？"

竟然真的是他……

"你放开我！我不认识你！"餐桌下，叶阙用高跟鞋狠狠蹬他，然而腿又被对方大力按住，再顺便捏了一把她那滑腻的大腿肌肤。

叶阙从没遇到过这样的对手，可这样的对手，竟然是她同父异母的哥哥……

"有小偷！"她狠狠瞪他，索性面子什么的也不顾了就是大喊道。

经她这一嗓子，果然在场人的目光都唰唰望了过来，她本就长得白皙清纯，再加上现在一脸受害者的无辜表情，当下就吸引了不少男性的注意。

"快，快去叫保安！"人群里已经有人高喊起来。

"叶阙，算你狠。"沈天宇毕竟是装惯了高冷精英男，怎能接受这样赤裸裸的侮辱？果然很快就松开了手，不过他的目光却越发狠厉，像是藏着条剧毒的蛇："叶阙，我沈天宇不怕今天把话撂在这，虽然你那贱人妈妈已经进了沈家的大门，但是你，休想！"

"沈天宇，你就是个疯子！"叶阙低骂着跟跄地站起身，还不忘用怀中的方包给了他狠狠一下子，最后在众人左一声右一句的"小姐你没事吧？"的关切中故意大声道：

"谢谢大家，保安已经来了吗？真是世风日下啊，吃个饭都能遇上贼！"

至于桌角那边，沈天宇的脸早已经气绿了。

从汉拿山出来后叶阙一路狂奔，等好不容易打上一辆的士，这才得以喘了口气。那穿着黑夹克的中年司机师傅看叶阙一脸逃命成功的模样，还以为她是和情人私会被老公抓了个先行，于是以一副过来人的语气道："小年轻，这是被老公发现了吧？"

叶阙疑惑地啊了声。

"听我一句劝，像这种时候你千万别在跟那男人联系了，更不要打电话！"不等她开口，司机已然继续，"我跟你说，一般接下来，你老公就要开始查你的手机通讯录了！"

"通讯录？"叶阙被他弄得更加疑惑。

"当然了，男人最反感被戴绿帽子了！"司机已然一副男性代表的口吻，

"说吧，现在你是去闺蜜家，还是去宾馆？"

敢情他是把自己当偷情处理了啊！叶阙叹了口气，不由又想到宋佳佳，说来也真是，今天竟然在一天里连续意外"偶遇"了两次，早知道出门前就该翻翻皇历的，哦不，不知道现在再去买彩票还来不来得及？

叶阙一边吐槽一边忙翻开手机，去哪儿呢？去丁薇家么，但她怎么记得丁薇家住在通州……还是说？她正思考着，那边电话就打来了，来电人是邵航，仿佛心电感应。

"你在哪儿？"邵航责备的口气中透出一丝焦急，"你已经失联一天了你知道吗？"

"我在新中关……"相亲那两个字她没敢提，好在邵航暂时也没发现。

"你等着，我去找你。"邵航说罢就要收线，好在这回叶阙总算快了一步。

"还是我去找你吧，我记得公司的通讯录上备注着你住在……"叶阙努力回忆着，可惜话头才说一半就被邵航打断：

"直接来五月华庭，对了，我已经买房了。"

叶阙："……"

收了线，叶阙僵着脸向司机报上地址，随即就听那司机八卦道："你那闺蜜真是好命啊，能住得起这么贵的房，长的肯定不错吧？可千万别是做人'小三'啊……"

"不不，那是他自己的房。"

多少北漂人以在北京有一套属于自己的房为目标，可他邵航才回国多久，就已经买房了？还是五月华庭这种大开间的套房？但如果真是这样，他这几年又是怎么过来的？忽然间，她发现自己其实并不了解现在的邵航，至少她并不了解在他们分开后的那六年。

Chapter 25　我付给你钱

　　叶阙来到五月华庭已经是在一个小时以后，依照电话里的约定，邵航在公寓的正门等她。北京的四月底夜晚还是偏凉，邵航穿着薄毛衣黑裤风姿卓然地立在一盏欧式路灯下，走过的人都不禁要多看他两眼，但他似乎已经对这样的注视习以为常，只是将目光放在那个一点点在面前放大的人儿身上，接着皱起了眉头。

　　"有人欺负你了？"他稍微拨弄了下她的发丝，依稀还闻到一股焦糖咖啡的味道，"叶阙，你可不像是会轻易被人欺负的那种姑娘。"

　　他至今记得当日在迷宫中她那一脚利落漂亮的回旋踢。

　　"难道是熟人作案？"见她表情不对，他皱眉道。

　　话音落，难得她竟然点了点头，她的鼻尖有些红，声音也瓮瓮的，"邵航，我没有地方可以去了。"

　　还是第一次见她向人示弱，一时间，邵航不知怎的竟觉得慌措，他很想抱她，又怕被推开，只好轻轻摸了摸她的背脊，故意道："穿高跟鞋走这么远的路，叶阙你是笨蛋吗？"

　　也还是第一次看她打扮得这么漂亮，本就白皙的脸上略施脂粉显出透亮的光泽，画了眼线还描了眉，嘴唇涂着最近流行的橘色，仿佛整个人都变得光彩起来。她穿着白色兔毛的短皮草搭配黑毛呢的A字裙和同色的小羊皮高跟鞋，硬是将那瘦削的身段逼出了玲珑的线条。

她难道是去相亲了？他心中忽然腾起种不好的预感，倒是她一脸不知知的模样，竟就让他产生种想要狠狠欺负的感觉。

……果然一见到她，自己就会变得不一样啊。

他在心中默默地叹气，忽听一个怪异的咕咕声响起，居然是她的肚子饿了。

"还没吃饭吗？"他忙追问。

"没有，对了，邵航我……"像有什么决定终于做出，叶阙抿了抿唇，道："我可以在你家借宿一晚吗？我付给你钱，不过我钱包里的可能不够，我明天去取了再还给你。"

"叶阙，你把我当什么了！"他再好说话，也受不了她一再挑战自己的底线，果然她就是有把自己活活气死的本事！邵航将她狠狠拽进怀里，这才发现她眼角的那一串泪花。

难道是刚才不小心弄疼她了？他想要松开手，但最后还是把她搂紧了，"叶阙，是不是出什么事了？"

出事了，自然是出事了。叶阙很久以后回想起这一天，依旧觉得这一切都发生的好像是场梦，先是咖啡馆里与好友宋佳佳的决裂，再是同父异母的沈天宇的登场。

其实自从她高中毕业时知道自己的身世后，就一直很努力地想做个普通人，她真的并不需要一个家财万贯却给不了她身份的老爸，也不需要一个才情与美貌并济的老妈。她只想要一个简简单单的家，家里面有他们一家三口，他们没有很多钱，但过得知足安乐。

她向往的是人间烟火，安定不过。

可现实却总与将她的梦想背道而驰，这让她觉得苦恼和困惑，她想要一个避风港，于是她选择了自以为能给她安全感的凌江，结果整整五年光阴，抵不过一个钱的诱惑。

真是可悲啊。

还有宋佳佳，她怎么就能不相信她呢？她们都认识了这么久，久到已经融入

了彼此的成长中，结果她为了一个认识不到半年的男人，当着那么多人的面给她
难堪。

再有那个不知道从哪里冒出来的男人，他看着自己的眼神是那样厌恶怨毒，
仿佛真就是自己抢走了本该属于他的一切。可她分明什么都没有做啊，可她即使
什么都没有做，她知道自己其实也并非完全无辜，因为她是小三的女儿，这许是
她生来最大的原罪。

而现在，等她终于哭够了，邵航才慢慢松开了她。

"不哭了，我们回家。"昏黄的光影下，他的套头毛衣已被她的泪水蹭得一
塌糊涂，他的目光沉默又隐隐哀伤，竟也像一头不会安慰人的大犬。

她看后不禁想笑，再又推开他，弯腰揉起了酸胀的脚踝，"打折买的皮鞋，
果然是硌脚。"

哭过了就当没事人一般，这天底下像她这么没心没肺的还真是不多见！邵航
无奈地摇摇头，道："再忍忍，马上就到了。"

"哦。"她说着，竟然索性就脱下了脚上的皮鞋小跑起来。

邵航被她闹的没办法，只好拉住她的手也跑起来，他觉得她今天有些不同，
但又说不上究竟是哪里不同，但可以肯定的是，他喜欢这样的她，不再对他避之
千里的她。

拖拖拉拉地在小区里磨叽了好一阵，等回到公寓时，时间自然就晚了，他吩
咐她洗手换鞋，再给她新的浴巾和洗漱用品，林林总总的一番"伺候"几乎都快
让他自己嫌弃。

他平生只对一个女人这样好过，那个人是他瘫痪了的母亲，这也是他一直难
以真正原谅他父亲的真实原因。因为生意失败而将心志沦陷在风月场，他的彻夜
不归导致母亲终日酗酒，直到在一次醉酒后失足从楼梯上摔下，造成了永远无法
弥补的遗憾。

所以从那时起他就发誓一定要成为有用的男人，他甚至要求自己必须专情，
绝不始乱终弃。

叶阙是第一个让他觉得可以给这个承诺的女人，更是因为她让他第一次觉得
这个世界很温柔。

可惜他的这些想法叶阙暂时还不能感应到，因为她真的很饿，饿到盯着换上一身居家服的邵航，都在考虑怎么吃会比较有嚼头。

"我这里没有零食。"他皱眉，刚从冰箱里翻出一盒牛奶，又收了回去，"空腹不能喝这个，还是等我做完意大利面你再给你喝。"

"你还会做意面？"叶阙一脸发现新大陆的表情，"你什么时候学的，我最喜欢吃它了！"

"那你要吃黑椒还是番茄？"邵航走近，脸上有得意也有探寻，"不过我的好处可不仅在于此，其他的你要不要也考虑打包全收了？"

"……我还是要黑椒吧。"叶阙黑着脸，说。

叶阙从浴室洗完澡出来后，邵航的黑椒牛柳意面已经摆上了餐台，也就是这时叶阙才想起要打量邵航的新家，这里约一百五十平，整体家居风格是极致简约的都市现代风，不过色调偏灰偏冷，导致乍一看去，让人觉得有些冷冷清清。

"你家里好像有点冷。"叶阙说着将意面一口塞进嘴里，然而才滑入口中，味蕾就被舌尖的美食瞬间打开了，黑椒的辛辣配上意面的爽滑，再加上香嫩多汁的牛柳佐料，怎一个勾起馋虫了得！

"你慢点吃，别噎着了。"邵航一脸无奈地看着叶阙陶醉的表情，顺手递过一瓶橙汁。

叶阙一看有饮料，不作他想地就是猛灌了下去，"这真是你做的不是你叫的外卖吗！还有这……刚刚不是说只有牛奶吗？"她想起了什么道。

"面是做的，橙汁是刚下楼买的。"邵航说完又给她递来一张餐巾纸，"叶阙，你这是饿了多久了，跟你相亲的那位没给你点饭吗？"

他都知道了？叶阙很震惊邵航居然知道了自己今天是去相亲，不过她现在已经完全被美食勾引地欲罢不能，只想让这将计就计来得更猛烈些！

"你刚还下楼了啊，"她边说话，边又匆匆往嘴里塞了一口美味，一副反射弧极长的模样。

"楼下有7-11（便利店），很方便。"邵航换了一个姿势看她，"你也不问问我怎么知道的？算了，刚才丁薇打电话给你，我替你接了。"

"噗！"叶阙这下终于没忍住一口喷了出来，他替她接了？这个时间这个地点他替她接了电话？完了，这下真是跳进黄河都洗不清了！

"叶阙，你别这么紧张行不行？刚才你手机在包里一直震，我再不替你接了，你那个山寨lv就要被震破了。"他故意点破她的尴尬，"你说你，工作都好几年了，月薪也不算低，怎么就不知道对自己好一点？"

"我要买房啊！"她擦擦嘴，意犹未尽地望着被她吃得连粒渣都不剩的空盘，冲他眨了眨眼，"邵航，下次你再做给我吃好不好？我……我付给你钱。"

她这是付钱付上瘾了是吧！邵航强忍下将她一把推倒的欲望，生硬地别过脸，道："你刚才说这房子有点冷。"

"嗯，对啊。"她舔了舔嘴角，目光还在那空盘子上晃了晃。

"那是因为还缺个女主人。"他回过头，一脸正色地看向她，"叶阙，你凭什么觉得我会费尽心思张罗这一切，我大半夜不睡觉在楼下等你，我为你下厨为你买饮料，甚至连这房子的另一把钥匙我刚才都塞进了你包里，那是因为我要娶你。"

他用的是要，不是想，真是要开启霸道总裁的模式啊。叶阙本能地向后缩，但肩膀还是被扳正了看向他，"叶阙，我们都长大了，我已经有能力可以保护你了，请你相信我。"

都说一个男人真爱你的表现是忍你和为你花钱，叶阙看着他专注的双眼，听着他一字字情真意切的话几乎都快要信了，但最终还是有一丝理智跳出来，"但是我不明白，你可以选择的余地明明还有很多……"

她发誓自己真的是这样想的，可邵航却并不这么认为，他颓然地松开手，摇了摇头，"如果你是我，我想你会明白，不过没关系，我们还有时间。"

他后退着，直走到沙发上，才将她的包里的手机递了过来，"丁薇找你，好像有急事，你回个过去吧。"

叶阙在客厅接电话的时候，邵航已经顾自回了书房，叶阙看着他略显受伤的背影，觉得自己大概是说错了话，她其实不想伤他的，她只是……没有考虑好而已。

　　稍稍收拾下思绪，她拨通了丁薇的号码，很快，丁薇的声音从电话那头响起。

　　毫无疑问，此番丁薇来电自然是为了她和宋佳佳闹翻的事，那么既然她没有来得及对丁薇说，自然告诉丁薇的就只能是宋佳佳本人。

　　可见，宋佳佳心里其实还是很在意她叶阙的。

　　"听说你们这次吵得很厉害？"丁薇的声音透出焦急，"叶叶，你知道吗？佳佳前阵子把我弄进她们家的公司，我心里，其实挺过意不去的。"

　　宁愿自己不进公司，都要把朋友弄进去，宋佳佳这人果然是义字当头。叶阙低嗯了声，听她又道："佳佳这人就是说话做事太冲动，不考虑后果，你可千万别往心里去啊。"

　　叶阙回了句：我知道。

　　丁薇听后沉默了一阵，终于有了句能刺激她神经的："你是不是跟邵航重归旧好了？"

　　我们算是重归旧好了吗？叶阙心里真的说不准，便回了句模棱两可，"走一步算一步吧。"

　　"原来是这样子，"丁薇听她这么说，一副地欲言又止，"叶叶，佳佳的生日马上到了，你知道的，他们家的生日宴每次都会办得很隆重，往年都是我们一起的，今年，你一定也会到场的，对吧？"

　　她最后那句几乎都能听出恳求的意味了，叶阙默默叹了口气，心想往年自己都会和丁薇一起去挑礼物，一起去买礼服，今年如果她不去，丁薇一个人怕是会应付不过来吧？

　　可是如果去，宋佳佳真的会希望自己来吗？

　　"好，我知道了。"沉默又持续了一阵，最后叶阙还是答应了，说到底她内心还是柔善的，她或能忍受自己受辱，却决计无法忍受自己的好朋友被人欺负。

　　这一点，想必正是她和宋佳佳最大的相同。

Chapter 26　生日宴会

宋佳佳是出生在4月30日的金牛座，用她的话说，这个星座是十二星座里出美女最多的。叶阙曾对星座之说嗤之以鼻，但见到宋佳佳以后，她终于信了。

可以说，和一个美女做朋友，是需要很大的勇气的，因为弄不好就会被人当作陪衬红花的绿叶看待。叶阙也算是生得可以了，但和宋佳佳一比就高低立见了，好在叶阙本人也是个美女爱好者，所以并不计较，但是她不计较，并不代表丁薇就不会计较，尤其是在即将参加的宋佳佳的生日宴会上。

今年是宋佳佳的27岁生日，依照惯例她每年的生日宴会都会举办得奢华无比，轮到今年自然也不例外，几番甄选后，宋佳佳的家人最终把酒店敲定在了北京五星级的昆山饭店。

要去这样高大上的地方赴宴，自然穿着就不能太丢份，叶阙和丁薇谋划了好几天，这才选定了出席晚宴时要穿的礼服和礼物。

唯一的问题是，叶阙因为突然"消失"，没有收到宋佳佳的请柬。事实上，在她投奔邵航的这几天里，谭嶂曾多次联系她，她也非是小气的人，但是一方面她的确没想好接下来要怎么去面对宋佳佳，另一方面也着实是舍不得邵航的厨艺，所以她还是选择暂时留在了五月华庭。

不过眼看着生日宴就要开始，所以请柬在否就显得重要非常，谭嶂的想法是，直接邮寄给她，但叶阙不愿意谭嶂知道自己住在邵航这里，毕竟她现在还没有调查清楚谭嶂和叶瑾瑜究竟有什么计划，所以一时半刻，她还不希望叶瑾瑜知道太多。

A计划被pass以后，最后就剩下B计划，这个计划是邵航提的，他说你既然懒得去取，不如就让丁薇带你混进去。与谭嶂的想法相比，邵航的想法简直就像是临时起意，叶阙表示这样也行？邵航道，有什么不行，若她不行，我就带你进去。

搞半天，原来邵航也接到了请柬。

叶阙有种你们都别拦我让我一个人冲动地哭一哭，不过临到最后，为了避嫌，她还是选择先去丁薇家住一晚，第二天再一起过去。

邵航说："原来你到底是相信丁薇多过相信我。"

叶阙没否认这点，反是道："没办法，谁让你有前科？"

邵航："……"

如叶阙记忆里宋佳佳几乎所有的生日宴会一样，今年的生日宴依旧热闹非常。衣香鬓影往来穿梭的豪华宴会大厅里，正一派灯红酒绿，叶阙穿着小香风的黑色连衣裙搭配白珍珠项链走在整齐摆放着花篮的红地毯上。她和丁薇手挽着手，一边低声说话，一边默默吐槽说这能把生日宴办得像婚礼的，恐怕宋氏集团能算头一份。

宋氏集团做的是广告行业，虽说这几年整体盈利有所下滑，但依旧算是业内的翘楚。正由于这个原因，每年家族里的子女过生日，都会被当作人脉拓展来精心筹划。

叶阙不太懂这些，也不很喜欢这样的场面，但她是为宋佳佳来的，所以她会努力学着适应这些所谓上流社会交际的场面，权当是……为接下来的写作积累生活素材。

"佳佳大概快下来了，"丁薇从亮面的挎包里拿出手机，"叶叶，你真的打算……"

她话还没说完，就见叶阙绕过一列列整齐摆放着花球和各式甜点的餐桌，向走廊深处疾走去。她吁了口气，心想今天这后半场，怕要自己应付了。

　　叶阙自然没有真的离开，而是从另条路去往二楼的化妆间。宋佳佳现在还没有下来，所以她要等丁薇的微信信息发来，再偷偷把礼物送进去，这种事她不是第一次干了，不同的是，原先每次都是为给宋佳佳惊喜，但这次却是……怕彼此遇见了反而尴尬。

　　真是莫名的有些难过。

　　趁着四下无人，她很快溜进了二楼的洗手间里拿出粉盒假装补妆，洗脸镜里，印制有自己名字的定制环保纸袋略显刺眼，这里面装的是她给宋佳佳准备的礼物：一条柔软的浅米色的纯羊毛围巾，价格不算太贵，是个小众低调的品牌，其实宋佳佳的衣橱里什么都不缺，她买这些，也不过是锦上添花罢了。但她依旧觉得女人是应该有一条像这样简洁又百搭的配饰的，而宋佳佳喜欢的永远花里胡哨。

　　她们就像是两种极端的色彩，融合在一起，才有了稳定的状态。

　　时间再过了会儿，她便收到了丁薇的短信。于是深吸了口气，朝着纯手工织造的羊毛地毯的尽头走去，短信里，丁薇已经把宋佳佳化妆间的房号发给了她，只要一切顺利，她便会在十分钟后重新回到宴会大厅。

　　事实上，一切在最开始都是顺利的，因为宾客们现在几乎都聚集在了一楼，再加上主人宋佳佳已经乘电梯下去，所以二层几乎静得能听见她的高跟鞋与几何形的地毯相互摩擦的声音。

　　她握紧手提袋，不多时便找到了那间由客房临时改成的化妆间，化妆间房门紧闭，她没有房卡自然无法进门，于是试探性敲了敲门，不料里面竟然有人，她松了口气，想这正好省去了她找服务员的麻烦。

　　开门的是宋佳佳的化妆师，她说明来意将礼物转交给化妆师，便要转身下楼，谁知——

　　"你，你是叶阙吧？"那化妆师突然叫住了她，她疑惑地点头，却见化妆师一脸了然地冲她笑笑道，"是宋小姐让我留下来的，看样子，她一早就知道会有人给她惊喜。呵呵，开始我还以为会是楼下哪个帅哥呢！"

　　如果自己是个帅哥倒好了，叶阙倒了句谢，忽见那就要关门的化妆师又从房门探出头来，笑起来清清脆脆的："不过是个美女也挺好的，我会转告她的。"

"嗯。"叶阙冲她点头，不知为什么，只觉得玻璃窗外的阳光也像透过雾霾照进了心里。

将礼物送出后，依照原定计划，她要下楼跟丁薇汇合。谁知才走了几步，就看见一个熟悉的身影在窗外一闪而过，似正往二楼阳台的方向赶去。

好像是邵航？她揉揉眼，疑惑地跟了上去。

她自然知道邵航也是被应邀参加宴会的，但是……看他现在这个表情神色，总觉得哪里不对劲呢？她锁眉，忙放慢步调，小心跟上他绕到了阳台的雕花门后。

"邵航，我没想到你真的会来。"一个声线优雅，但语调并不客气的男音自不远处飘来，叶阙心神一晃，只觉这个声音似乎在哪里听过，但一时间又想不起来。

"我可是收到请柬的，为什么不来？"邵航沉声回话，却巧妙地转移了话题，但对面的男人如何听不出，只听他冷哼一声，继续道：

"我是说，没想到邵总竟会答应我们的这次见面。"他刻意把总字咬得很重，一副装腔作势的样子，叶阙在门后待着越听越觉得不对劲，就差伸脑袋去看一看和邵航对话的男人到底是谁。

似是吸了根烟，又似是沉默了一会，邵航这才将话接了："人总要了解清楚自己的对手，才好做下一步的准备，你说呢？"

可惜他话刚说完，男人就不屑地笑起来，"就凭你？也配做我的对手？"

"不然你又为何要约我来此呢？"邵航也不恼，反是淡淡道。

"当然是为了你的女朋友叶阙。"男人回话。

"我以为你应该称呼她为妹妹更准确一些。"邵航道。

等等，难道说这个人是……沈天宇？可邵航是怎么认识他的，听口气，他们似乎并不是第一次交锋，甚至他竟然还知道自己和沈天宇的关系！得知此消息的叶阙震惊不已，此时只听邵航冷笑声，又道：

"你们沈家人现在是怕了吗？居然想出破坏剧组拍摄的主意，不过很可惜……"

"别一口一个沈家人，邵航，你敢说你打她的注意，不是为了钱？"沈天宇语速很快，显然极不满意他这套说辞，"不过你放心，我是绝对不会让她进沈家大门的。但是，如果你愿意帮我，我保证，聚沙再也不会对华成动手。"

"条件呢？"邵航似乎早猜到他会这样说，语调遂也带出了些讨价还价，"沈大公子，你又打算让我怎么做呢？"

"拖住叶阙，不让她回归沈家。"沈天宇凑近些，不以为然道，"我知道她很喜欢你，只要你对她略施小计，她一定会乖乖听话。"

"看来你对自己亲妹妹的评价并不是很高嘛，"邵航一副环顾左右而言他，"不过我好奇的是，你做这些事，你父亲知道吗？"

"我只需要知道，当年是他把你逼走出国的就可以了。"沈天宇鼻息间带出一丝不屑，仿佛还在他周围慢慢踱了一圈，"都说这是一个看脸的世界，但颜值高到像你这种程度又有什么用呢？你一个穷小子，还不是照样被区区几十万收买，说不要她就不要她了！当然，她也不过就是个狐狸精生的野种，这样的女人，又有什么资格回来跟我抢？！"

"可为了区区一个私生女，你不也还是费尽心思来找我吗？"邵航语气平淡，听不出喜怒。

"呵。"

听到这里，躲在门后的叶阙却再待不住了，突如其来的真相像汹涌的洪水般瞬间淹没了她，她甚至来不及叫喊，只能本能地一步步向后退。

邵航的出国是因为父亲，那么，他回国的这一步步接近她又是不是为了报复？她还记得那时在伊士顿岛上邵航对她说，他欠她一巴掌，但是他不会说对不起的话，原来，竟是因为这个。也是，想他从来都是心高气傲的人，被逼走出国已经很可耻了，何况还要接受那个人的女儿？

说不通，说不通啊。

还有沈天宇，他就这么恨自己吗？恨到要找人去干预自己的电影拍摄，甚至不惜拖邵航下水？但是，明明那个时候邵航在荒岛上的表现，怎么看都不像是装的啊。但，即使他们那时还没有合作，在沈天宇的威胁下，也难保邵航不会就范。还有，沈天宇刚才说的是聚沙？叶阙知道聚沙影视传媒是国内最近兴起的最具影响力的公司之一，但这个公司的背景难道是，沈氏集团？她没来得及用手机搜索，最后那位始作俑者已经先一步跳出脑海。

那正是她从未见过面的所谓的父亲。他为什么要这样做，要在一开始就拆散自己和邵航？她不明白，真的想不明白，她只是个私生女，只是他们避孕失败诞生的产物而已，他在她人生的前十七年里都杳无音信，弃她们母女如敝屣，又何必管她的死活？一出生就干预她人生的命运？

一连串的问题如几何数般在她的头脑中激增，几乎快到了无法承受的地步，她一路小跑回洗手间，拧开龙头想用凉水冲个脸，不想失手间竟调到了热水档……

真是连老天都跟她过不去！她一手用力捶着桌面，一手捂着被烫红的脸，很想大哭一场，高清晰的洗脸镜里，她失了血色的脸颊上苍白中透出一抹酡红，就像是被谁狠狠扇了一巴掌。明明都差点儿以为那些情是真的了，怎么能又发现它是假的？

怎么能是假的？

她望着那个一模一样的自己，只觉整个人都像是从冰窟里被捞出来，明明看哪里都还完整，但拼凑在一起，愣就像是没有魂的木偶，她甩了甩脑袋，眼眶刚要红，眼泪刚要滑出眼睑，包里的手机就拼命震动了起来。

"叶叶，你回来了没有？"

"要不要我去找你？"

"对了，刚才佳佳问你了，她还是很在意你的。"

"你怎么不说话？"

发自丁薇的微信信息叮叮地响个不停，叶阙吸了吸鼻翼，微微战栗的手指好容易划回到回复的对话框里，却听谭嶂的声音从身后的云母屏风外传来：

"叶阙，我找了你许久，原来是藏在了这里。"

他嗓音像是温润春笋的细雨，又像是安抚候鸟的海风，那一瞬间，叶阙一直绷着的眼泪终于忍不住掉了下来。

Chapter 27 尘封的往事

叶阙为什么要哭呢？此刻的谭嶂并不明白，但他知道的是，当他看见这个从来假装自己是傻白甜的姑娘明明伤心，偏又故作隐忍的时候，他觉得心里的某处柔软像被谁狠狠撞了。

于是他的目光就这样跌了进去，他很想说些什么逗她笑，但很快他发现这些都是徒劳，因为她本就是个用甜糖的外衣包裹起来的娃娃，这样的娃娃，以普通的甜糖必定是治愈不了的。

"有什么我可以帮你的吗？"他想了想，说。

听他这么说，她的眼睛竟然奇怪地一亮，但很快，又熄灭了，就像是最绚烂的流星从深黑的天际滑落那样。

"不用了。"她苦笑着摇摇头，再从包里掏出粉盒和口红，忽然道，"你知道吗？我十八岁就开始化妆了。"

"哦？"现在哪怕高中生都能把一张素脸化得连亲妈都不认识，谭嶂嗯了声，并不奇怪。

"谭嶂，我不是你想的那个样子的。"她叹了口气，动作熟练地重新上粉涂口红，以掩盖那些失落的痕迹，"不过我想，你其实也不是这个样子的，对吗？"

　　她柳眉微挑起，一双勾着黑眼线的眼睛瞄过来，在宾馆迷离的灯影下，一时也有了些烟视媚行的味道。谭嶂直觉有哪里不对，但还是将那话给接了，"那么你的意思是？"

　　"我用我的一个秘密，换你一个秘密，你觉得怎么样？"直走到电梯间，叶阙按下下降键，这才歪过头来看他，"不过如果你不愿意，那就算了。"

　　"只有等价的秘密，才能有交换的资格。"谭嶂皱眉，不知道她葫芦里究竟卖的什么药。

　　"可是如果我不说，你又怎么知道是不是等价呢？"

　　真是牙尖嘴利。

　　叶阙要问的，自然是谭嶂答应叶瑾瑜和她交往的真正原因，而这一点，经过上次的咖啡馆事件，谭嶂自然也如意料中的不会做除台面以外的其他回答。所以实际上，叶阙是在拐弯抹角地想其他的法子，"我已经见过沈天宇了。"

　　她索性先亮出了自己的底牌。

　　"不是在这里？"谭嶂不傻，很快接话。

　　所谓跟聪明人说话的好处就在这里，一点即透。叶阙跟他进入电梯间，却是伸指按下了B1（地下一）层，"他很讨厌我，哦不，准确说是很恨我。但是我觉得，除了因为……"说到这，她话音显然一低，"因为我妈的关系，应该还有些别的，比如我会跟他抢家产什么的。"

　　她虽然是个三流写手兼编剧，但这点家庭剧的常识推理能力还是有的，但是如果仅仅是这点，她觉得还不够，毕竟她都存在这么久了，也不至于现在才贸然想起来要针对她。

　　"看来你都知道了……"随着他话音落，电梯门也应声打开。

　　"你母亲跟我谈这些的时候，还提到过一件事。"自始至终，他并未对叶阙提出的中心问题给过任何其他的解释，反是借了叶瑾瑜的话，慢道，"不知道你对沈振业了解多少？"

　　沈振业，沈氏集团的创始人，国内最具影响力的媒体人之一，他是沈启明的父亲，沈天宇的爷爷，也是……她的爷爷。

"知道一些。"出了电梯间，再经过一个狭长的过道就是地下停车场，叶阙和他一前一后走在漆着白墙光线森冷的过道里，只觉连话音都似带上了种肃然的意味，就像是上阵前沉默的试探，短兵相接，快刀烈马。

终于，谭嶂再次发话了，"最近他病了，很严重，所以他希望能在他接受手术前看到你。"

他这话并未留白，又处处留白，敏感如叶阙又怎么听不出？何况什么样的手术会大到直接导致沈天宇贸贸然向自己示威，并千方百计地要对付自己？

"是开颅手术，我想你听过。"谭嶂拿出车钥匙，对准暗处滴的一声，"叶阙，如果你愿意离开，我随时都会帮你。不论，以哪种身份。"

这样的话简直无异于承诺了。叶阙心口一热，但思绪还是更被前面那句影响，"所以真正的原因是，因为沈振业的病情致使沈天宇一再针对我，甚至不惜用聚沙对付华成？"

"聚沙本也是沈氏集团的产业。"谭嶂沉吟了番，道。

原来它俩是这个关系。叶阙一怔，心中却是想如此一来，这件事沈启明究竟是否知晓？然而她咬了咬唇，终究没有问出口。倒是谭嶂话锋一转，道："既然你都猜出来了，那是不是该轮到我来听听你的秘密了？"

他说着拉开车门，再向她比了个请的手势。

叶阙原本还没想要"逃离"这里，但既然谭嶂已经曲解了她的意思，那不如索性就这样吧。至于说去哪里，大概现在哪里都比这里强吧。

她叹了口气，接着上了车。

"想去哪里？"

"你决定。"

车窗外天色已经是昏暗一片，他们的车疾驰了不到二十分钟，就被堵在了路上。

"堵车了。"

"嗯。"

"有烟吗？"

"嗯？"

谭嶂实在没想到像叶阙这样的女孩子竟然也会抽烟，但其实仔细想一想，以她这样的身世身份，做些离经叛道的事，也是在预料之内的。

"我刚上大学的时候，其实是在夜总会做过一段时间'公主'的，就是只陪酒不出台的那种。"叶阙笑笑，姿势娴熟地夹着男士香烟，却在吸第一口时就被呛住。

"已经很久不抽了。"她不以为然地笑笑，红唇间开始腾云吐雾。谭嶂没见过这样的她，也不知道给她递烟的举动究竟是对是错，但他依然还是做了，也许香烟能暂时麻痹些什么，他想。

"因为失恋？"他试探性地询问。

"因为缺钱，因为愤世嫉俗，也因为恨。"她猛地吸了两口，但终于还是因为太久不抽不适应把它狠狠掐灭在烟灰缸里，"我恨他们为什么不要我，为什么不找我，谭嶂你知道吗？被一个人抛弃的滋味真是太惨了，而我，是整整两次。"

"但后来我在那偶然遇到了凌江，他很吃惊我居然会在那种地方。呵，那种地方。那天是他第一次来夜总会，第一次，他就遇见了我。"她脸上似哭似笑，表情犹如戏子，"他是那种大男生，看起来干干净净，又结实可靠的类型，所以一开始，他大概是想要拯救我。"

"但他一个学生，自己都没有多少钱，却宁愿打一份饭我们两个分，冬天天冷的时候，他就在我们宿舍楼下给我送开水瓶，一次提两个，提了整整一个冬天。"

"所以你最后还是被他感动了。"谭嶂一针见血道。

"因为他是这个世界上第一个觉得我好的人，即使我们的相遇是在那样不堪的地方。"叶阙将一直伸在窗户外的手收回，语速安静而平缓："这让我觉得很难得。"

是啊，只这难得二字，就足值千金。

"都过去了。"谭嶂手握方向盘，听见后面的车不住地向在自己按着车喇叭，他苦笑了笑，竟不知自己几时也失神了。

"我想去见一个人。"叶阙话锋陡转，几乎要让谭嶂以为她是要去见凌江了，只见她将手支额淡道，"麻烦带我去华成。"

叶阙此番想要去见的，是有着和邵航共同留学经历的Lesley，作为一个工作狂，Lesley此时还在公司加班自然是不难猜到的。

谭嶂对此表示过可以一起陪同她前去，但还是被她拒绝了，他笑笑，没有再坚持。倒是刚要出车门，就听她手机响起来，她本以为会是丁薇甚至邵航，哪知竟是叶瑾瑜。

"用我回避吗？"他礼貌地问。

但叶阙还是摇头，再按下了免提键。叶瑾瑜和叶阙是母女，但二人的相处却颇有些无事不登三宝殿的味道，叶瑾瑜简单问了下叶阙近况，就直奔主题，"你爸爸希望这周日和你一起吃晚饭，你有时间吗？"她的话语里有恳求的意思，叶阙听出了。

可叶阙还是很想说没有，因为一想到这个男人曾对邵航做过的那些事，她就觉得怒火中烧，她强忍下急躁，她看了眼谭嶂，却见他也正看着自己，比了个"去吧"的口型。

"你旁边有人？"见她沉默，叶瑾瑜很敏感地问。

"谭嶂在我旁边。"叶阙停了停，答道。

"哦，那我就不多说了。"叶瑾瑜话音一顿，见她既没有拒绝也没有答应的意思，索性就替她拿了主意，"就这样吧，周末晚上见，我过会儿把时间和地址发给你。"

"知道了。"

挂了电话，谭嶂向她示意了个"刚才你用免提接听是什么意思"的眼神，却见叶阙坦然一笑，一语双关道："朋友之间，是不应该有秘密的，不是吗？"

叶阙回到华成已经是晚上二十一点整，大概是前台的姑娘走时随手关了灯，所以从门口看去，里面都是黑洞洞的，除了抬头时才能看见的那3D错觉的深蓝星空图外，就是角落里传出的那个飞速敲击键盘的声音了。

像Lesley这样的，大概才是老板心中的最佳员工吧？她在心中默念着，同时寻思着该如何开始这段开场白。

"你找我有事？"没想到竟是Lesley最先开口了，她从堆成小山般的剧本堆里抬起头，露出一双妆容浓重的烟熏眼。

以前叶阙总想不明白，为何Lesley每每都要化妆成这样，这又不是要去夜店或者登台演出。但现在她好像有点明白了，因为从这个角度看去，Lesley其实是有一双猫样的眼睛。

神秘，多变，似魔女又似女王，这是能让无数男人都沦陷的眼睛。

叶阙不知道邵航是怎样逃过这双眼睛，抑或者，他从来都没有选择逃过。叶阙觉得心里乱了，但她向来都是最能假装镇定的那种人，于是她走近Lesley道："我有些问题想问你，我请你吃饭吧。"

"如果是关于邵航，"Lesley听罢也起身，一双猫眼看过来，似敌似友，"我请你。"

出了办公楼一路向南走，两人没多久就找到了一家环境幽静的港式茶餐厅，她们在靠着马路的位置落座后麻利点单，接着便又是一阵沉默。

"说实话，我没想到你会主动来找我。"Lesley双眼直视叶阙，再次先打开了话匣，"你想知道有关他的哪些事呢？留学经历，白手起家，或者……和他有过一夜情的女人？"

叶阙没想到Lesley会这样直接，虽然她也并不是没思考过像邵航这样的男人，在出国期间没有被别的女人追求过，但有些事被Lesley这样昭然地说出来，还是让她难以接受。

"怎么，你自己可以谈恋爱，就不许他跟别人有一腿了？"Lesley让侍者上酒，是那种冰镇过的啤酒，启了酒盖直接就对嘴闷下一口，眯着眼再凑近了看她，"其实那个时候你喜欢他什么呢？成绩好，长得帅？"

叶阙的朋友里没有如她这般大胆泼辣的，索性也学她闷下一口酒，"我第一次看见他的时候是在中考，那是个下雨天，他站在走廊里，长着一张招人的脸，气质却清清冷冷的。我本来很紧张，但在看见他的时候就不了。"

"他的确是那种可以让你瞬间静下来的男人。"或许是对此深有所感，

Lesley拿着酒瓶朝着她的隔空举了举，"我第一次看见他的时候，他正在一家咖啡厅里给人端盘子，你可能不清楚，在英国端盘子是要用单手端的，那时候他多半是刚学，所以一个不小心就把咖啡给洒了，浇了一个英国佬浑身都是。"

"结果呢？"

"结果当然是被那个英国佬劈头盖脸地骂了一顿，"说到这，Lesley眉眼弯起来，神情满满都是追忆，"但是你知道吗，就在那个英国佬骂他的整个过程里，他除了最开始说过一句对不起外，后面都没有再说一句话，他就这么看着，用眼睛直直看着，直到那个鬼佬最后消停了，当然也可能是觉得他无趣。"

"只是看着？"叶阙想象不出那个场景，嘴角不自觉竟也淡淡勾起了一笔。

"他的眼神很安静，还有一种会把人的目光吸进去的亮。"Lesley回味般轻笑笑，"到后来我才知道，他其实算是我学弟，就开始追求了……不过你是知道的，他这个人，柴盐不进。"

"他的确很难搞……"叶阙不得不赞同。

"但后来我才知道，那是因为他心里有喜欢的人，不过像这种男人，总是越优秀，就越专情。"Lesley再灌下一口酒，直到那酒气浮上了脸颊，"所以到后来我也放弃了，朋友一万年，恋人一时间。"

"不过再后来，大概是在他留学的第二年，我知道了一件事。"

叶阙眼眸一抬，已然嗅到那件事的苗头，而她已然继续道："那天他忽然要请我去酒吧喝酒，你大概也猜到了，他一个靠打工上学的学生，忽然想去酒吧，这事本身就不太对劲儿。但后来我还是去了，可惜去时已经晚了，他喝酒闹事，还跟人打了一架。我从没看见过这样的他，眉骨腮帮嘴角都是伤，衣服也被扯破了，是那样失魂落魄，就像……就像那句台词说的。"

叶阙大概已经猜到她会说哪句台词了，果然："那个人好像一条狗耶。"她道。

"星爷在《大话西游》里面的台词。"叶阙想不发一语，但最终还是不能，"那件事他是怎么知道的，他后来有说吗？"

Lesley点头，"是他妈妈给他打的越洋电话，说家里忽然收到了一笔巨款，那个数具体是多少我不知道，但对那时的他来说肯定是天价了。他妈妈对他一通呵斥，说他定是做了什么见不到光的事才跑得远远的，再寄给自己那么多钱……呵，那钱当然不是他寄的，只是他和他妈妈感情虽然很好，但他妈妈却太爱喝酒，所以总是糊涂的时候多，清醒的时候少。"

"'我只是一个可以用钱砸死的穷小子而已。'那是醉酒后的他，反复跟我重复的一句话。"话到这，Lesley的眼眶已然微微发红，"其实那时候我们都很穷，英国的物价太高，我们钱包又太薄。我自己都是泥菩萨过河，他这样喝酒闹事还打伤了人，以我的力量，当然是帮不了他。"

"那后来呢？"叶阙追问。

"后来我找到我的一个黑人同学，他很有钱，也乐意帮我们摆平这件事，不过他有一个条件，"Lesley话音一沉，直直看向叶阙，"邵航在毕业后必须跟他一起去叙利亚。"

叙利亚？叶阙被这突然跳出的地中海东岸的国度弄得惊愕不已，她皱眉，赫然想起新闻联播里曾播报过的叙利亚政府与叙利亚反对派间的战争，难道说？

"我知道你想到了什么，不过那个时候谁也没有先见之明。"Lesley咬咬唇，继续道，"之后邵航提前毕业，按照约定跟他一起在叙利亚待了一年，在那一年里究竟发生了什么他一直没有告诉过我，不过他回来以后，很多看法都变得不同了。"

"不同了，比如说？"

"比如说他应该很恨你，但是他却不再恨了。"Lesley说完敬了自己一杯，最后又碰了碰叶阙的，"但是叶阙，你也应该庆幸，正是你们家对他做的那些事，让他变得更加优秀了。"

真是变得优秀而不是不择手段吧？叶阙沉默不语，透过玻璃墙，她望见对面的街道华灯初上车水马龙，忽然想到此时的叙利亚是不是还有炮火与硝烟？她不知道，她只知道，在同一个时间，不同的空间里，他们曾交错过完全不同的人生命运。

Chapter 28　十年之约

邵航直觉这段时间叶阙变得不愿意搭理自己了，准确点说，叶阙已经从他家里搬出去了，但她并没有告诉他她究竟是住去了哪里，因为发信息她也不回复。借着叶阙假期结束重新上班的时间，他决定动用职权让叶阙跟自己一起去吃饭，谁知他这边电话刚甩过去，就被叶阙以工作实在太忙，若必须编剧陪同可以让Lesley或者陶冶去给推脱掉了。

屡次再三，邵航不得不认识到了问题的严重性。好在天无绝人之路，下午例会结束后，高中同学周勇忽然打电话来，一副神秘兮兮地说，邵校草同学，咱们的十年之约，你还记得吧？

周勇上学时就爱捉弄同学，尤其爱挑气质清冷的下手，且男女不忌。邵航很不幸在其列，自然难逃其魔掌。时光弹指一挥间，这位周勇同学也从曾经的小打小闹，到了现在某知名饮料业的领军人，邵航虽谈不上自愧不如，但多少还是对这位传奇式的同学好奇的。

不过他现在的这句十年之约显然不旨在于调戏邵航，毕竟他从前也只是爱玩爱闹。

邵航很明白这点，回话道，时间地点你定，K歌酒水我请，不过，你得把叶阙叫上。

周勇一直很稀罕这个会写小说的女同学，立刻拍胸脯豪气干云道，没问题，她我一定叫上，不过K歌酒水还是我请，邵校草你真要请，就抓紧时间把事儿办了吧，微信红包随时等你！

多年的北京生活让他一口儿化音已经能说得很顺溜，邵航微叹下一口气，多少是明白他这些年为何能窜地如此快了，像这样大方、豪爽、又粗中带细的人，交往起来还真是……接地气。

于是因为邵航的这么一句话，叶阙下午在改剧本的时候，突然接到了一个陌生来电，开始她以为是推销电话，就要以我在开会为理由挂掉，没想到那人竟是周勇。

南康十四中高二（8）班同班级的男女生里，目前为止混得最好的一个同学。老实说，一开始叶阙却是有点受宠若惊的，毕竟像他这样已经爬到很高层位置的人，在毕业之后翻脸不认人的故事她实在已经听得太多太多了。

所以对这头一个依旧称呼着自己为生活委员的老同学，她感到很亲切。是以在周勇简单地说明来意后，叶阙爽快地答应了。

虽说在这个时代里，有很多人把同学聚会又称作为攀比大会，但是对她而言，这种同学间纯粹的感情，是很珍贵的。

周勇短信里的时间地点是在周五晚八点，西单金库KTV。叶阙记得自己一开始还顺口问了句，还以为会是钱柜，结果这才知道原来占据京城KTV行业半壁江山的钱柜KTV，竟然早在几年前就关门了，真是不得不感叹一句：世事多变啊。

时间很快到周五，叶阙为了避免邵航的"骚扰"，索性提前了一刻钟下班。她最近搬到了离公司较近的7天连锁暂住，并趁着每天下班的时间去中介那边看房子，这样既紧张又忙碌的生活她已经很久不曾体验过了，不过这样也好，人一旦充实起来，就没更多的时间再去想东想西。

匆匆回到酒店后，她重换了身衣服又补了妆，这才出了门。谁知道才出门口，就撞见了穿着黑衣黑裤仿佛黑无常索命般面无表情的邵航。叶阙被他果断吓住惊叫出声，随即就被他捂住了嘴，"我说叶大作家，就你这个心理素质还写悬疑？不是有代笔团吧？"他故意道。

　　叶阙听他说话还是有人气儿的，这才吁了口气，刚要开口，但还是闭上了嘴，一扭头，就往毛毯尽头的电梯间走。

　　"叶阙，你给我站住。"邵航在后面喊。

　　可惜脚步没停。

　　"叶阙！"他的声音很大，惊地路过的年轻服务员都不由得要往他们这多看两眼。

　　叶阙没见过他这个样子，只得停下脚步来，压低嗓子道："邵航，你到底想怎样？"

　　"我能怎样？"邵航深吸了口气，声音也压抑非常，"我就是想送你过去而已。"

　　"同学聚会？"

　　"不然呢？"

　　"你怎么找到这里的。"

　　"一路跟过来的。"

　　"我怎么一路都没看见你。"叶阙话音刚落，忽然又想起了什么，"那年你去叙利亚到底干什么了？"

　　叶阙发誓这一刻里脑中蹦出的是诸如王牌杀手这种设定，可惜，邵航对她的提问并未做正面回答。

　　"你这么问，我能理解为你是在关心我吗？"邵航嘴角弯了弯，见她总算愿意跟自己说两句了，所以最后还是模棱两可道了两句："就是做一些有关物资的工作。"

　　"不会是战地物资吧？"叶阙脑洞太大，简直要刹不住车。

　　邵航："叶阙，咱们能换个打开方式聊天吗？"

　　最后二人一路话地来到了金库KTV。他们来时包厢里已经坐了十来个同学，迷离的灯光下，他们有人在碰酒，有人在聊天，更有麦霸在奋力唱歌的，将整个包厢都震得快要裂开。

　　"我的世界从此以后多了一个你

　　每天都是一出戏

　　无论情节浪漫或多离奇

　　这主角是你

　　我的世界从此以后多了一个你

　　有时天晴有时雨

　　阴天时候我会告诉你

　　我爱你　胜过彩虹的美丽"

　　歌是羽泉的那首《彩虹》，叶阙第一次听的时候还是高一，当时学校的广播台着魔似的整天循环着这一首，原本那时她只听周杰伦，但是这首听得多了，还是会忍不住哼起来。

　　现在想来，还真是，恍如隔世。

　　同学里很快有人认出他们，又见他俩是一前一后地进门，那段陈年旧事自然也被扯了出来。

　　"没想到这么多年过去，你俩还是在一起啊！"

　　"就是就是，早知道校草这么好追，当时我也下手了。"

　　"叶阙，快告诉我们当年你是怎么把他拿下的？"

　　许是邵航的出现引起了人群不小的骚动，那帮同学，尤其是女同学立刻就叽叽喳喳起来，叶阙垂着一双手颇为尴尬，视线扫了扫，没发现宋佳佳和丁薇，只好先找了个空位坐下，"其实就是……给他织围巾，嗯，织围巾。"好半天，她才挤出一句。

　　"真的假的？"人群里立刻有人对这个答案表示不信，"有别的，肯定有别的，你们说是吧？"

　　"对对对。"紧接着果然有人附和道。

　　"好吧好吧，其实对付像他这样的类型，一直缠着，不放手就好了。"她回忆了一阵，最后总结说。

　　"死缠烂打对我们校草有用吗？"叶阙话说完，当下就有人站起来和邵航对质，"可我怎么记得，那会儿追你的女生都快排到校门口了，说说看，你怎么就看上叶阙一个了？"

这名女生的问题，大概是那时所有女生的谜题，甚至包括叶阙自己。叶阙还很清楚地记得说这话的女生曾经给邵航写过情书，但是和那时他收到的诸多情书的结局一样，都被他无一例外地给退了回去。

所以她从未给他写过情书。

"因为她从来没有给我写过情书，"邵航的话与叶阙内心的想法猛地相撞，震得叶阙几乎本能地向他的脸看去，倒是他虽然也在看她，话语里却是故意透出一副不经心，"所以我很好奇，她究竟打算什么时候给我写情书。"

"切！"

"我才不信呢！"

"校草你竟然也学坏了！"

邵航这几年应酬多了，和女人们打交道的经历也多了，竟连气质都开始变得亦正亦邪。叶阙收回目光，很快就听人群里传来一个豪迈的男中音：

"我知道为什么校草一直对生活委员念念不忘！"说话的是周勇，这次十年同学聚会的发起人，"因为我们的生活委员呀，经常在校草打篮球时给他送水！"

那段少女时曾秘而不宣的心思被一个大男人堂而皇之地点破，即使是在多年不见的老同学面前，叶阙也忍不住脸红，她站起来，半开玩笑半挑衅地看向周勇，道："周同学，别说得你好像没有喝一样，我记得当时你还是打小前锋的，对吧？"

"小前锋又怎么比得上你家校草那一手神出鬼没的控球技术？"周勇说着朝邵航看一眼，朗声笑道，"是吧，控球后卫大人！"

他的话顿时让人回忆起了学校当年的篮球场，他们在那个破了一半的网兜下奔跑着，他们会为一个三分球高声欢呼，也会为一个小失误不住懊悔，他们笑着，流泪着，但同样也青春着，畅快着。

那是久违而酣畅的事，像最陈也最烈的那一壶酒，风花雪月，需与故人饮。

"曾经多少次跌倒在路上

曾经多少次折断过翅膀

如今我已不再感到彷徨

我想超越这平凡的生活

我想要怒放的生命

就像飞翔在辽阔天空

就像穿行在无边的旷野

拥有挣脱一切的力量"

说话间，不知何时有男生抢过话筒低吼起了那首汪峰的《怒放的生命》，他的演唱像是一场灾难性的沙尘暴，却也同样飞沙走石，让人灵魂激荡。

是啊，他们背井离乡不远千里来到这座繁华之都，住过地下室，吃过地沟油，每天坐着超过两个小时的地铁，呼吸着永远雾霾严重的空气，为的是什么？

——我曾那样近的接触过梦想。

也许等他们有天老了，会对自己的后辈们以骄傲的口吻如是说。

是啊，人活一世，可以平凡，但不可以平庸。诸如梦想这种虚无缥缈的东西，或许对太多人来说都可有可无，但是对你来说，这就是生命存在的最大意义啊！

这样的东西，又怎么能用金钱去衡量？就好比你的灵魂无法用金钱来衡量一样。

结束了那首励志的歌曲，很快又有同学起哄起要让邵航来一首，邵航这边还没来得及答应下，那边就有人又道："校草别磨叽了，你和生活委员的那首保留歌曲刚刚已经优先了！"

他刚要纳闷自己的保留歌曲是哪首，就见屏幕上出现了一幕熟悉的画面，以及那三个大字《珊瑚海》，同时叶阙也被人递过一只话筒，至于其他人都已经清一色地坐下了。

要不要这么默契……

他与叶阙对视一眼，奈何那道目光才撞上，就又匆匆避开，真是……要应了歌词的景么？

> "转身离开　分手说不出来
>
> 蔚蓝的珊瑚海　错过瞬间苍白
>
> 当初彼此（你我都）不够成熟坦白（不应该）
>
> 热情不在　你的笑容勉强不来
>
> 爱深埋珊瑚海"

众人见他俩气氛诡异，也不由嘀咕开，有说早知道就该点首《今天你要嫁给我》，再不济《水晶》《让我取暖》之类也是可以的。那人话才消停，立刻就又有人再道，千般皆可，独《广岛之恋》不行，于是众人便问为何不行？只听他嘿然一笑，道，那首若是情侣合唱，十之八九都会以分手而告终，简直堪称撒手锏之歌。

叶阙离那人最近，也听得最分明。灯光下，再仔细一看，那人竟是当年给她写过纸条的李浩，显然李浩早已记不起这件事，他甚至在同学聚会期间，还在跟陌陌上新认识的软妹子聊天。

邵航似乎瞧出了叶阙的心思，一曲毕，忙走上前揽住了她的腰，向众人朗声道："明年我跟叶阙结婚，请各位务必要到场。"

谁要跟你结婚啊！叶阙还没来得及推开她，人就已经被众姐妹拉住了，有是说恭喜的，有是摆明了羡慕嫉妒的，更有大胆说红包要多少的，总之心情那叫一个五味杂陈。热闹持续了好一阵，叶阙才借口去洗手间溜出来，她气急败坏地给邵航发短信，说，我都没收你的戒指，所以你的那句结婚必须收回。

谁知邵航似在等着她这一句，当下便秒回：谁让你自己把戒指留在宾馆的？

叶阙："……"

唱过KTV，吃过聚餐饭，喝酒过三巡，众人便陆陆续续地开始离开了。叶阙不想再被蛮不讲理的邵航缠上，也起身告辞，哪知这厢她刚有动静，那边邵航也立刻放下了杯子，并用淡然的口吻道：

"昨天晚上答应了陪她去看电影的。"

具体是什么电影他没说，但众人一副我懂的，没事，你们快去吧的表情，看得叶阙直想找个地缝钻进去。

可惜这里是星级的大洋酒店，地面都是大理石，她想钻也没法钻，于是只好跑，可惜跑慢了，在拐角处的走廊里被邵航堵住了，并且被"钉"在了墙上。

"我喝酒了，叶阙。"昏暗的灯光下，他深沉的目光笃定又危险，他混着香烟和酒味的气息扑在她脸上，几乎能让每个少女都脸红，但叶阙却是想逃，最好逃得远远的，让他再也找不到！

"为什么要躲我？"他再凑近她一分，嘴唇就要贴上了她的，她见况就要打他，可惜才动作手腕就被他敏锐地捉住了。

"叶阙，我不会再让你这样折磨我了。"话音落，他就用力吻了上去，是那样凶狠的，简直如一场肆虐，她躲，他追，她逃，他咬。

每一颗牙齿，每一滴香津，每一片领域，他都要通通占有！他曾发誓要让这个女人后悔一辈子，但现在，若得不到她自己才会后悔一辈子！

是魔怔了吗？亦根本是，业障！可能真就如那句话说的，离她越近，离佛就越远，大概她就是他这辈子都躲不开的色相劫，于是最后成佛成魔，皆不想再计因果。

"啪"一声剧烈的碎裂声从耳后传来，再来就是背脊一阵钻心的剧痛，邵航这回反应倒是慢了，却见怀中人脸色苍白地看着他，连指尖都在微微颤抖。

她刚才是用墙角的装饰花瓶打了自己吗？邵航推开她，俊脸上一时阴晴，很快，连保安也闻声赶来，那人看着他一脸戒备，手里还……拿着根警棍。

真是跟她在一起分分钟都是戏啊！

"对不起对不起，我们不是……"慌错中，她变得语无伦次，但凌乱的发丝和嘴角被晕开的口红印，依旧提醒着刚才被打断的情事。

"我老婆以为我出轨了，"终于还是邵航站出来摆平事端，他捂着流血的背脊话音平静，似在描述事实，"但其实我没有。"

终于，那保安等离他俩远了，才忍不住低低骂了句："俩神经。"

Chapter 29　联手

离大洋酒店最近的医院是北京国际医疗中心，一般说来，像中心这种地方费用都不会太美丽，叶阙虽然一直是只铁公鸡，但谁让她是这件事的肇事者，所以没办法，送邵航去医院的任务自然就落在了她的身上。

邵航今天是开车来，但他现在这种情况显然不合适开车，叶阙本想打车去，但由于时间紧急，

一咬牙索性从包里掏出了本崭新的机动车驾驶执照。

邵航看后长叹一口气，道："叶阙你是真恨我。"

好在叶阙最后没有真掉链子，在二十分钟后抵达了医院，邵航则被她那一路叹为观止的车技深深折服，直想感叹一句造化弄人。倒是叶阙一边如临大敌般挽着他，一边焦急地向那护士小姑娘询问如何缴费挂号，竟也让他心生出种不一样的情愫来。

……就仿佛，若能一直这样其实也蛮不错了。

不过，他的这些想法叶阙实在不能了解，因为很快他就被那一直偷瞄着自己的小护士送进了急诊室，散发着一股淡淡的福尔马林和不时有穿着白衣大褂医护人员经过的医院里，叶阙就像是一滴无声的水珠融进了江河里，虽然已不见踪影，但是那种独特的味道依旧萦绕脑海。

他不清楚那具体是什么，但就是能将自己点着，恰如背脊上正灼烫的热度。

而此刻，心里同样七上八下的还有叶阙，因为她失手砸下花瓶的关系，导致玻璃碴嵌入了邵航背后的肌肤里，医生说因为伤口过深，很可能会留疤，末了又补充一句，看在他为你打架的份上，以后千万要好好待他。

事情自然不是医生所形容的那样，但她站在自动饮料贩售机前心中还是忍不住汹涌起来。她曾听宋佳佳说过，邵航少年时经常被酒醉的母亲毒打，她虽然是个私生女，但叶瑾瑜却从未以此方式管教过她，是以她并不知疼的滋味，但那时她每每看到衣领扣束到最上一粒，身形高挑又单薄的他时，总觉得心里哪块莫名的疼。

但这一次却是她动手打了他，还打得这样狠，打得这样重。

她真不知道该如何饶恕自己了，其实明明是他不对的，是他强吻了她，第二次强吻的她！想到这，她又莫名地恼怒了，是啊，谁让他乱说话的，还一口一个老婆的，谁是他老婆啊！她攥紧手里的钱夹，抬眼间，忽然在人群中看见了一道意外的人影——

是沈天宇？！他怎么会在这里？

她揉揉眼，忙绕到医院大厅的立柱旁悄悄打量起来：的确，不远处看起来神色匆匆的男人正是她同父异母的兄长沈天宇，此刻，他与一名戴着金丝眼镜的男人在小声嘀咕着什么。叶阙注意到，沈天宇还拿了个牛皮纸的文件包，似乎很重要般一直攥在手里，迟迟没有交给别人。

时间没过多久，他们便向人流稀少的步梯走去，叶阙没敢耽搁，立刻小跑跟上。冷色调的步梯间里，偶尔有三两行人路过，可惜并未有人停下来注意此刻正在低声说话的两个男人，他们一边低低讨论着，一边向楼上慢慢走去，叶阙为了不让他们发现自己，只能假装掏出手机看短信，再跟着他们不断移动步伐。

好在她今天穿的是无声的软平底，不然这要是被发现了……

"沈少真确定要这样做？"楼上的男人迟疑了一会儿，忽然道。

"不然你有更好的办法？"沈天宇冷笑道，"你不是不知道老爷子的脾气，现在他既然都已经知道叶阙在北京，那么哪怕挖地三尺也会把她找出来。"

"可就算她真出现了又能怎么样？她毕竟只是个女人。再说了，您才是老爷子钦定的接班人，她一个私生女，又怎么能动摇您在沈家的地位？"男人顿了顿，道。

"但她的存在，会一直动摇我在父亲心里的地位。"沈天宇冷哼声，语调愈发狠戾，"所以趁着老爷子这会儿看不见，不如先找个替代品，等过了集团的三十年华诞再说……"

沈天宇的声音忽地轻了去，叶阙心中一急，这才发觉嘴竟被人神不知鬼不觉地捂住了，她想尖叫，回头发现那人居然是邵航，他神色凝重地冲她摇头，并用手势示意她快离开，她皱眉，脑中瞬间浮现起那幕他和沈天宇在酒店阳台见面的情形，那天似也如今这样，她无意撞见了秘密的开头，却无缘秘密的结尾……

"我知道我如今说什么你都不会信。"医院静僻的开水间里，邵航紧握的手指这才松开了，"不过我也终于知道你为什么最近都在躲我了。是因为沈天宇，对不对？"

看叶阙这一脸见鬼的表情，不需多猜，都知是为这个了。果然，对于他的这个问题，她的回答是意料中的一语不发，她一遍遍搓着被他抓红的手腕，就像是要擦去什么。

"我并没有答应过沈天宇。"直到他的话音落，她的动作才稍微地停了停，她的视线绕过他飘上他背后金属质地的开水箱，一如从前般仿似在思想开小差。

他其实恨极了她这个模样，但他此刻偏偏还要忍，"我有一个建议。"顿了许久，他说。

她语调上扬地哦了一声，眼神看他，既飘忽又戒备。

"将计就计。"他走近一步，目光也深沉一分，"我假装答应他的条件，你假装扮作我的女朋友。"

"我凭什么相信你？"终于，她还是掀开底牌了。

可惜说到底还是不信，他顿觉心口像被谁重重砸了一拳，震得他整个人都几乎要后退了，可惜却是不能，至少是不能在她面前。

"就凭他恨你到需要来拉拢我，就凭你防备他到不惜要猜疑我。"

从什么时候起，他们之间变得需要靠谈条件才能进行下去了？也许是从他们在酒吧安排重逢的那一刻起，也许是他使计诱迫她去华成的那一瞬间起，抑或者……是从他狠心丢下她，远赴英国的那一天起。

若他那时没有选择出国，他们之间还会像现在这样么？他不知道，他只知道，当他好不容易在她心里重新敲开了一道缝，又被这该死的沈天宇给堵上了！

所以不论结局如何，他都要尽力一试！

叶阙考虑再三同意做邵航名义女友的第二天后，在公司上班时收到了一份寄件人来自宋佳佳的包裹。当时她正在对着电脑的液晶屏纠结着要不要给宋佳佳发消息，因为她看见宋佳佳不知几时将QQ的个性签名改成了：真正的朋友就是对彼此而言，都是同等重要的人。

看到这句话时，她默默沉思了许久，以至于她的小帅哥粉丝陶冶也站在她面前许久，她都没有意识到光线忽然变暗的原因是被人挡住了。

"叶老师，您有快递！"陶冶抿着嘴，像研究某种外星生物般又绕着她的办公位转了一圈，叶阙被他转得发晕，只好找了把水果刀把包裹划开了。

那包裹里是个复古花卉的马口铁皮盒，叶阙看后心道了句好险，若是刚才动作再重点，这么漂亮的盒子可就要被她刮花了。她的目光在那玫瑰图案的盒面又停了半瞬，这才将铁皮盒打开：铺着黑色天鹅绒的盒底并没有过多玄机，只有一方小小的，银钢打造的布鲁斯十孔口琴，以及压在下面的一张立拍得拍摄的照片。

叶阙看后心头一热，忙抽出了它。

绿意盎然的公园里，只见宋佳佳系着她送的那条纯白羊毛的围巾，回眸间嫣然一笑。

——她终于还是原谅自己了，尽管是以这样委婉的甚至老套的方式。

叶阙高抬起眼睫，努力不让那滚烫的液体流出，她故意侧过身，将桌角上的玻璃杯递给陶冶，道："能帮我冲杯咖啡吗？"

"当然，"陶冶被她的神转折弄得不明所以，但还是接过了玻璃杯，"不过咱公司的速溶咖啡味道一向不怎么样，你确定要？"

叶阙吸了吸鼻子就要点头，却见抱着一叠新打印剧本的Lesley从旁边走过，也顺手将自己的水杯递给陶冶，"多奶少糖，谢谢！"

陶冶："……"

等陶冶好容易走开了，Lesley这也走了过来，她顺手拿起了铁皮盒里的口琴，道："我认得这个东西。"

说来叶阙本也该认得这个东西的，几乎同时，她已翻开了照片的背面，只见那一行流畅的英文体再眼熟不过，写的是：

Christmas gift for ye，2006（送给叶的圣诞礼物，于2006年）

"那年圣诞节，我其实是给你准备了礼物的。"邵航曾经的话响彻耳边，几乎要让叶阙当场落泪。甚至这写在小贺卡上的祝福，却被宋佳佳别出心裁地用胶水粘在照片的背面后，便成了两份情谊的搭载，叶阙吸了吸鼻翼，忽又听Lesley道：

"我记得有一年跟Highmore（邵航英文名）从大英博物馆回来时路过一家口琴店，进去后我无意发现Highmore一直在盯着个口琴看，我以为他是想买，但他却说他早已经买过了。"

叶阙想象着那个在异国他乡金色梧桐飘落的季节里，他们旋开一把沁出老木头光泽的门把手，看见色调昏暗的斜阳铺琴房的场景，不知怎的忽然滋生出一种不同的心境来。

就好像忽然间，没那么恨了。

"你没问他送口琴是什么含义？"她心中一热，问。

"问了。"Lesley说着将口琴放回原处，眼神透出一丝落寞，"他说口琴是一种小巧而清悦的乐器，你看着它时或觉它优雅精致，但只有等你吹奏它时，才明白它其实既闹腾，又爱无理取闹。很像是一个人。"

那个人说的是谁，此时已再清楚不过，但叶阙在听见这番话时，心底的某根弦还是忍不住被拨动了，她甚至已预见到只要这种触动一再发生，那么有朝一日必定要滴水穿石的结局。

但她依旧不敢去面对，可能是害怕再次受伤，也可能是在她内心深处某个不足为外人道的地方，一直有个微弱的声音在对她讲：优秀如邵航，在这些年里陪他风雨兼程的那个人，与他共同成长的那个人，不是自己。

这是一道命运的赌注，在她最好的年华里便没有赢，至于现在，她就更是输不起。

同样输不起的，还有那场早已约定好的饭局。

时间一晃到周末，叶阙早起时接到邵航的电话，说他已准备好了在楼下等她，叶阙对邵航近日里称病需要她专车接送的行为非常不齿，但又无可奈何，谁让她是肇事者呢！

可早知道会这样，当时那樽花瓶她就是往自己身上砸也不敢往他身上碰啊，这哪里是病患，这简直就是冤家啊！

再说了，那个破花瓶还花了她整整两千大洋！

她哀叹口气，默默将双脚塞进高跟鞋里，这才出了房门。算起来，她已经连续在七天酒店住了快小半个月了，她摸了把肩上的挎包，就差听到里面的钱夹哭泣的声音了。

在北京这个地方，没有房……还没有钱，这就是要卷铺盖滚蛋的前奏啊！

她扶额，一脸别惹我的表情来到大厅里，却见邵航架着模特般的长腿半倚在皮艺沙发上看报纸，吸引无数走过路过的小姑娘的目光。

她弓着身低头走，刚想说这个人其实我也不认识，就听邵航哐当一个起身，对她抬起了腕上的那只昂贵的积家表，道："让一个没吃早餐的病人等你十分钟，叶阙，这就是你照顾人的态度吗？"

这个人在印象里明明不是这个样子的啊，他不该是高冷男神的代表吗！叶阙擦了把冷汗，慢腾腾走到他面前，人就被他一个"救死扶伤"般地搂住了，但偏偏口气还是认真严肃的，"今天背上还是很痛，不如明天咱再去医院看看比较好。"

叶阙："……"

Chapter 30　饭局风云

叶瑾瑜安排的地点是在香山附近的酒楼，叶阙实在搞不清她为何要选一个这样远的地方，有一个说法，说你在德国，往西经过一个小时，你到了法国；往东经过一个小时，你到了波兰；

但你在北京，经过一个小时，你还在朝阳。

开车的路上，叶阙无聊时把这个段子当作冷笑话讲给邵航听，邵航听后沉吟了一番道，难道你不知道，在这里天气预报都是分区播报的吗？

叶阙听后也沉吟了番，心上说不知，嘴上却是道，那既然如此，你又为什么要选择来这里？

邵航听到这个问题时本在看窗外，柏油路面的车道旁，一片草木葱郁，是了，毕竟现在已是谷雨，是谓雨生百谷，万物复苏。

雨生百谷，万物复苏，他在心里默默重复了几遍，这才将话接上：我跟你来的原因大概不一样，你是为未来来，我却是为过去来。

这话说的像是谶语，简直不似他以往说话的风格。叶阙将它消化了好一阵，终于不再言语，开起了车来。

说起这次见面，她本来是没想过要带邵航来的，毕竟他和父亲沈启明是有矛盾在先，但为了骗过沈天宇，她又不得不将戏做全……她默叹了口气，心道这真是一件矛盾又需要演技的事。

车开过足两个半小时，终于在香山国际大酒店停下，即便北京的郊区空气清新，也抵不过此时一阵突来的恶心头晕。

看情况，多半是晕车了。不过这开车都开晕的，这世上怕也不多见吧，她边自嘲想着，边又找了个停车位，这才好不容易将邵航的那辆银灰色的BMW塞进去。

"看样子，今天到场的人还真多。"说话的是邵航，叶阙望着停车场成排的自驾车点头表示同意，正此时她包里的手机铃声响起了。

来电人毫无疑问是叶瑾瑜，叶瑾瑜得知她已经来到了地方，不由长吁了一口气，倒是她的下一句，瞬间又将气氛的弦绷紧了。

"妈，我和邵航重新在一起了，既然父亲他想见我，那不如也一起见见他的未来女婿吧。"叶阙深吸了口气，不知在心里演练了多少次，才将这句一气呵成地对叶瑾瑜说了出来。

突然安静下的手机里，叶阙能听到周围的高跟鞋在大理石地面上走动的声音，想必她的这句台词对叶瑾瑜甚至对站在她身边的那位便宜父亲沈启明的震惊，都不亚于当初得知真相的自己吧！

算是报复么？他们的那位看起来温温吞吞的女儿居然有胆量敢逆袭了？

也许，但并不见得就快意。她向邵航投去一个眼色，很快，便是十指紧扣，仿佛顺理成章。

六年了，他们又重新站到了一起，尽管是以这样不齿的名义。

和昆山饭店同样，香山国际酒店亦是五星水准的酒店规模，富丽堂皇的大厅里，雍容的水晶吊灯将光线投射在亮如明镜的地面上，四十多台铺着雪白桌布精心布置过的酒席更显得气派非凡，宾客座无虚席，仪表风度无一不是人中龙凤。

叶阙的确没想到为了他们的这第一次见面，沈启明会将一切安排得如此正式。但越是这样，她也越觉得，沈启明这样其实是在……赎罪。

这种感觉并不是她此时此刻产生的，实际上，早在叶瑾瑜突然来到北京说要给她介绍谭嶂为男朋友时，这棵苗子就已经从她心里冒了出来。而现在，当她看着眼前这声势浩大的一片，那种感觉被蓦地放大了。

但这并不是她想要的。

"你父亲看来很重视你呢，"邵航脸上挂着笑，话语却是言不由衷，"叶阙，你现在还可以反悔。"他忽然说。

可她却不想要后悔了。是，她一直都在很努力地攒钱，她也很想要有一个爸爸，但这并不意味着她就真需要一个用钱堆出来的爸爸，她活了二十六年，见识了二十六年的人和事，但在这二十六年的人和事里面，没有这个爸爸。

从前没有，以后，也不需要。

"女儿，来，"门口的迎宾处，叶瑾瑜穿着身墨绿的真丝旗袍向自己走来，叶阙的目光从她脖颈上那条颗粒饱满的珍珠项链移到身旁站着的高大男人身上，静静停了三秒，便移开了。

怎么说呢？大概跟从在报纸或电视上看到的，都不太一样吧。

也可能是因为老了吧，她听见心底的一个声音说。但她还是极力避开了这种情绪，倒是对于邵航的意外出现，沈启明绷紧的脸上终究是出现了一丝细微的裂痕。

这样的小动作，叶阙自然捕捉到了。

"沈启明，"男人向他礼节性递出手，意料之外的，邵航竟也向他回去了手，"邵航。"

都说男人间的交锋真正是藏在眼神里的，电光石火间，叶阙只觉整个宴会厅的气场都像被他俩压下去了，虽然他们分明没有多说话，但分明又像说了极多话。

当真此时无声胜有声。

"邵航，我也没想到你会来。"接下来说话的是叶瑾瑜，叶阙提了口气，以为她会说更多，没想到后一句却是，"当年的事，我替小阙父亲对你说一声对不起，不过你俩在一起，我是绝对不会同意的。"

"妈，你胡说什么呢！"叶阙试图上去拽叶瑾瑜的手，但手腕已然被邵航拉住了，他上前一大步，身板直挺，落字沉稳，"沈夫人，看来您对我还不是太了解。"

"你这话是什么意思？"

"我这话的意思就是，现在占主导权的，是我。"邵航说着将叶阙的手一并握紧，"再者说，我和叶阙是自由恋爱，又是成年人，您以为您凭什么能干涉我们呢？就凭您找来的帮手，或者是，找人用一些见不得光的手段打压我的公司？"

他这后半句纯属说给沈启明听的，精明的沈启明又怎么会听不出来，他脸上顿时一阵地挂不住，好在有叶瑾瑜在旁边扶着。

然而，人群中另一拨嘈杂的人声忽地响起，很快掩去了尴尬。叶阙侧过脸，只见不远处一名穿着绛红礼服裙披着黑色貂毛披肩的女人向他们走来，她看起来大约五十的年纪，高挑的眉毛透出一股凛然不可侵犯的气质，就仿佛自己才是这出戏的正主。

她难道是？心声疑问的同时，忽听叶瑾瑜幽幽吐出两字：苏米。

竟然是苏米！叶阙闻言震惊不已，想她第一次听见这个名字是在高中快毕业时，一天放学后她撞见一名从自家的单元楼里匆匆离开的女人，她本想说对不起，却见那女人看见她一副惊愕不已的神情，紧接着就是那句让她如何也忘不了的恶狠狠的诅咒。

她深吸口气，觉得自己被陌生人咒骂真是一肚子气，但等进屋见了叶瑾瑜，才发现母亲神色不对劲。她大声问叶瑾瑜，刚才那个混蛋女人是谁？不想叶瑾瑜却是想都没想就道，是苏米，说完才终于反应过来自己究竟说了什么，继而又飞快补了句，这是大人之间的事。

后来叶阙才明白，这其实不是大人之间的事，这是女人之间的事。是一个女人跟另一个女人的竞争，而男人不过是战利品。

但现在，作为这场竞争曾经的胜利者，名都集团的CEO，沈启明的前妻，沈天宇的生母——苏米闪亮登场了，一时间她的风头甚至盖过了他们所有人。

邵航则趁此机会将叶阙拉到身旁，压低嗓音道："现在忽然来了个砸场子的，一切还要按原定计划进行吗？"

事实上，一开始他们的出席仅仅是为了迷惑沈天宇，但现在苏米忽然搅局，看来还需有应变的计划才行。叶阙锁眉，与邵航对视一眼，立刻将两套方案在脑海里过了一遍。

一者，为了迷惑沈天宇，继续假意向他的生母苏米投诚。二者，逞一时口舌之快，毕竟再如何说，苏米当年都是对叶瑾瑜冷嘲热讽过。

但是，这两套方案在叶阙看来都不是现下最适合出击的手段，因为，苏米实在太高调了！

"叶阙，还记得我吗？"不等她这边想思路理清，苏米已然先一步走到她面前，"当年我若再大度些，现在你也该喊我一句母亲。"

果然是嫡系商业圈里的女人，信口一句都像是从油锅里淬炼过的。倒是叶阙若真接了这话茬，那就几乎等同是认贼作母，但若不接，也必须得以分量相当的话以回敬。

是以这套下得还真是够毒的，她心想着，面上则堆出个笑，"瞧阿姨您这话说的，以前您也在哪个编剧班学过吧？不然像这等偷换概念的技巧，一般人又哪里能想得到。"

实际上叶阙这话回得亦见几分功力，一来是，你的意思我已经听懂了，别想再给我下套；二来是，亲妈是亲妈，阿姨是阿姨，你别想借着我的手黑叶瑾瑜，她是个艺术家她不通人情世故也不太会说话，但是，我会！

不过，相比起叶阙一番心思地打太极，邵航则直接简单得多，他不过向苏米比了个请的手势，然后道："阿姨您的座位在哪里我是客人我也不知道，不过等我和叶阙结婚的时候，您的座位我一定会先安排好。"

对于这样的话，老练的苏米不会听不出，她意味深长地看了邵航一眼，不多时便入了场。

讲真，叶阙虽然知道邵航不是什么省油的灯，但他会这么讲，她显然也没意料到。实在他这话里也是两个意思，一方面，透露了会和叶阙结婚的消息，以间接安抚下沈天宇；另一方面，那句你我都是客，则是在暗示他和苏米不是敌人。

这一出饭局还未开始就已经刀枪相见，简直堪比一出豪门版的《步步惊心》，好在等到正式开局后，彼此间的交集反倒因为座位的关系少了，只是叶瑾瑜对于苏米的搅局一路都表现出了忌惮，不由得让叶阙，乃至沈启明都对她处处维护起来。

也就是在这个时候，叶阙好像忽然明白为什么沈启明最终还是会选择叶瑾瑜了，除去他和苏米是商业联姻感情不佳以外，比起强势的苏米，叶瑾瑜实实在在就是个需要呵护的小女人，她虽貌美又有才华，但确实不懂阴谋诡计，也没有过多城府。

但就是这样的女人，才会让一个浮沉商海的男人哪怕抛妻弃子也要重新找回，因为对他而言，她恐怕就是那茫茫大海上的一块浮木，哪怕片刻的真实。

饭局宾客散尽的时候，叶阙瑜曾当着苏米的面交代她去探望祖父沈振业，叶阙望着身旁站着的沈启明故意不表态，于是气氛一阵僵持，直到沈启明叹了口气，说，你这个孩子，怎么这么像我年轻的时候呢。

这应该是一句讨好的话，叶阙是明白的，但在这种情况下被他喟叹出，她却觉得心里堵，可能是有苏米在的关系，也可能是她自己太过敏感。总之，之后一路叶阙都兴致缺缺，直到二人进了市区，邵航提议说要自己开车，叶阙这才来了点精神。

"你觉得，他这个人怎么样啊？"她想了想，还是把那个老爸改成了他。邵航自然清楚她说的是谁，不过他也没有正面回答，而是道："他不是个好爸爸，但他确实是你爸爸。"

是啊，如果不是有亲血缘，又怎么会如此相似？想以前跟叶瑾瑜站在一起的时候，旁人都说她跟叶瑾瑜生得像，到底哪里像？有说眉毛眼睛像，又有说身形皮肤像。但现在见着了沈启明，她叶阙才知道自己真正生得像谁。

倒不是说五官具体哪一处的模样相似，而是整个人透出来的感觉。哪怕沈启明商海浮沉了这么多年，但还是被她一眼认出。

这就是基因的力量啊，她很想感慨，但又觉得不该去感慨，只好假装对邵航车上那个红色阿童木的摇头公仔产生兴趣般盯上许久，直到想出另个话题。

"那么接下来，你有什么计划？"她将视线移向窗外，道。

全然一副中国合伙人的口气。

邵航听罢心中暗堵，就差要去踩刹车了，好在到底最后是忍住。他朝着副驾驶座上的叶阙扫了一眼，故作淡定道：

"同居。"

Chapter 31　双保险

邵航口中的同居自然不是真同居，只所谓做戏做全套，逼真度更高罢了。对于他的意见，叶阙一开始是反对的，可惜她反对的理由太站不住脚，以至于当下就被邵航驳回了。

"我虽然不是什么正人君子，但是叶阙，平心而论，你觉得你浑身上下哪里长得招人犯罪了吗？再说了，前段时间你住在我那时，我有没有趁机对你做什么？"他说得理直气壮，一时间竟叫人无言以对。

叶阙听后认真想了想，只好道："就算我答应你，我觉得我妈也不会答应。"

这完全是废话，瞧叶瑾瑜看着邵航一脸不放心的样，用膝盖想都知道她不会答应了。倒是叶阙的这番话给邵航带去了一些别的启发，他思忖了半刻，道："其实我还一直挺好奇宋佳佳和谭嶂究竟怎么认识的，你以前没有问过吗？"

问过是问过，但宋佳佳当时的回答是租房认识的。不过这个答案实在太含糊，抠不出太多信息，不过她不知道，还有个人未必就不知道……

是了，这件事她完全可以再去问问丁薇！

"我需要去买一些生活用品。"叶阙脑中灵光一现，不等邵航那句我陪你去落音，她便拿出手机按下了某个号码，"这种事还是和女孩子一起比较方便。"

她都这么说了，邵航只好表示同意，"那不如今天就去吧，反正时间还早，你现在刚好可以约她出来。"

也不知道究竟是谁急！叶阙瞪他一眼，电话那边没多久便有人接听，叶阙将大致情况跟丁薇说了，很快二人便敲定了见面的时间。

丁薇住在通州，和叶阙最方便去的地方自然就要属王府井。邵航对陪女生逛街这种事尚算有自知之明，在将叶阙送到王府井书店大楼的门口后，便寻了个借口离开了。

叶阙来时丁薇还未到，不过因为约她时间已有些晚了，是以周边的铁漆路灯都已经亮了起来。熙熙攘攘的王府井步行街上，叶阙看着近处的书店，不知怎的就想起读书时第一次跟丁薇来这里的情形：

那天她们特意将自己收拾干净，仿佛唯有这样才对得起心中对文字的那份虔诚。她更记得丁薇在抚摸着书架上陈列的一本本崭新的图书时默然出声的话，她说：叶叶，你知道吗？在我的床头，一共攒了39本课外书。

她刻意加重了课外，似是在将它们与教科书区别开。可惜那时的叶阙并没有听出，反是问，为什么是39本？她听后一顿，声音却是低哑了，她说，因为我只有在过年和过生日的时候才能得到零花钱，我攒了19年，才攒了39本书。叶阙纵是数学再不好，也知道那个19*2应该等于38，便立刻追问，那怎么会多出一本？

丁薇似是猜到她会这么问，正抚在书架上的指尖顺手抽出其中一本递给她，她看着她，眉梢眼角都弯了起来，说，傻瓜，因为有一本是你送的呀。

叶阙恍然大悟，又想起像丁薇这么热爱文字的姑娘居然最后放弃了文学而选择了会计，不由感到可惜。正思绪纷乱着，丁薇随后的叹息已然飘至，那话轻得分明，又字重千斤，她说，叶叶你知道吗？这39本书，也许是我对文字爱的极限。

这39本书，也许是我对文字爱的极限。

此生，叶阙没有听过比这更让人心酸的语句。

"你想什么呢！"丁薇的声音从记忆里蓦地杀入现实，叶阙猛然被她一吓，手上拎着的打包盒差点都要甩掉。

"半只北京烤鸭，别嫌弃。"叶阙说着将包装袋递给她，"中午刚好有一饭局，反正蹭饭嘛，你懂。"

她尽量将语气说得轻松，好在丁薇并未发现什么，只是淡笑笑，道："刚才我看见邵航了，你们，真的在一起了？"

算是在一起了吗？要说这个问题，恐怕还真是一个问题。叶阙回了个笑没多说什么，随后便拉住她的手逛起了步行街。

"真没在一起？"时间稍稍过了会，叶阙没想到丁薇忽然又旧事重提，转念一想，多半是对他们的这桩旧事知情人都免不了要刨根问底，便随手指向路旁一间玻璃墙上贴着彩纸的育婴中心，道："小薇，你看这里在游泳的小宝宝，他们好可爱呀！"

原本只是为了转移话题，但多看了那婴儿游泳池里的宝宝两眼，叶阙居然觉得实在有趣，索性拉上丁薇一起蹿了进去。

这俩未婚大龄女青年毕竟也是第一次进这种地方，当下便被这装饰得犹如儿童乐园的七彩世界迷住了，倒是那面貌娇俏的售货员小姐轻快地向她们询问，东西是买给哪位的孩子用时，二人都"扑哧"一声笑了出来。

同龄的同学里结婚的结婚，有孩子的有孩子。也只有她们，还奋斗在祖国政治文化的第一线，拿着卖白菜的钱，操着卖白粉的心。

出了育婴中心，叶阙忽而问起丁薇，你后悔吗？

后悔的是什么，也许各人有各人的说法，但丁薇却是一愣，道，叶叶，你忘了吗？我本来也该是个孩子的母亲了。

有些事她不说，可能叶阙还真就想不起来了，抑或者，那些发生过的事只有对当事人来说才别具意义，至于说旁人，至多是隔岸观火罢了。

叶阙不知该安慰她什么，只好抱歉笑笑，她倒也是一脸放下了的模样，低叹道，人生在世，谁还能不碰上几个人渣。

叶阙皱眉，只觉这台词听着耳熟，这才想起第一次听见时还是谭嶂对她说的，于是话头自然又落回到了谭嶂身上。她将先前的疑问向丁薇略微提了提，没想丁薇对这件事还真就知情。

"这事要说起来，恐怕还真就是佳佳自找的。"丁薇如是说。

丁薇的口气让叶阙稍稍感到不自在，但还是选择继续听了下去。

"那天我陪佳佳去我爱我家[1]看房，你知道的，佳佳一开始就说了她要自食其力，找个便宜点的房子，结果那中介估计是看佳佳浑身名牌，便极力向佳佳推荐了其中一套。"

"就是她现在住的那套？"叶阙问道。

"当然不是的。"丁薇摇摇头，"那套单租一间都要四千，我俩又不是傻子，这种价格找个便宜点的地段整租个一居室都可以了！"

叶阙点头表示同意，听她再继续，"于是我俩就对中介说，一定要价格适中，离地铁近的，那中介说好，但翻了一会网页，他却说这样的房源暂时没有了。"

"暂时没有了？"

"嗯，不过他话刚说完，他旁边就有人说有一套估计还空着，就不知道她肯不肯租，对方是个大帅哥，可惜就是要价偏高。"丁薇说。

"他说的多半就是谭嶂那套了？"叶阙嗯了声，"那这样说来，佳佳和谭嶂应该算是偶然遇上的吧？"

"其实她也不算是看见帅哥就移不开脚的人，但是这个谭嶂……"丁薇叹了口气，"总之她就是栽里面了，早知道你俩会因为他闹翻，我当初就不陪她去看了。"

"我跟谭嶂没什么的。"叶阙就是怕别人这样说，立刻解释道，"不说这个了，我们走吧。"

"好。"大概也猜到叶阙对这个问题不愿多说，丁薇挽起她的手，二人没多久便离开了。

等和丁薇shopping结束，再喝喝足足回到七天酒店时已经是夜里十一点，叶阙提着大包小包掏出门卡打算开门，谁料就被走廊里忽然走出的人影吓了一大跳。

"邵航！你想吓死人啊！"叶阙尖叫出声，她今天心情本来就不好，现下索

---

[1] 我爱我家：北京知名的租房中介之一。

性一齐发泄了。

只是邵航的脸色相较之可算更加难看，他一步步走向前，面色阴沉地拿过她的房卡，一把刷开了门。看这个情况，叶阙直觉哪里不对，紧接着就听"砰"的一声关门响，再来便是一声："说，孩子是谁的！"

这都哪儿跟哪儿啊！叶阙被他弄得一头雾水，刚想发火，手已经被他牢牢拽住了，他看着她，一副要将她生吞活剥了的表情。

"我都不知道你在说什么！"叶阙拼命想甩开手腕，但邵航却是不放，索性一个横腰抱起，将她直直扔到了床上，并二话不说地用力压了上来。

"邵航，你放开我！你要是再这样……"

"再这样就怎么样？"房间里灯未开，唯一的光源仅仅是身旁不慎按亮的手机，叶阙看着他，猛然间竟发现他那双漂亮得不像样的眼睛竟然微微地红肿了……

难道是刚刚哭过了吗？

一个惊人的想法在她脑海里炸开，但随即就被否定了，这怎么可能呢！他是谁，他可是最高冷最不近人情的邵航啊！

"你再这样……我们的合作关系就立刻停止！"似蓦地抓住了稻草般，叶阙用膝盖发狠地顶了顶他，可惜这话不说还好，实在这话音刚落，就连小腿都被他猛地压制住了。

"叶阙你实话告诉我，我邵航对你来说，真就是个合作伙伴吗？"他说得一字一字，咬牙切齿，直让叶阙本能地就向后缩了缩，奈何刚一动作，嘴唇就被他封住了。

"不管那个男人是谁，只要你打掉他，我就可以什么都不计较……"

他嘴里有酒味，还是烈酒，叶阙的唇齿被迫与他搅缠，很快连她自己都要有些醉意，可即使这样，他那话里的意思她也还是没有听明白啊！

"邵航，你听我说！"终于有一个喘息的机会，她眼疾手快地捂住了他的嘴，"我不知道你在胡说什么，但是你听好，我没有怀孕，也不知道这个消息你是从何得知……"

不对，要说这事全然是空穴来风也未必，她今天下午还跟丁薇一起去了趟育婴中心，难道说？不，这不可能！

想到这，她一张脸顿时煞白了，当下也不知道是哪里来了力气，就从邵航的怀里挣脱了出来。至于说邵航则索性将整个脑袋都陷入床罩里，他长长的眼睫覆下来，眼珠一动不动，似乎是没听懂她刚才的话。

叶阙没有见过这样的他，但不知怎么地又想多看两眼这样的他，便用指尖点了点他的手臂，但只这一触，下秒人又被狠狠压住了！

"你刚才说的话都是真的？"他居高临下地看着她，只是看着。

叶阙点头，不过依旧想不明白他为什么要这样问："凌江之后我就没有再交过男朋友，自然也不可能会怀孕，不过我的确很想知道你这个消息……"

话未说完，嘴唇再次被堵住，甚至他整个身体的重量都全然倾覆了下来，叶阙被他压得几乎喘不过气，只剩嘴里一片江河翻涌，接下来衬衣也被无情扯开，烙印上了那个火热的吻。

"叶阙，你要记住，你是有男朋友的。"许久，他终于放开她，他的一双黑眸看过来，深沉如寂的夜里，他气息微敛，落字如焰，"我现在不要你，不是因为我不想要你，而是我想等到你真正同意。"

那句"要"究竟是何意，他方才以身体力行地告诉了她，虽然只差最后一步，但叶阙还是不由自主地一阵胆寒，她不敢点头，又不敢不点头，倒是此刻邵航也不再那么性急了，他坐起身，从口袋里拿出一根烟点上，慢慢道："是沈天宇告诉我的。"

"沈天宇？"这下倒轮得叶阙起身了，她看着他，又看看那个黑暗里幽幽腾起的烟圈，"但这事他又是从何得知的？难道说？"

"像他这样的人，自然是下双保险才会真正放心。"邵航冷哼了声，"所以叶阙，今天晚上你就得跟我走，若不然，就换我住在你这里。"

叶阙："……"

Chapter 32　意外的人情

　　于是乎叶阙悲催的同居生活就这样开始了。但与她所预想不一样的是，邵航处处刁难她的情况并没有发生，他甚至单独给她劈了一间做卧室，再加上他俩作息不同步，所以有时连上下班的节奏二人都不一样。

　　恍惚中，叶阙甚至觉得除了不交租，他俩现在这样怎么看都像是合租。

　　当然，小算盘打得精明的她并没有把这个想法告诉邵航，不过就这样过了几天，邵航忽然对她说了一件需要二人同步的事。

　　"你是说今天下午去看沈振业？！"叶阙张大嘴，几乎都能吞下个鸡蛋。不得不说，最近一连几天的加班让她又回到了疲惫至极的状态中，以至于先前答应叶瑾瑜的事早已被忘到了爪哇岛。

　　好吧，这件事也不能全怪她，毕竟她至今连那个便宜爸爸都无法接受，更何况说这个便宜爷爷了？简直和天下掉下来的没有区别。

　　"我已经打听过了，他现在就住在北京国际医疗中心。"邵航道。

　　"北京国际医疗中心？"叶阙略感疑惑。

　　"对，就是上次你送我去挂急诊，结果自己跑掉去偷听沈天宇和吴肖讲话的地方。"邵航面无表情道。

　　原来是在这里，难怪当时会遇上他们了。叶阙"嗯"了声，蹙眉又道："吴肖？原来那个金丝眼镜男是叫这个，不过你怎么知道他名字的？"

"他是魏朗的人，"邵航说罢唇边浮起个隐晦的笑，"我见过。"

等等，等等！他说吴肖是魏朗的人，而吴肖又认识沈天宇，那是不是也就意味着魏朗其实早就认识沈天宇？叶阙一拍大腿，猛地又再想起当初在拍摄《人鱼岛屿》期间发生的事，她至今记得，小袁那时咬死不说对方是谁，只吐出一句在电话里隐约听到过一个wei字。再有就是，沈天宇做的这些事，沈启明又知道不知道呢？但从前几日饭局的情况上看，至少谭嶂这件事他是不知道的，叶阙脑中仿佛被一团线索给缠住了，她想了想，决定先对这个问题道：

"我记得你对我说过，如果全公司里的人都叫杨紫玲是Lesley，但独独有一个人叫杨紫玲为小杨的话，那么这个人就是魏朗，但其实我没有明白这句话的意思。"

对于她的反应，邵航自是看出了，他绕到茶几前，顾自倒了杯凉白开，"其实我这句话的真正意思是，在这个公司里，如果真有一人不同，那么就是他。"

可恶，那时他竟然是跟她打了个哑谜，哦不，准确地说是暗示，但像他这样的暗示，又有几个人能猜到啊！叶阙默默吐槽着，而邵航也顺手将水杯递来，继续道："但那时我还不很肯定，所以一切都还不能明说。"

"可你既然知道他很可疑，当初又为什么要招他进公司？"叶阙双手捂着玻璃杯，神情绷紧着，"你就不怕他万一……"

"万一对我做什么不好的事？"邵航听罢忽地大笑出声，"再不好的事又能是什么事呢？我们干的又不是什么刀头舐血的营生，人生除死无大事，我又有什么好怕的！何况，他还有人脉和资金。"

说到这，他话音也低了，"叶阙，你要明白，男人跟女人不一样，女人或许能只想今天，但是男人不单要想今天，更要想明天。因为只有拥有明天，我才能给你一个未来。"

哪怕为这个未来，我必须得行走在钢丝绳上。

"那你又是怎么知道他不对劲儿的？"叶阙喝了口水，终于将问题回到了最初的源头上。

"看名字也知道不是好人了。"邵航起身拍了拍她的肩，"好了，答疑时间完毕，准备出发吧。"

魏，古意通"鬼"；朗，释意"明朗"，于是按照他的说法解释过来就是说虚假吗？叶阙对他的逻辑佩服得五体投地，倒是她这一错神，他居然就已经拎着衣服下楼了？

叶阙气得直跺脚："邵航，你快等等我！"

叶阙和邵航驱车来到北京国际医疗中心时，正赶上有人在医院大门口医闹。叶阙小地方出来，从前没见过这个，只当是搜集写作素材想要下车看一看，可惜停车后才拉开车门半寸，一条约十尺长的木棍就忽地从天而降落到了他们的挡风玻璃上。

"你们写小说的，通常都这么让神器出场的？"邵航眼疾手快，将叶阙护在身下，还不忘讲个冷笑话给女伴压惊。

可惜叶阙哪里见过这阵势，背后一身冷汗已然透了出来，"我告诉你邵航，跆拳道我就会那一招，你可别指望他们冲上来了我能救你……"

"我知道，少年宫学的嘛。"说话间，邵航又换了个姿势将她护在身下，他一边不时向窗外瞄去，一边重新开钥匙启动油门，"就可惜我这车没上保险……"

"快，这边！"很快，人群中就有穿白大褂的医生冲出来向他们引路，邵航也不客气，立刻一个急调头，就是跟着那男医生抄起了近路。

"医生，你快上来！"叶阙见况也忙拉开后面的车门，同时大喊道。可怜那医生刚也被另一条木棍击中，当下一个健步就蹿了上来。

"右转！对，从这边岔进去！"那医生气喘吁吁地指挥着，叶阙压低身子从前座瞄了他一眼，年纪大概四十五左右，虽然头发已经谢成了地中海，但一双金鱼眼却是炯炯有神。他的白大褂前襟口袋上夹着钢印的工作证，可惜车开得太晃，一时看不清晰。

车又开了十分钟才总算停下。

邵航他们一路惊险，直到看见那栋医院的办公大楼这才安下心。"刚才多亏了您！"叶阙先一步道了句谢，这下也看清他那工作证上的署名。

杜康平，四十七岁，脑外科，主治医师。

脑外科？那不正是他们现在要去的地方吗！叶阙使劲儿给邵航递了个眼色，并道："杜医生，是这样的，我们刚好是您一个病人的家属，不过我们是头一次来，不知道您方不方便带我们去？"

其实早在来之前他们就已经打听过，北京国际医疗中心有着很严格的探视病人的制度，不会随意让外人进入，更何况沈振业还是住在VIP病房。

即便有了刚才一层关系，杜康平依旧不敢轻易答应他俩。

"你们真是沈振业的家属？那我以前怎么没见过你们？"下了车，杜康平忙向自己的办公室走去，邵航他们紧随其后，试图寻找下一个突破口。

"因为我们之前一直在国外最近才回来，所以您才没有见过我们。"邵航说话间又从手机中调出一张照片，"您看，她真的是沈振业的孙女，不然我们也不会有这张合影。"

叶阙听后一愣，立刻望了过去。原来，他口中的合影正是那天在香山吃饭时拍摄的照片，不过由于拍摄角度的关系，这样看去，就像是她和沈启明在一起敬酒，加上他俩的轮廓气质又极其相似，若说不是亲生，他杜康平作为医生怕就要第一个不答应。

"这样啊，"看见照片，杜康平自然相信了邵航的话，但他又有些为难，于是想了个折中的办法道，"再过20分钟，就是病人自由休息的时间，到时你们可以去医院的小花园里探视。"

"这个做法和放风蛮像哈。"叶阙小声嘀咕着，随即被邵航迅速拉到了一边，一副话里有话地问道，"杜医生，请问最近有什么别的人来看望沈爷爷吗？"

他倒是会攀亲，叶阙撇撇嘴角，但对杜康平的回答已然偷偷竖起了耳朵："你女朋友的哥哥来过一次，就在昨天。对了，这样看来他们兄妹俩长得不太像呢。"

又不是同一个妈，当然不太像，叶阙小声喊了句，这才注意到杜康平刚才给自己扣下的那个称呼……

不过现在连外人都这么说，他俩的关系看起来真有这么明显吗？

"她跟她哥关系不太好。"略一顿，邵航忙打下个圆场，"还劳烦杜医生给我们指下路。"

在杜康平的帮助下，接下来的见面也变得顺利许多。唯一的问题是，叶阙以前没有见过这位鲜少露面的沈氏集团的创业奠基者，所以脚步才迈进小花园的回字走廊，就把邵航拽过来科普了。

"先说说看你怎么会有那张照片的！"叶阙首先插了句方才没有解答的疑问。

"我是个商人，你觉得这世上的商人有几个会打没有准备的仗呢？"邵航被她磨得没有办法，只得停了下来，"至于说那张照片，你搜一搜你老爸微博里关注的对象，就能找到了。"

居然东西还不是他拍的？叶阙要说不震惊，那百分百是假的，只是他居然能想到通过找八卦的方式搜得照片，还真是从另个角度证明了他非同常人的智商……

"怎么，现在又发现我另一处优点了？"邵航勾唇，眼里飘进点笑意，"其实我的优点远不止这一处，你……"

他的后半句没说完，声音却戛然停止，他拍了拍叶阙的手，镇定道："如果我没记错，现在你对面坐在轮椅上的白发老人就是沈振业。"

顺着他手指的方向，叶阙将视线望了过去，那老人确如邵航形容的模样，但叶阙在看见他的第二眼，却是被他手里拿着的东西吸引了，那是，她的东西！

像是魂儿当下就被那东西勾走了似的，叶阙甚至未再与邵航合计，就是一个大步从走廊的横椅上直直跨了过去。她穿着小羊皮的高跟，极软的皮质能让她走路无声，但此刻踏在草地上，却仿佛能听见野草在脚踝间窸窣作响的杂音——

一如那如鸣雷鼓的心跳。

忽地，一阵大风袭来，吹得她发丝裙摆都鼓荡了起来，今天是个阴天，看样子不久便会落雨。那老人虽然戴着眼罩暂时什么都看不见，却也执意不肯让护士送他回病房，倒是狂风让他手里一阵慌乱，吹跑了他一路护着的暗绿色封面的软皮薄。

已经翻得卷角了的软皮薄。

叶阙弯腰，捡起那落在鞋面旁的画册，是的，那A4大小的软皮薄正是她幼年时学画用的练习册。四五岁的时候，叶瑾瑜教她淡水粉，她便能用深浅不一的金色配上少量的橄榄绿铺出一个光影渐变的世界。

叶瑾瑜管这叫先灰后艳，她无法理解，只是觉得这样鲜活好看，像是日出时的绿叶，一层层被浇上阳光的味道。那是孩子才有的绘画嗅觉，纤毫不染尘世的俗气，仿佛只有阳光与大地，生命和星空才是对世界的诠释。

但后来她找到了另一个与世界对话的方式，就渐渐不再画了，叶瑾瑜也没有逼她，可能是知道物极必反，也可能她本就是个艺术家，行为方式不能以常人来度量。

"小姐，麻烦把您手中的画册还给这位老先生。"那贴着双眼皮胶的小护士向迟迟拿着画册不松手地叶阙道，"这画册是老先生孙女的手笔，您看是不是比现在市面上的许多作品都更有想象力？"

"是还挺特别的。"叶阙因是拿着画册的书脊，很快又被狂风翻开一页，不想这时老人却开口了：

"小姑娘，现在画册是停在哪一页？"

听他熟稔的口气，看来是经常和小护士们玩这样的游戏，叶阙低头，目光却是移不开了。

"我来说吧，现在画册是停在您最喜欢的那一张上，小孙女和爸爸妈妈手牵着手一起放学回家。"小护士抢先一步开口道。

原来在她努力不去回想的记忆深处，竟也滋生过这样平凡又微小的愿望。叶阙吸了吸鼻子，想不去看那曾经稚嫩的笔触，但在现实面前，似乎所有的回避还是徒劳无功。

"其实不是放学，是去上学。"她下意识脱口，并指着画册继续道，"你看，这画的太阳是荷包蛋形状的，只有日出的时候太阳才是这样的，如果是日落，她肯定就画一个圆了。"

"小姑娘，你又凭什么这么肯定？"许是对她的解释来了兴趣，老人倾身问道。

"因为放学是结束，"叶阙苦笑笑，将东西递给他，"上学才是一天的开始啊。"

"因为放学是结束，上学才是一天的开始……"老人一遍遍喃喃着，忽然扶着轮椅臂就要起身，"小姑娘，你叫什么名字？"

不远处，尽管邵航正朝她做着不要说的手势，但不知为什么叶阙此时已经不忍心再骗他了。

"老人家，我叫叶阙。"她咬了咬唇，说。

Chapter 33　时间煮雨

　　然而，她此刻的这一席话，对在场的邵航和沈振业来说，恐怕都有着完全不同的意义。对邵航来说，她的道破身份，直接意味着影响了他后面的所有计划，但对沈振业说，又岂是一个震惊了得！

　　"que？是哪个que？"他戴着眼罩看不清人，双手胡乱摸索着空气，仿似全当它们是了叶阙，"你告诉我，是不是宫阙的阙？"

　　然而，他的手才刚抓住叶阙的一片袖子，人就被身旁的邵航拽住了，他冲她摇摇头，不作他就是想拉着她向门口走去，叶阙被他扯得手腕生疼，回身就见轮椅上的沈振业已然站起了身，并一把扯下了眼罩对她大喊道：

　　"小阙，爷爷知道是你！"

　　忽然间，那种从未有过的被亲人深深需要的感觉涌上心头，叶阙一时竟觉得心里堵，堵得再说不出其他的话。

　　"叶阙，走吧。"邵航压低声音道。

　　于是也只好跟他快步离开，因为她甚至还没整理好应该用什么样的心情去面对……面对她几乎如同失而复得的亲情，这是在沈启明身上从未体验过的。

　　"他们不一样。"等跟邵航上了车，她才幽幽吐出一句，她的神色显得倦怠而疲惫，就像是刚刚经历过一场激烈的搏斗。

但对于叶阙来说，刚才的场景恐怕比之搏斗更甚，因为那记忆深处的柔软和纯粹，已是现今的她避之不及的了。

她曾以为早已长大，虽说不上强大，但察言观色，舌上机锋的本事已经练得不差。可当她在面对幼时的自己，甚至垂垂老矣的至亲时，她才知道那不过用一层坚硬将自己裹了起来。她其实还是那个她，会被一切的真实轻易击中，就像小时候别的小朋友嘲笑她是个有娘生没爹养的小孩时，会偷偷躲起来流泪一样。

现在的她还照样会流泪，只是更多的是流进了心里。

"叶阙，相信我，你们一定会团聚的。"邵航默默将发动机开启，又腾出一只手握住了她的，见她没有如何躲闪，他索性握得更紧了，"其实安慰人这种事，我也没有什么经验，这一点可能是随了我那生了一张花瓶脸的老爹。哦对，你们是见过的，你还记得吧？"

叶阙从未听他正面提起过他的家庭，当下便被转移开了注意力。

"那个时候你恨他吗？"听完邵航父亲的一些事迹，叶阙还是忍不住问。

"说不恨一定是假的，但说恨，似乎也没那么的恨。"邵航手扶着方向盘，左打下个转弯，"可能还是因为不甘心吧，总觉得那个时候如果我能对老妈更关心一些，也许就不会出那样的事了。但现在想想，凡事都有两面性，如果不是老妈最后一次醉酒摔伤，他可能至今也不会悔过，他就是那种不吃点教训就不会回头的男人。"

"像我一样。"他末了补充。

叶阙不太能苟同他的话，毕竟那是他的老爹，理论上应该是他像他老爹才对，但过往的挫折被邵航以这种老气横秋的方式说出来后，不知怎的叶阙也觉得心里轻松了不少。

可能人就是需要拥抱取暖的动物，哪怕有一次互相舔过伤，对方在心中的地位就会不一样。

他们一路驱车返回五月华庭，行至中途雨终于下了起来，叶阙将那裂成蜘蛛网形状的挡风玻璃看了又看，思索了再三，道："你这车，不是真的没买保险吧？"

邵航皱眉，不过一会儿的工夫，又见她掏出手机当真计算起来，"这钱要不我给你报销吧，我卡里还有三十一万，嗯，你的车破这一块大概是……"

"叶阙你是笨蛋吗？"邵航被她一脸比学习还认真地计算着损失费的模样打败，恶狠狠道，"等结了婚我的工资卡就是你的，你那点钱还是自己留着买面膜吧！"

好歹银行卡里也是五位数了，怎样也不能算是那点钱吧！叶阙朝他瞪眼，谁知他压根当没看见，只是顺手将西服内口袋里的一张薄薄的黑色卡片向她递过，道："虽然我蛮佩服你工作刚三年就已经攒了三十来万，但是叶阙我其实不是很明白你到底要存钱做什么？如果说是买房，我已经买了，如果说是买车，我这辆可以送你……"

他一副思索的模样，最后得出结论，"难道真是打算买面膜？我知道你们女孩子都很喜欢买面膜，对了，我过段时间会去趟韩国，刚好可以给你带面膜，你喜欢什么牌子的？"

叶阙被他一口一个面膜雷到没有想法，几乎忘了看手里被强行塞过的那张带有VISA字样的信用卡，"这个东西……"

那句我不要还没说出口，邵航的下一句已然正经接上："你可以用在国内买面膜。"

叶阙："……"

叶阙感觉自己都快要被面膜追杀了，车窗外的暴雨已然越下越大，邵航对她低喝了句"开着车呢你手别乱动，"吓得她刚要将信用卡塞回去的手生生就给顿在了半空。

也是在这个时候，邵航的手机好巧不巧响了起来，他对着屏幕锁紧眉，对她比了个噤声的手势，很快戴上了蓝牙耳机。

叶阙伸长脖子偷瞄了眼来电人，只见那备注竟是——沈天宇！

难道沈天宇已经知道了他们刚去见过沈振业的事了吗？叶阙心里腾起一股不祥的预感，果然，从邵航的表情看，事实正如她预想的一样。

五分钟后，邵航摘下了蓝牙耳机，他朝她看来，表情凝重非常，叶阙被这气氛压得浑身不自在，三秒后，只听他道："沈天宇知道了你我刚才去过医院的事。"

这点她已经猜到了,她盯着他,等他继续,"但这不是重点,重点是沈振业因为假孙女的事已经开始怀疑他了,他希望你暂时'消失',直到沈氏集团的三十年华诞结束。"

他这句话里的信息量颇大,叶阙理了理,提问道:"他的这句'消失'是什么意思,还有为什么时间一定要在沈氏集团的三十年华诞结束?另外,假孙女的事,你我似乎并没有直接干预才对……"

她的提问显得漫无头绪,但邵航并没有被绕晕,而是道:"十天后就是沈氏集团的三十年华诞,沈振业一开始的想法是,除了庆贺集团成立,还会让你一起参加出席,因为他打算重新划分基金和股份。"

所谓利字当头,恐怕这才是沈天宇一直对她死咬着不放的真正原因!叶阙捏紧那张信用卡,仿佛如此就能出气,"所以他沈天宇才想着要让我'消失'?"

"他只是想让你先离开北京,不要破坏他的好事。"邵航冷笑声,"至于说他开始设想过的,趁着沈振业失明期间找人冒名顶替的办法,也被你刚才的鲁莽举动打破了。"

"我刚才的举动?"这下倒是叶阙不明白了,因为她方才对沈振业甚至只说了不超过五句话而已!

"问题就出在那本练习画册上。"邵航习惯性要去拿烟,无奈发现已经空盒只得作罢,"你的那句日出日落是个哑谜,这件事只有母亲叶瑾瑜一个人知道,而她告诉过沈振业。"

原来如此。

"那我们现在怎么办?"叶阙叹了口气,无意识中她不知自己已将邵航当作了可商量的对象,显然邵航更习惯她这样,他思忖了片刻,索性透露了他会佯装和沈天宇合作的真正原因:

"他控制了公司45%的股份,通过魏朗。"他双目直视前方,道,"所以我们暂时得先稳住他。"

叶阙想钱想疯了时也曾玩过几天股票,知道当对一个公司的股份持有超过51%时,就已拥有了决策权可召开全体股东大会,而魏朗已经有45%的股份,如果他想翻盘，只需要再从一些小股东处收购6%的股份就可以。但真等到了那时，恐怕就大势已去了。

"那我真的要现在离开北京吗？"她问得小心翼翼，虽然她实在不想说自己才刚从泰国回来没有多久。

"我记得你对我说过，当时你是和丁薇一起去的育婴中心。"见前方红灯已过，邵航一踏脚重新踩上了油门。

听他这么说，叶阙立刻反应出来那话里的意思，她手握拳，被逼急了似地看向他，"小薇不是那种人！怀孕的消息不可能是通过她……"

"你怎么知道她不是那种人？你不是都觉得我是这种人？"他唇边勾出一抹冷笑，"凡事试一试，才知道真假，如果不是，那也兵不厌诈。"

说实话，对于邵航的说法，叶阙心里还是很难接受的。就好比你可以接受一个坏人变好，却很难接受一个好人变坏一样，尽管从创作者的角度说，前者其实有吸引力得多。

但生活毕竟不是戏剧，她真心接受不了这种反转。但她又不得不对现实妥协，于是在这天以后她纠结了又纠结，终于在第三天傍晚约出了宋佳佳。

她约宋佳佳的目的其实很简单，就是想通过宋佳佳来旁敲侧击一些丁薇最近的状况，虽然在泼咖啡事件后，她一直未和宋佳佳有过正面的交流，甚至就连她的行李物品都是让谭嶂帮忙邮寄到公司。

不过好歹她们已经有过留下生日礼物和快递包裹「口琴与照片」作为缓和，所以叶阙这次主动邀约宋佳佳，宋佳佳并没有拒绝，甚至能从她略显急促的口吻中，还听出了欲盖弥彰的欣喜。但她越是这样，叶阙心里就越是难过，因为实在不知道她们三个怎么走着走着忽然就变成这样了？

小心翼翼着害怕说错一句话，互相提防着畏惧被对方的锋芒刺伤。

可她们明明该是最好的朋友才对啊！

叶阙正是怀着这种复杂又矛盾的心情在地铁国贸站等来了宋佳佳。适时宋佳佳将嘟嘟抱在怀里，一头黑亮短发，涂着烈焰红唇，蹬着近十厘米的高跟鞋，分外引人注目。

"你剪头发了？"这是叶阙在和她"绝交"长达一个月后说的第一句话。

宋佳佳显然对这句台词很不满意，她故作嫌弃地将怀里的小狗崽推给叶阙，撇撇嘴道："叶阙，你听好了，老娘剪头发可不是因为失恋，是因为要立夏了，热！"

叶阙也有样学样地撇撇嘴，"那是，通常大王才这么干。"

宋佳佳白她一眼："要叫我女王大人。"

叶阙："好的，大王。"

二人一番《十万个冷笑话》的经典对白开场，气氛果然轻松了些，宋佳佳高挑眉，道："说吧，这次找我出来是因为什么？别说是为了你的宠物，这小家伙都在我家住得太久，已经认不得你了。"

她话说完，叶阙怀里的嘟嘟果然已经挣扎得快要窒息了，不断呜呜呜叫唤着，就像叶阙第一次把它从饼干盒里抱出来一样。但是对她的问题，叶阙该怎么回答呢？

邵航说，你现在去找宋佳佳无异于打草惊蛇，但那条蛇不是丁薇，又怎么能是丁薇？是那个会把书像宝贝一样一本本攒起来的丁薇！

她从不认为一真心对待文字的姑娘能坏到哪里去，可她又找不到有力的理由来反驳邵航，这才会出此下策找来宋佳佳。

但，就在她纠结着又纠结不知怎么开口时，宋佳佳忽然先发话了，"你是不是怀疑丁薇了？你别这么瞪着我，是谭嶂告诉我的。不过有些事也就是你，我老早就发现不对劲儿了。"

叶阙："……"

如果说她的前半句已经让叶阙的脑袋嗡嗡作响，那么后半句直接就令叶阙的头脑一片空白了。

有谭嶂这个军事在，宋佳佳能知道一些事并不足为奇，但她说她早看出了不对劲儿，这又是怎么回事？叶阙努力不去感受她刚才那番话带来的情绪波动，也努力让自己理性，她抱紧怀中的小狗崽，像是从此要相依为命。

宋佳佳见她这个鬼样子，一把拉住她就往人流多的地方走，宋佳佳平生仅有两次见过她这般丢了魂，第一次是邵航出国，第二次是凌江出轨……今天是第三次，却是为了丁薇！转念再一想，丁薇一跃间居然已能和前面的两个男人平起平坐，这待遇连宋佳佳都不禁咬了把牙！

不过她宋佳佳是谁，霹雳女王是也！女王流血不流泪，女王选的路，女王跪着都要走完！她气喘吁吁地将叶阙丢进一片绿化带旁的停车区，跟着夺过了在叶阙怀里委屈得已经不成样子的嘟嘟。

"邵航送你这只狗就是个错误，没见过你这样折磨宠物的！"她对叶阙大叫，引得四周经过的路人频频向她们望来，好在叶阙这时也终于平复下心情，不再一脸死相。不过宋佳佳显然还没骂够，再一把拉开她那辆拉风的红色BMW车的车门后，继续又道，"叶阙你知道吗？你这个人什么都好，唯独男人和朋友是你的软肋！所以才会一再地被他们伤害！"

叶阙叹气，乖乖上了副驾驶座，她看看宋佳佳，又看看被宋佳佳夺走的小狗，不知怎的竟觉得自己其实也和那小狗一样的可怜，一样的身不由己，"佳佳，这件事你是什么时候发现的？"她欲言又止，但终究还是问。

但宋佳佳并没有直接回答，反是将那贴在车身外的白条恶狠狠地撕下，再揉成一团将罚单丢到远处。一双长腿这才跨坐了进来，她双眼平视前方，眼神里有些空，又像什么都没有，如同单音节循环的静谧里，她按下车载音响的按钮，抒情音乐缓慢流出，是郁可唯的那首《时间煮雨》。

> "我们说好不分离
> 要一直一直在一起
> 就算与时间为敌
> 就算与全世界背离
> ……
> 风吹亮雪花
> 吹白我们的头发
> 当初说一起闯天下
> 你们还记得吗"

"我一直挺不待见郭小四的，但不得不说，他这首歌词写得还真是应景。"大姐大如宋佳佳，其实爆粗口的概率并不高，但现在这短短一分钟里已经爆了两次，可见她心中的怒火。

随着那首歌曲结束，她人也平静下来，"大概一个半月以前，丁薇来找我借过钱，金额的数目有些大，我没有借给她。"她缓慢讲述着，神情语气犹如换了一个人，"之后又有一天，忽然她们财务室的姑娘来问我，说我介绍进公司的那个朋友究竟是什么来头，居然穿手工定制的Bottega Veneta（葆蝶家，意大利奢侈品牌）来上班，我说这不可能吧，我朋友家条件不太好，你猜那姑娘怎么说？她说宋佳佳啊宋佳佳，如果不是你藏得太深了，那就是你这位朋友藏得太深了。"

"也许，那衣服是别人送给她的呢？"其实刚听宋佳佳的话，叶阙多少也已经产生了怀疑，她只是本能地排斥去相信，"至于那笔钱，她没说是干什么用的吗？还有，金额是多少？"

"四十万。"宋佳佳看向她，仿佛也想从她的眼里得到几分确认，可惜没有，和她自己一样没有。"虽然我并不是拿不出这笔钱，但她的理由总让我不那么自在，她说她三舅的儿子要娶媳妇买房，叶阙你说这笔钱我该借还是不该借？"

"小薇永远在为别人而活，"听到这个啼笑皆非的答案，就连叶阙也不知道该以什么表情来面对了，"我知道她当初考大学的时候，她家的亲戚们帮过许多，但是难道她就要为了这个背负一辈子吗？"

"但也有可能，是我们真的不懂她……"叶阙叹了口气，"不懂钱对于她的意义。"

"是啊，所以我一直看不透她。因为连你我也不得不承认，金钱有时候太能检验一个人的底线。"宋佳佳苦笑道。

"这算是你这个真正的豪门之女的经验之谈吗？"叶阙轻轻拍了拍她的手臂，问。

"其实也不全是，"宋佳佳勾勾唇，回拍了拍叶阙的，"就好像你的底线是自尊，我的底线是背叛。"

　　"是啊，就像我的底线是自尊，你的底线是背叛。"叶阙重复着，忽像想起了什么瞄了宋佳佳一眼，"所以那个时候你才会用咖啡把我淋成了落汤鸡，害我一个人在洗手间洗了好久……"

　　"还是冷水！"

　　"冷水？哈哈哈哈！"

　　车厢里，她们肆无忌惮地笑了起来，但对丁薇那件莫名出现的Bottega Veneta的服饰，她俩却没有再提及。这是一个秘密，也是一个禁忌，如果可以，她们希望永远也不要记起。

Chapter 33　时间煮雨

Chapter 34　故地重游，南康城

叶阙最后是被宋佳佳开车送回了邵航在五月华庭的公寓，不过宋佳佳没上楼，只是像丁薇一样问了句，你们真在一起了？

叶阙难免被这相同的台词触景伤情到，但还是点了点头，环顾左右言了句其他，道：真正的朋友就是，你明明知道他是什么样的人，你还是愿意跟他在一起。

男人，也是一样。

绕了个弯子还是说邵航，宋佳佳这下放心了，终于放叶阙进了电梯。叶阙进了屋，发现邵航还在客厅里等她，冷色调的房厅里吸盘灯亮着，越发显得饭桌上那盘凉了的意大利黑椒牛柳面寒得瘆人。

叶阙见况不由心虚，倒是她怀里的狗崽来到新环境更加畏生，一个劲儿地向她怀里钻，生怕被人看见似的。邵航原本还有些生气，但乍然发现当初用来讨好她的狗崽居然又回到了自己这，心情莫名地也变得不同了，但见着叶阙这个模样，显然也是和宋佳佳没讨论出什么方案的。

真是意料之中。

"我这里没有狗粮。"邵航站起身，故意冷着张脸，又道，"让合作伙伴等这么久不是个好习惯吧亲。"

叶阙没说话，虽然也觉得那声亲从他嘴里说出来实在微妙得很，不过今天的事还是让她心情低落，她换了鞋，再将那盘凉了的意大利面放进微波炉里定好时间，最后一屁股陷进了邵航对面的沙发里。

总觉得窝囊得很，就像是力气都打在了棉花上。她抬头看邵航，不想他在自己分神间已经走到了跟前，"你先听听这个，"他说。

叶阙疑惑地抬眼，很快听见一段熟悉的对白从他手里一支金属质感的录音笔里传出。

"没想到邵总竟会答应我们这次见面。"

"人总要了解清楚自己的对手，才好做下一步的准备，你说呢？"

"沈大公子，你又打算让我怎么做呢？"

"拖住叶阙，不让她回归沈家。"

"……"

"你居然把它录了下来！"叶阙震惊地站起身来，险些磕到邵航的下巴，"难道那个时候你就已经想要对付他了？"

她脑中高速运转着，倒是邵航按下她的肩膀，将她重新按回沙发，"你觉得对于像沈天宇这样的人，我凭什么不留一手？"

他这个反问掷地有声，只教她自惭形秽。是啊，也就是她才那样傻，敢跟他这个混账兄长硬碰硬，争些虚的东西，但那些其实又有什么用呢？

她撇撇嘴，一副"好吧你赢了快继续往下说"的表情，又见邵航将地上那只呜呜呜叫唤着的小狗抱进了怀里，一边安抚它，一边镇定道："你和宋佳佳的见面，已经探出丁薇是有问题的了，对吧？"

"你是不是已经有了什么计划？"叶阙不知他是怎么发现的，但最终邵航还是点点头。

他是个商人，商人不打无准备之仗，这是他很早以前就教过的，而她会这么问，其实也是希望他能给自己指出一个突破口。

果然，他在她身边坐下寻了个舒适的姿势，再开口道："你现在给丁薇打电话，说希望她帮你一个忙。"

"帮忙？"叶阙更加疑惑，"但她如果真和沈天宇合作了……"

"她不是和沈天宇合作，像她这样的身份，至多就是枚棋子。"邵航打断她的话，直以现实的言辞撕碎她对那份友情最后的粉饰，"你就说，你想在沈氏三十年华诞上出现，但是你现在除了能想到让宋佳佳帮忙没有别的办法，但你和宋佳佳还没有和好，你希望她能帮助你。"

"但我不是已经跟佳佳和好了吗？"叶阙皱眉，还没反应过来。

"叶阙你是笨蛋吗？"邵航无奈揉了把她的额发，"如果她真的想帮你，那你和宋佳佳和好的消息她很快就会知道，但她如果不想帮你，这件事宋佳佳永远都不会知道。"

原来是这个意思啊，叶阙"哦"了声，只听微波炉"叮"一声响起，提示面已经热好。

"那我要等多久呢？我是说，跟佳佳联系这件事。"老实说，叶阙真心是不想把这些心计用在最好的朋友身上，但无奈的是，此刻她除了同意，竟没有别的办法。

"放心，不会太久的。"邵航将怀里的嘟嘟丢回给她，迈起长腿走向了家里敞开式的厨房，"在这件事上，有个人会比你更着急。"

"对了，如果她向你提出什么要求，答应她。"他替她打开微波炉，末了补充道。

不得不说，像邵航这样的男人一旦运筹帷幄起来，其魅力真不是一般的女人可以抵挡。但可惜的是，这件事涉及她和丁薇，所以叶阙无论如何也花痴不起来，她甚至隐隐有个想法，如果邵航的脑子不是这么好使，那么这件事她是不是就可以睁只眼闭只眼地过去了。

但现实的情况是，当她依照邵航给出的范本向丁薇提出需要帮忙的三天后，丁薇忽然给她打了通电话，说南康有个老同学要办婚礼，无论如何都要她陪自己去一趟。

可怜叶阙听到这段话时心情已不能用诸如头脑一片空白这样的话来形容，那简直就是被人用铁钉生生将灵魂凿开一个角，浑身上下都在瞬间寒透了。

饶是这样她还必须得强颜欢笑，说，那如果这样的话，不能在沈氏三十年华诞前赶回来了怎么办？她这句其实是最后的暗示，但丁薇并没有听出，她不过话音一顿，干笑道，叶叶你放心吧，到时候我们提前买好机票，一定来得及的。

是啊，你这般千方百计地为了能让我回去一趟，都已经舍得掏钱买飞机票了。话到这，叶阙已经不想再难过了，因为她忽然觉得不值得，她已经努力了所有该努力的，可对方却不承你的情。也许就像宋佳佳说的，是看不透啊。

一切按照邵航的预期，她和丁薇在周五的晚上顺利登上了飞往老家南康的客机，但与他之前的剧本不一样的是，邵航也跟着一起来了。

他的官方理由是，世界那么大，我想去看看。丁薇自然不信，还刻意淘汰说，是不是怕自己把叶阙拐跑了？可她这样说，正是中了邵航的下怀，他淡然一笑，道，我只是想去参考下，家乡的婚礼应该怎么举办。

他的话让人无法反驳，连以嘴炮著称的叶阙都不知道该怎么接。好在机舱的乘务员很快提醒飞机即将起飞，请大家关闭电子设备。于是一切的尴尬都在飞机起飞的轰鸣声中渐渐消弭，三千米高空的夜幕里，十万亿星河仿佛一卷动态的画卷，它们在泛着银辉的舷窗外流泻，从记忆底，飞越向宇宙间。

在夜与星空的徜徉里，他们于两个小时后抵达了阔别多年的故乡——南康古城。

Chapter 34 故地重游，南康城

南康古城的机场大概是在五年前修建的，其实还新得很，但对比起高大上的首都机场，自是不可同日而语了。依照旧历的算法，他们回来的时间点恰是立夏，叶阙还记得，南康每年到了这个时候城里的香樟木便开始起香，雨水浸润着香樟木，迎着风浅浅吸一口，肺叶里一整年都忘不了这古城香。

但她却要在这一个对她来说最干净的地方展开一场阴谋，她握紧邵航的手，微微地颤抖。夜幕笼罩大地，香樟木的婆娑树影里，一切都显得那么不真实。

从机场出来后，他们一行人打了个出租车，没多久就到了事先预定下的酒店。说来也是，毕竟像南康城这样大的地方，打个车，一个小时就能走遍全城。不过今天他们舟马劳顿，来到酒店后一番短暂休整，便沉沉睡去。

次日清晨一大早，邵航就过来敲起了门。事实上，那位丁薇一直未透露姓名的同学的婚礼是在第二日，只不过一来他们还未做准备，二来他们难得回来一趟，自然免不了一番故地重游，所以这一天，也算是个缓冲期。

丁薇要回老家，叶阙的家人此刻都已经在北京，索性就跟着邵航一起了。丁薇说，这位同学是位女同学，末了又一顿，道，你不要再买围巾了。言罢和邵航一个心照不宣地对视，看得叶阙心里直发毛，心说难道全世界都知道她送礼爱送围巾了？她原本还打算把A品牌送完再转战B品牌的。

许是已经猜到她的想法，邵航当下一摇头，道，放心吧，我不会再让她送围巾的。

叶阙：……

出了酒店，叶阙一路都在寻思着，如果不送围巾那该送什么比较好？可怜她虽然是个脑洞丰富的写手，但遇到诸如送礼这样的问题，还是和普通人一样犯了难，难不成真要拎盒脑白金过去吗？

好吧，脑白金算什么鬼都是说说而已，因为就在她纠结了又纠结还是没纠结出个所以然的情况下，邵航忽然提议说要带她去个好地方。

叶阙被好地方这三个字惊起了一身鸡皮疙瘩，心说他有没有可能想表达的其实是老地方？可惜邵航并不等她反应，就将她拉上了几乎能环绕全程的724路公交车，也是那个时候他们坐得最多的一趟。

熟悉又陌生的街道里，豆腐花的香味随着晨风送入鼻息，南康城里昨夜下了雨，被打湿的落叶铺开了一地，草木的气味混着馋人的豆花香，直能将回忆底的柔软一寸寸剥离出。

经过的音响店里，循环播放的是那首《平凡之路》。

　　"我曾经跨过山和大海　也穿过人山人海
　　我曾经拥有着一切　转眼都飘散如烟
　　我曾经失落失望失掉所有方向
　　直到看见平凡才是唯一的答案
　　……"

叶阙觉得这首歌的歌词很适合形容这里，南康只是一座小城，但这小小的城，满满都是她的，不像北京城那么繁华那么大，却找不到一个家。

"到了。"随着邵航话音的落下，叶阙这才惊讶于公交车已经报站了。她在熟悉的乡音和拥堵的人堆里被挤下车，好在最后被一双有力的大手给拉住了。

"叶阙你是笨蛋！"索性连那个吗都省了，邵航那双透出些生气的漂亮黑眼睛瞄过来，简直不知该让多少美瞳广告含恨而死。叶阙从前就爱看他略显生气的模样，最好再添上一层薄红……

岂一个回味无穷了得。

她故作漫不经心地"哦"了声，三步并作两步地跳上漫出青苔的石阶，道："我还以为你会带我回学校，没想到……"

她的话音在发现那幢红砖的建筑时戛然而止。

"叶阙，我要带你见家长。"他吐字清晰，发音也分明，但这几个字组合在一起，她却好像不认得了，于是本能地就要跑，可惜却被他牢牢拽住。

"我已经跟他们说了，他们都在等你。"他看着她的眼睛，口吻轻松像是在陈述一个再简单不过的事实。可怜叶阙"你……"了半天你不出个所以然，最后还是被他生生给拽上了楼。

"虽然丑媳妇总要见公婆，不过你也不用紧张。毕竟我也都见过你的父母了不是吗？"他的话直想让人抽他，但面对那张好看的俊脸，叶阙却是煽不下去了。

好吧，这果然是个看脸的世界。但她现在什么都没有准备，甚至还没有化妆……她真的好想找块豆腐撞一撞！好在邵航接下来的话稍稍让她安慰了些，"我爸妈对我找女朋友没什么多的意见，除了，希望能早日抱上孙子孙女。"

这前半句她听得还算正常，但这后半句是什么个意思！叶阙听罢又有打人的想法了，倒是一扇墨绿色的防盗门猝不及防打开，惊得她差点儿从狭窄的楼梯上摔下去。

"妈，我回来了。"邵航一边稳稳拉住她，一边道。

叶阙正要对自己这个奇怪的姿势加以解释，对面的女人就忽然开口了，"你就是叶阙吧，来，进屋。"

她的语气带有一种旧式的优雅，全然没有邵航曾形容的酒醉打人的架势，她穿着身孔雀蓝的毛呢套裙，盘起的黑发梳得光且顺，虽是坐在轮椅上，但那气场分明就让人觉出一种旧上海的韵味来。

"我爸呢？"邵航显然已习惯母亲这个模样，径自走进了门就要推开餐桌旁的开窗，"家里这么呵，怎么也不开窗透透？"

透透（tou 三声）是南康的土话，叶阙鲜少从邵航口里听到过，不过乍一感觉，居然还格外亲切。倒是邵航的妈妈随即拉住了他，道："别开窗，你爸最近感冒。"

邵航皱眉，只得作罢。叶阙礼节性地说了声阿姨好，便不知再该说什么，只好将屋子四下打量开：大概七十平不到的样子，格局就是那种八十年代初的老房制式，但即使是在南康这样的小城里，怕也能算是建筑中骨灰级的存在，直等着旧城改造的春风几时吹到这里。

这多少让叶阙感到意外，毕竟像邵航这样的成功人士兼社会精英，又怎么会让父母住这样的房？

好在这样的疑问没有持续多久，叶阙的爸爸就从外面回来了，手里买着豆腐花油条，还有用塑料袋装着的几个热腾腾的包子，叶阙曾经见过他，却不想这几年又苍老了这样多，和邵航站在一起，俨然只剩下一个壳隐约地相似了。

"小阙是吧，欢迎你加入我们家。"邵爸咧嘴笑着，热情地向她伸出右手。

叶阙忙站起来回礼，这下只觉得连仅剩的那个壳也不似了。

Chapter 35　樟荫木下，相思少

　　邵航家的这顿早餐吃得叶阙心里一通七上八下，好在邵航不时替她打个圆场，这才让彼此间没那么尴尬，但就在叶阙以为吃完这顿就可以开溜后，邵航的母亲江碧云忽然就从冰箱里拿出了一桶盒装冰淇淋。

　　叶阙被这个举动弄得一头雾水，只听江碧云接下来就道："我们航航，小时候最喜欢吃这个了……"

　　原来高冷男神如邵航竟然喜欢吃这种奶油状的甜甜的食物？叶阙好奇心大开，可惜刚接过冰淇淋，邵航打断江碧云的那句："叶阙你给妈买的礼物还不快拿出来。"就已经跟上了。

　　叶阙这下端着冰淇淋更如坐针毡，心道我哪里准备了什么礼物？却见邵航朝她递了个眼色，并道："东西昨天不是已经放包里了么。"

　　这样明显的暗示她自然听出了，于是忙去拉自己的提包链，果然，一个黑色精致的方盒跳入视线，她尽量表情自然地将东西取出，接着郑重递给了江碧云。

　　"阿姨，您瞧我这记性，昨天来得太晚休息得不好，差点儿都要忘了。"她脸上挂着笑，心里却恨不得去踩邵航的脚，好在她的这些小心思江碧云并未看出，只是将目光停在了那个首饰盒上。

　　"好漂亮的手链，一定很贵吧。"江碧云不由赞叹道。

不单是江碧云，这下连叶阙的目光都被那手链吸引了，都说女人是天生热爱珠宝的动物，这话还真是不假，黑色的天鹅绒面上，只见一条精细到能糅进肌肤里的铂金手链上，一粒足有一厘米大小的极光白珍珠镶嵌其中，而在链尾锁扣的位置，又一粒袖珍的极光白珍珠与之相呼应，整个线条简约流畅，又不失精美别致，绝对是送给优雅女士的上佳选择之一。

虽说邵航挑女人的眼光不怎么样，但是不得不说，挑别的还真是一挑一个准！叶阙被那手链馋得不行，几乎都快要后悔拿出来送人了，倒是邵航咳嗽了两声，道："这都是叶阙的一点心意，您就收下吧。"

江碧云这才将东西放了起来，"对了，我们刚才的话还没说完。"

这亲妈果然是亲妈，若是她被邵航打断了思路，可能八匹马都拉不回来了，也就只有江碧云这样的存在，才能在被精美首饰深深地诱惑之后，居然还记得要回来。

这下邵航索性不理她俩，一路跟他爹去阳台抽烟了。叶阙看着他那无奈的背影顿时想乐，倒是江碧云接下来的话让她不由陷入了沉思。

"其实航航小的时候，我们家条件并不好，你也看到了，这房子还是他爸爸厂里八几年分的房，后来国家改制，我和他爸爸都下了岗……"

正如宋佳佳曾经对她说过的，邵航家条件其实并不怎么样，只是人过于优秀，总难免会被推上风口浪尖罢了。

"航航他小时候就很爱吃这个，"江碧云指了指叶阙正往嘴里塞的冰状物，眉梢眼角都是笑意，"但那个时候我们家经济情况不好，别的小朋友会去冷饮店买，他就自己把冲好的牛奶倒进冰棍模具里，你别说，他每次做的，还真挺好吃的。"

这一点叶阙简直能举四肢赞同，毕竟他可是连最普通的意大利面都能做出大厨级水准的人物。不过原来，这一切都是因为这个吗？叶阙心中一阵发酸，且听江碧云又道：

"后来有一次我问他，为什么喜欢吃这个？你猜他怎么说，他说，如果做成冷饮，那我们一家三口就都能吃到了。"江碧云说到这，连叶阙也不禁眼角湿润了，她从不知邵航的年少往事，也刻意躲避着不想去了解，但其实在他冷峻的外表下，还藏着一丝鲜为人知的细腻。

但最是细腻，却也最是动容。

"但后来，他爸爸就开始做起了生意，八几年的时候，但凡敢下海的，不说赚个钵满盆流，但至少赚个家底是完全可能的。他爸爸当初也是那样，"江碧云继续将话往下说，"那时我们选的是建筑石材生意，就是你们经常能在高档酒楼里看见的地面板材，各种花岗岩大理石，但后来我们的资金遇到了一些问题，加上竞争对手的抢单……"

"我知道像你们这样在国内最高端的CBD区摸爬滚打的人听见这个词可能觉得好笑，但是就连卖烧饼的都有对头的不是吗。"江碧云苦笑着，眼中依稀还沉浮着当年的风云，"后来的事，我猜你也看到了。我记得航航在18岁的时候，有天忽然宣布他有了女朋友，他爸爸和我都很震惊，虽然那个时候我们经常吵架，但难得地在这件事上达成了一致。"

"什么一致？"叶阙眼皮一跳，忙不迭插嘴了。

"我们向他的同学打听那个女孩子的名字，后来他的一个要好的同学偷偷告诉我们说，那个女孩子名叫叶阙，是班里的生活委员。"

生活委员，难道当年告诉他们的是……周勇？

"叶阙，作为航航的母亲，我的确没想到六年之后，他又把你带了回来。"江碧云看着她的眼睛，表情坚定又认真，"你是他第一个带回来的女孩子，我希望，也是最后一个。"

"叶阙，我看过你写的书，你是个善良，也很有想法的好孩子。"

江碧云的这最后一句，才是今天最大的彩蛋吧？叶阙甚少听见一个长辈，甚至说是长辈级的粉丝这样评价自己，当下脸就烫了。她站起身，想向江碧云鞠躬，但又不知这样合不合礼数，下意识地向望邵航，却见她在看他的时候，他抽着烟也正在阳台上有一下没一下地看着自己。

"航航这一路走来都挺不容易的，阿姨希望你能帮阿姨好好照顾他，他和你一样是个敏感细腻的孩子，只是不善于表达。"

都说一个母亲在评价自己子女的时候是最不客观的，但叶阙却觉得，当一个母亲真心想要把孩子托付给另一个人时，她说的话会是中肯的。

　　因为她会希望那个人能接受她孩子的全部，会希望那个人爱的是最真实的他。

　　从邵航家离开后，叶阙一路都沉默不语，邵航见况还以为是江碧云说了什么不该说的话，于是沉吟一番，还是道："我外公曾经是上海一所医院的院长，所以我妈算起来也是大户人家出身，但后来她为和我爸结婚，就跟外公断了联系，你说，这是不是很像言情小说的桥段？"他语气自嘲的刻意一停，又继续，"也是基于这个原因，她正常的时候，看起来气质还是不错的。"

　　原来如此，叶阙抬眼看他，几乎以为他就要将后面那句，当她不正常时的表现说出来了，可惜他眼神闪烁，到底是没说，反是伸手一掏，从裤子口袋里又取出了个首饰盒。

　　"瞧你刚才看那手链眼睛都发直的样子，不知道的，还以为我怎么亏待你了。"他轻呵声，故意摆出一副"东西你收好，这不过是我多买了一条"的表情，将手链递给叶阙。

　　叶阙继续没接东西也没搭话，他看后恼极，索性停下脚步将她的手腕一把拽了住，"好吧，这回我骗你算是我不对，手链送给你当赔罪了，但你要是不收，那我只好回家跟我妈说，其实不是你骗她，是我骗她。"

　　"得了吧，你妈那么精，真以为她看不出来？"听他这么说，叶阙喊了声一把夺过手链，可惜本想自己扣上，偏偏对不准扣眼，正急得要跺脚，就被邵航一句"别急，我来。"挡下了。

　　"他和你一样是个敏感细腻的孩子，只是不善于表达。"耳边依旧回响着江碧云的话，叶阙抬头看着他一脸认真地给自己系手链的表情，忽然间心就怦怦跳得厉害。

　　这种感觉并不是第一次产生，但相比以前除了更加强烈外，似乎还多了一分……是了，心疼。

　　"航航。"她贴近他的脸颊，低声说。

　　邵航大概开始没听清，于是她又重复，"航航。"

　　"叶阙你胆子大了嘛！"邵航居高临下地看着她，顺便掐了把最近被他养胖的脸，忽又开口道，"你还记得这个地方吗？"

顺着他的话音，叶阙还真仔细将周围打量了下。除了那栋红砖楼，这里的街道和商铺都变化不小，唯一不变的，大概是身旁的铁艺护栏，那护栏已经剥落了漆，露出层层铁锈的暗色，但……

"看到了吗，我现在也有女朋友了！"年少的话语被风声烙印进香樟木的气味里，那么轻狂，那么用力，就像是生长的年轮搅拌着时光一样，而他们的青春却永远无法再倒转回去。

"那个时候，你跟你爸关系挺不好，你摔了他送你的蛋糕，还……还对他说我是你的女朋友。"叶阙不知为何在这一次却不想推开他了，可能是因为被共同的回忆拉近了，也可能是因为当她无意识叫出邵航的小名时，还有什么就已经不知道了。

"叶阙，我对你说的话我都记得。"邵航看着她，话锋一转，"那么接下来，我对你说的话，我希望你也能记得。"

他的那些话，是关于他们接下来的计划，虽然现在说来是不免煞了风景，但叶阙最后还是点了点头。

"对了，丁薇说的那个要结婚的女同学，你也认识吗？"叶阙想起他们被"流放"来这儿的真正原因，不由旧事重提。

"这个，到时候你就知道了。"没想到，在这件事上，邵航居然也跟她卖了个关子。

神秘女同学的婚礼是在第二天的傍晚举行，依照中国地方性的俗礼，被邀请前来的亲友都要送份子钱。但就在她精心打扮如约前往，看见那摆在酒楼门口的红帖时，她忽然不想进去了。

那女方是她初中同学名叫郑文燕，时间久远再加上当时还是插班生，也难怪她记不起来，但是男方赫然竟是……她深吸了口气，努力稳住自己的身形，强迫自己不去看那个正招呼着亲友，从里厅走出来的穿着新郎礼服的高大男人。

男人看见她也是一愣，却免不了忙碌地对其他应邀前来的，对他不断说着恭喜的亲朋回敬着"谢谢"。

"久仰大名，凌江。"说话的是邵航，他一只手和叶阙的十指紧扣，另一只手向他客套递出，"这五年辛苦你了，不过话说回来，像小阙这样的财神，换作是我可不舍得放手。"

这话他显然是故意说给对面的男人听，而凌江虽已做好了被讥讽的准备，但却远远不及叶阙随后的那句话来得重。

"凌江，原谅我在这件事上永远都不可能对你说恭喜，但我希望文燕能幸福。"

对着自己，她大概永远都是冷静自持，也永远不会像对着身旁那个俊朗的男人那样露出慌促甚至娇憨的表情吧。这可能是他一辈子的遗憾，当然，更是后悔。

"忘了自我介绍了，我叫邵航。"邵航的话打断他的思考，他听罢心神一震，随即就见邵航将早已准备好的红包递了过来，那堪比男模的脸上挂着疏离的笑，嘴上却是故作热情地道，"这是我和小阙的份子钱，就不分开包了。"

这样的男人，也难怪叶阙一直忘不了。他心想着，转而又碰上了叶阙的目光，她今天穿着条精致刺绣的白色雪纺裙，披着同色的白狐披肩，墨黑的秀发绾成一束，露出下颚近乎完美的线条，她小巧耳垂上的珍珠耳环在灯光下发出柔和的光泽，恍然间似乎又让他想起了第一次看见她的模样，也似今天这般纤纤丽丽的，仿佛是从晨曦的风中飘来的一片云。

那就是他憧憬过的让他心动过的小龙女，可是那样美好的她，却被他错手弄丢了。

"凌江，想不到你最后娶的竟是郑文燕，对了，那个富家女你不要啦？"再开口的是一直站在叶阙身边未出声的丁薇，可能是一直以来这个姑娘的存在感都太低，以至于刚听见这句的时候，他还微微愣了下。

"丁薇我们进去吧。"这下反是叶阙来劝她了，却被甩开了手。

"叶叶，这种事也就是你能忍下！你说他凭什么，凭什么啊！这件事换作是我……"眼见丁薇冷笑着一副就要砸场的趋势，叶阙跟邵航递了个眼色，一起将人架住了，也就是这个时候，她才知道丁薇看似柔弱的身体里竟然藏着这么多的不甘心。

"我已经放下了，丁薇。"她打断她，果决的表情就像是当年发誓一定要报考北京的大学一样，"我会和邵航好好在一起，我会的，你相信我。"

从未想过这样近乎表白的话是在这样的场景被说出，叶阙强迫她看着自己的眼睛，"我们每个人都要为自己的行为付出代价，但不论最后那个人是童嘉悦还是郑文燕，都是他的选择，我尊重他。"

"丁薇，如果现在不想进去，我和小阙就进去了。"邵航毕竟是个男人，实在不愿再去照顾她莫名的情绪，倒是丁薇见已经有人在看着她指指点点，低着头，很快也忙钻进了来贺礼的人流里，剩下叶阙和邵航还站在门口。

"用我先进去吗？"邵航看了她一眼，又看看已经跑没影儿了的丁薇，低声问道。

叶阙明白他的用意，实在凌江的目光还钉在她身上，如同芒刺在背。"不必了，"她摇摇头，但双眼却是望着凌江，然而千言万语，最后只有简单两字："保重。"

"你也是。"他的眼角有泪光闪烁，但众人只当他是新婚喜极哭泣，"叶阙，保重。"他看着他们渐渐走远的身影，不由又重复。

一句保重，也许是他们五年感情结束后留下的最后一道休止符，抑或者，这真是他们能给彼此的唯一的祝福。

Chapter 36　千里设局，藏心机

　　另一边，进入礼堂后的叶阙正四处搜寻着丁薇的身影，她抓紧邵航的手，从婚礼高朋满座的这一桌绕向那一桌，"她只是想替我出气而已。"她皱着眉，一遍遍说。

　　邵航叹了口气，虽然他必须得承认此刻被她这样需要，甚至连置身这喜庆的场景里，都会恍惚是他自己的婚礼这种错觉着实不赖，但他还是忍不住捅破了那层真相："你确定她只是想替你出气，而不是替她心里的那个影子出气？"

　　不得不说，邵航看问题的角度，的确是她未想到过的。她嘴上虽然不说，但从心里的天平却已经向他偏离了。是啊，如果不是像他说的这样，丁薇又何苦表现得那样冲动呢？真是为自己吗？想当初她和凌江分手的时候，也没见丁薇有多积极地劝他们复合或者索性大干一架。

　　可能说到底，是亲眼见到了所谓坏男人的结局，心中不忿而已。而这件事倘若换了宋佳佳，恐怕告诉谁都不会告诉自己吧。叶阙在心底默默唏嘘了许久，终于在一个角落里找到了丁薇，她告诉自己，不论现在心情如何难以平复，这出戏还是要演下去。

　　因为还有一个人，会一直陪着她一起。

　　倒是丁薇见到她后，虽然两只眼睛还是红的，但立刻就将她牢牢挽住了，

就好像生怕她跑了一样。叶阙被她抓得有些疼，但思及先前对她说的那番话，还是表现出一副强颜欢笑的模样，虽然不可否认，她此刻心里的确是百种滋味在心头，但是在这一百种里，恐怕背叛与欺骗，是最占据上风的了。

至于说邵航，刘一路握着她的手，甚至直到新娘新郎交换戒指的仪式完毕，婚礼酒席正式开始，他都始终没有松开过。

也许是丁薇见他俩这个模样终于放心了，便也随着众人一道吃喝起来，她一边宽慰着叶阙，再一边不断给叶阙添着酒，叶阙一律照单全收，但很快不胜酒力。

"小薇我跟你说，找男人千万不能找凌江这样的，你说他有什么好……"叶阙醉醺醺地跟她碰着杯，还打了个酒嗝，"挣不了几个钱，还不会哄你开心，最可气的，他竟然背着你跟别的女人好，那个女人除了比我年轻，呃……"

"丁薇，我带她回去了。"趁着酒席快散场，邵航也起身，顺势扶稳了一把就要往自己身上栽倒的女醉鬼，"今天也就是碰见凌江这档事我才会让她喝这么多，毕竟这个时候，她醉了反倒是好。"

丁薇听罢直点头，一副也要起身的模样，"要不还是我送她吧，叶叶她以前没喝过这么多，我怕……"

"没事，有我在。"邵航打断她，并一把将叶阙搂住了，丁薇见他这个表情，心里自以为猜到了七八，便不再阻拦，只道，"那好吧，你好好照顾她。"

邵航点头，很快扶着一身酒气的叶阙慢慢走出了酒楼。

酒楼门口，迎面一兜凉风吹过，混着南康城里特有的樟木香，叶阙顿时就清醒了，不过她在邵航怀里实在舒服得懒得动，直到他们顺利打上出租车。

"去十四中。"邵航驾轻就熟地对司机师傅说。

叶阙睁大眼，立时就要起身问他不应该是去机场吗？就被邵航的一根手指印上了开阖的嘴唇，他附耳轻道："计划有变，我们现在先回学校。"

叶阙被他触碰耳尖的那一声熟稔得近乎温柔的"学校"激得心神恍惚，瞬间还真涌起了些醉意，于是索性不再说话，靠着他的肩膀沉沉睡了去。

叶阙醒来时，胃里早先服下的蒙脱石散（防酒醉的一种药）已散了大半，沉沉的夜色里，十字路口边一盏熟悉的高杆路灯在路面打出暖黄的光束，提示他们已经到达了目的地。

正前方十米处就是写着流金大字「南康市十四中」的母校，因为周末放假的关系，学校里空无一人，连看门的保安都在偷懒打着盹，不时还能听见几声野猫叫。

邵航他们当然不会蠢到从正门走，而是拉着她从侧门的矮墙翻了进去。和读书时一样，这处满布杂草的秘密通道，永远都是学生们翘课溜号或是上学迟到的首选，甚至学校这么多年也没有将它封起来，可见它实乃是沟通学校与学生之间的重要桥梁。

在簌簌夜风中开启的冒险之旅，往往都带有一种偷情似的隐秘和刺激。他们一路翻墙进入，穿过教学楼、实验楼、办公楼，终于来到了篮球场。

叶阙不知道邵航为什么要带她来这里，空荡的篮球场上，夜色深得像是被用浓墨泼了一层又一层，空气中流动着香樟的气味，像是要将人的思绪带回久远的过去，偶有一两星从樟木叶上筛出的星光跳跃在发尖，仿佛是调皮的精灵们的小小恶作剧。

"叶阙，闭上眼睛。"忽地，邵航开口了。

叶阙听后一愣，心说这桥段怎么这样耳熟，因为依照言情剧的黄金定律，男主角这个时候通常都要亲吻女主角了，虽然她还没想好是否真的要去当这个女主角，但现下气氛这样好，男主角又这样帅，她实在找不到理由去拒绝，这一番思考后，她决定照做。

可惜她等了将近一分钟，我们的男主角还是没有亲吻她的嘴唇。她开始心急了，想要睁眼，却被邵航接下来一声："我没说可以，不许睁眼！"给生生吓回去了。

这哪里是男主角，这分明是BOSS才对吧！叶阙皱着眉，又等了两三分钟，这才听邵航说了声："可以把眼睛睁开了。"

于是如约睁开眼，但就在这睁开眼的一瞬间，她好像不知道该说什么了。

眼前的空地上，由几十个矿泉水瓶圈成的桃心映入眼帘，在桃心的正中，一支红烛在夜色中迎风曳动。想这"用蜡烛摆成桃心"已经是如今的爱情影视剧里早已被用烂了的桥段，但在她的故事里，矿泉水瓶却代表着——那些年心照不宣的秘密。

"你……"

她嗫嚅着想要开口，夜色中的邵航已然一步步向她走来，"手链原本是打算晚上再送你的，那么既然如此，"他话音一顿，接着单膝跪下，拿出了事先准备好的戒指，"虽说这个时候向你求婚实在太过乘人之危，不过叶阙，我邵航发誓一定会真心实意地对你，请你相信我。"

"把那个人留在过去，把我留在未来，好吗？"他望着她的眼睛，能让她看见里面那个小小的自己。

曾经设想过无数次被求婚的场景，却唯独没有想过跟他，还是在当年他们小秘密开始的地方，她的视线被那红烛映亮的钻戒阻挠，突觉眼角一阵发酸，这个混蛋，百分之一百是故意的！

"这是我第二次跟同一个人求婚了，叶阙，你的小说里都没有这么惨的男主角吧？"他自嘲着，见她良久不语，索性先一步将指环给她套上了，"不过在这接下来的十二个小时里，没有我在你身边，答应我，一定要赢。"

"不为了任何人，只为你自己。"他低头亲吻她的额角，深黑的眼里像揉碎了千万的星光。同时间，巨大的轰鸣声降落在他们耳畔，像是鸣奏着一场婚礼进行曲。

叶阙惊异地抬起头，薄雾升起的夜色里，一架拉风的小型直升机从天而降，她不可置信地看着邵航，却见他向她比了个"快上去吧"的手势。倒是那飞机副驾驶座上的人也开窗探出半个光亮的脑袋，冲邵航不知笔画了个什么，但看那几乎和夜色融为一体的肤色，居然是个地道的黑人！

"叶阙，加油！"邵航拍拍她的肩，很快以同样的笔画回敬这位光头黑人。

"John，拜托了！"他用英文跟那光头黑人说，那光头黑人也不知究竟听清楚没有，咧嘴就是一笑，露出白得发亮的牙齿。

这多半就是Lesley口中那位留学期间认识的叙利亚同学吧？叶阙心中响起一个推测。她抚摸着被邵航牢牢套上右手无名指的钻戒，最终登上了飞机。

越来越远离地面的飞机上，她最后看了一眼那在夜风中曳动的红烛，惊讶地发现周围的矿泉水瓶竟也因为这道光被牵出了一层流动的、心形的光晕。

那光依旧在那里，也照进了心里。

叶阙的英文不是很好，这也就直接导致了和那位光头黑人交流起来费时费力，但正如之前猜测的，他这个名叫John的黑人，的确就是当年将邵航带去叙利亚的同学，但至于说他们究竟在那里做了什么，John却是怎么也不肯告诉她，"你们中国人有一句话叫有先见之明，看来Highmore（邵航英文名）就很有先见之明。"

他用仅会的几句蹩脚中文向她表达这其实是邵航的意思，再三之后，叶阙终于放弃，但对他的中国话产生了兴趣，"What else can you speak Chinese?（你还会说哪些其他的中文？）"叶阙问道。

光头黑人显然对她赞许自己的中国话洋洋得意，索性再次用中文对上了："Highmore还教过我：你吃饭了没，回家过年……还有还有，不到长城非好汉！"

"他就教你这些呀？"叶阙扑哧一声笑出来。

"哦对，还有一句！"John一拍脑门，突然像想起了什么又道，"叶阙，对不起。"

那一声对不起，从黑人带着异国腔调的口吻中说出，叶阙忽然觉得有什么再也忍不住了，她已经撑了整整一天，却被这简单一句轻易击倒，凌江、邵航……

她以为该走的，结果留了下来，她以为该留的，结果偏偏走了。就像是你我在浩瀚的宇宙间行走，我们会迷路，也会走失，但我们只有坚持不懈地走下去，终有一天会遇到冥冥中注定的那个你。

在等待的你，最好的你。

Chapter 37　皇太女归来

从南康直飞北京需要两个小时，John的直升机慢一些，开了近三个半小时。不过John虽然是rich rich rich级别，但在北京毕竟还是没有私人机场，只能停靠在普通的航班机场。从机场到明早沈氏举行三十年华诞的君安酒店还有一个半小时车程，叶阙刚刚挥别了John，宋佳佳的电话就追来了。

"女人你到了机场没！我都在车里等了你快一个钟头了！"

敢情这个粗心的宋佳佳是按民用飞机的航速算的时间，叶阙被她电话里一通骂，但心里却是热乎得很，再一想到这一切都是邵航精心计划，指尖又不由摸向了那枚闪亮的钻戒。

那钻戒是最经典的六爪款，没有过多花哨的造型，只有铂金戒托上切割璀璨得足有1克拉大的钻石夺人目光，她一边在等着宋佳佳的那辆骚包红的宝马车，一边琢磨着戴着这样分量的戒指出门，会不会哪天被人抢了去？

"女人，上车！"宋佳佳的大嗓门很快打断她的思考，倒是这深夜出门还不忘一脸大浓妆的架势直让叶阙不知该以什么言语恭维好。

"收起你那些客套，叶阙。"宋佳佳似是看出她的心思，一副大姐大模样地取下宝格丽的最新款墨镜，道："你那个好哥哥把那你的行程盯得滴水不漏，做姐妹的，只能帮你到这里了。"

她的话音落，叶阙这才从后视镜中注意到在她车的后座上，许久不见的谭嶂正一脸淡定地冲她打着招呼。

"我怎么记得典礼应该是在明天上午九点……"

她以为自己该说些什么以打破这奇怪的气氛，却见谭嶂顺势将一台银色的iPad递给她，并不徐不疾道："如果是明早再说，你恐怕就该进不去了，这是我准备好的路线图，还有相关注意事项，你不妨先看一看。"

叶阙一怔，霎时被这高警戒的架势惊到，但还是接过那台iPad翻看了起来。谭嶂果然是做刑侦出身，所谓高手一出手，就知有没有……不过，等等！

"也就是说，我明天要以你天雅集团常务副总经理助理的身份参加？"叶阙皱眉，对着那标记了下划线的第一条一字字念道，"但我记得，你的职业应该是侧写师才对？"

"那是他的副业，谢谢！"接话的是宋佳佳，她扫了叶阙一眼，索性来了个中心思想小结，"也就是说，今晚咱们先入住酒店，然后明天一早再按照计划行事！"

宋佳佳一番话说得义愤填膺，连叶阙都快要热血沸腾了，"不过，我们为什么要换衣服呢？"她的目光在iPad打开文档上的最后一栏停下，"不是我人去吗？关衣服什么事？"

"哎，所以说，你就是小姐身，丫鬟命！"宋佳佳被她气得直拍方向盘，"你不知道所有电视剧里的主角到了这一幕，这激动人心的一幕都要换装的吗！"

"不然怎么显得你才是主角！"她一顿，重重又道。

叶阙："……"

按照计划，三人一路驱车来到酒店，但让人没想到的是，就在他们刚刚将车开到停车场后，被晃动的车身震醒的叶阙就看见前方二十米处，一个带着金丝眼镜的男人在车库里出现了！

是吴肖！女人的直觉提醒她沈天宇现在很可能也在酒店，这一想法如电流通过全身，蓦地她就拉住了宋佳佳打开车门的手，并飞快将自己的判断道了出来。

"你的意思，这个男人和沈天宇是一伙的？"谭嶂倒是不急下车，而是从玻璃窗里静静打量着那个有着双笔直长腿步伐极快的男人，"之前我已经查过，明天的君安酒楼已由你祖父沈振业亲自定下，似乎他对沈天宇已经起了疑心，因为往年这些事都会交由沈天宇来办。所以从这个角度看，沈天宇能直接查询客房名单的概率极小，而我们早一步入住应该是安全的。另外，虽然明天宾客会很多，但沈天宇为了达到目的，也同样会加派更多的人手。"

"谭嶂的意思是说，先下手为强，管你那个混蛋哥哥在不在里面呢，我们进去了再说！"宋佳佳撇撇嘴，在伸长脖子盯着吴肖终于消失在视野里后又道，"再说了，最危险的地方就是最安全的地方！"

叶阙点点头，又为了谨慎起见，他们索性从车库的直梯转上了步梯，再从侧门绕进了酒店，叶阙一路都很担心会跟沈天宇撞个照面，好在最终也只是在看见吴肖时虚惊一场，至于说房间则是宋佳佳事先已预定好的，谭嶂则住在她们的隔壁。

整日的奔波加上精神高度的紧张，让叶阙才沾着床面就快要睡着，倒是宋佳佳怎么肯这么轻易放过她，在将她丢进洗手间匆匆洗完澡卸完妆之后，二人才一起躺到了大床上。

叶阙出门前为了防止丁薇起疑，小提包里自然什么都没带，所以现在这一切都是由宋佳佳准备。独开着一盏的床头灯下，洗完澡后精神了不少的她看着身上那大一号的棉质睡衣，不由想起上学时她们三个曾互相换衣服穿的情景，可惜现而今……

她翻过身，忽听宋佳佳在旁边也低低叹了口气，"邵航跟我打电话的时候，其实我已经有心理准备了，但……"

她难以启齿的话，正是叶阙内心里的想法，"大概她现在还以为我是喝醉了躺在南康的七天酒店里吧。"

宋佳佳听后再叹一口气，忽又问："怎么你们没有住在一起？"

"没有，她为了盯我这次索性连家都不回了，大概邵航一开始也料到了这点，所以……"

"所以你其实是和邵航是住在一起的！"宋佳佳声调拔高，像是忽然发现了新大陆，但直到叶阙微微脸红地点头，她的下个问题才脱口，"不过今天结婚的那个女同学到底是谁？"

"女同学是郑文燕，初中插班来的，那时我们不在一个班，你也不认识。"

宋佳佳听后"哦"了声，虽说她、丁薇、叶阙三人是高中同学，但初中的时候却是丁薇和叶阙一个班，而那个时候，她和丁薇、叶阙只不过是校友。

"那男的呢？你认识不？"宋佳佳凑近了些，毕竟南康城只是小地方，就算互相认识也没什么好稀奇。

"嗯，"叶阙"嗯"了声，却是良久没有下文。

宋佳佳看她这个模样，好奇心不由更盛了，她摇了摇叶阙的肩膀，催促道："到底怎么了嘛，快说快说！"

"是凌江。"许久，叶阙看着她的眼睛道。

"凌……"宋佳佳没敢将那个江字念完，别过脸又忙躺下了，"为这个理由大醉，不说是丁薇，就是我也不得不信啊。"

"是啊，但我却不敢醉，也不能醉，"叶阙苦笑了笑，"何况邵航开始还让我吃了蒙脱石散，他真是个很聪明的男人。"

"不聪明的话，你当年就看不上了！"听她提及了邵航，宋佳佳索性转移话题，但视线却恍然被什么一刺，竟然这时才发现叶阙手上的戒指，她激动地抓住叶阙的手指，"不对不对！有新情况！"

"邵航向我求婚了，"叶阙说着也将目光凝了上去，"其实我也没想好该不该答应，但是当时……"

当时情况紧急他刚套上戒指飞机就来了，这个事到底要跟宋佳佳怎么表述才好呢？她纠结着，但宋佳佳的话已然先一步打断了她的顾虑：

"你都收了人家的戒指，自然就是答应了。而且这戴的还是无名指！无名指什么意思你不知道吗？就是订婚啊亲，你跟邵航订婚了！"宋佳佳一脸眉飞色舞，"不容易啊不容易，我们小叶子终于有人要了呜呜呜。"

"终于没人跟你抢谭嶂了你高兴了吧。"叶阙翘起嘴角，却并非是哪壶不开提哪壶，而是有些事若永远不提，就会永远成为彼此心间的一道芥蒂，"好吧好吧，我承认一开始我是对他有些好感的。"

"看吧，我就知道！"宋佳佳撅着嘴，故意用枕头砸她。

叶阙也不恼，只是将那松软的枕头一把抱进了怀里，"但，说实话那个时候我还是很难忘了凌江，再加上邵航一次次地出现，让我乱了阵脚。"

"最后就是，你。我的道德底线不允许我做这样的事，你知道，我的母亲当年就是……"

她的声音渐渐小了，但宋佳佳已然一把将她抱住了，"叶，你不要这样说，我相信你父亲当年真爱的是你母亲，可是商业家族总有各种各样的无可奈何。"

大概正是从小见多了那些尔虞我诈，所以那时才会被猪油蒙了心认定是叶阙背叛了自己吧。但其实，她不一直一直都是这样的吗？

谦和着，努力着，就像所有平凡的姑娘一样；她有小心机，也会摇摆不定，她与对手斗智斗勇，却一再被朋友所伤，但这些都是她的真实，也是她的脆弱和坚强。

"叶，相信我，我永远会站在你这一边的。"她轻拍着叶阙的背脊，"明天是最后一战，一起加油！"

第二天清晨一早，叶阙就被一脸备战状态的宋佳佳叫醒了，她睡眼惺忪地看着宋佳佳索性摆放上床的红色登机箱，脱口就道："你这是打算要偷渡？"

"偷渡你妹，快起来，让姐给你换衣服化妆！"宋佳佳一把将她从被窝里捞出来，又指了指手表，"一个小时后谭嶂会过来，我相信你现在这个样子，你的未婚夫邵航一定不愿意被其他的男人看到。"

她这话的信息量还颇大，叶阙揉揉眼，看看她，又看看她弹开的里面堆满各色套装以及一整盒化妆品的登机箱，皱眉道："你确定这样可以？"

"必须可以，你既然选择了姐，就必须要相信姐，快去吧！"宋佳佳且指挥着，叶阙且起床并迅速洗漱。

十分钟后，宋佳佳开始了对叶阙进行形象改造。

"谭嶂刚刚已经发短信来了，说你作为助理，一定要尽可能低调。"宋佳佳一边麻利地从箱子里拿出套装给叶阙比对，一边说。

叶阙对她这句完全同意，但还是有疑虑，"可我就算出现得再低调，沈天宇他也不是没见过我，那……"

"那就是我们的事了！"宋佳佳没给她将话说全的机会，反是顾自开口，"不过你这话说得也不是没有道理，所以……对了，叶叶你平时都是披发戴隐形眼镜的对吧？"

叶阙点头，瞬间里她的那头引以为傲的乌发便被喷上了不知什么气体，让她随即打上个重重的喷嚏，"宋佳佳你！"

"别乱动！"宋佳佳瞪了她一眼，手上活儿却不停，她摆弄完叶阙的头发，就又开始研究叶阙的脸蛋，一番思索后，便开始给叶阙化起了妆。

"我不敢说他沈天宇见到你现在这个模样不会认出你，但是一定不会马上。"她最后思忖了下，这才将那身套装给叶阙递过，叶阙一一从命，忙背过身换起了衣服。

"哦对，还有它，我差点儿忘了！"宋佳佳自言自语着，忽又像想起了什么般从箱子里拿出一副棕色豹纹的大框眼镜，"戴上这个，你会变身得更专业。"

叶阙才刚套好衣服，忙不迭又将新道具架上了鼻梁，宋佳佳还来不及打量，就听门铃一声清脆的"叮咚"。

"叶、阙？"打开房门，走廊外的谭嶂却是头一个怔住了。

虽说一早听说过宋佳佳的化妆本事，但不可否认，他的这第一眼，还是被眼前人的形象唬住了。她足踩一双三寸高的亮面黑色尖头高跟鞋，匀称的小腿曲线被同色的丝袜紧紧勾勒，一条暗酒红的镂空蕾丝裙敛在黑色的小西装里。她的头发被染成浅棕，整个从脑后盘成花苞，只有垂在鬓间的微微带卷，遮住那藏在豹纹眼镜下的双眼，她的眼妆很淡而唇妆很浓，腮间两抹修颜胭脂一刷带过，却是和耳垂上那夸张的玫瑰金圆环一起生生将脸颊的视觉感收窄了一号。

总体来说，她的整个打扮都显得既低调又有女人味，最重要的是：乍一眼望去，决计不会让人联想到那个向来小清新风格的叶阙。

"把这个拿着，一会能用得上。"谭嶂将手里的文件夹塞进叶阙手里，叶阙顺势接过，心道这真是多了个挡脸的好工具。

Chapter 38　调虎离山

叶阙在洗手间的化妆镜里从头到脚将自己打量了足足三遍，这才和谭嶂一起出了门。腕间的浪琴表提示现在的时间是九点二十五分，在十分钟前宋佳佳已经先行进入会场，作为宋氏集团的三千金，宋佳佳自然有这次到场的资格。

沈氏集团的这次周年庆典宴请的宾客多是合作伙伴、业内精英、上流名媛等，其规格比宋佳佳那天的生日聚会还要高出一筹。一开始，叶阙还以为自己这样打扮会不会招摇了，但与鱼贯在走廊里的人流一比较，才意识到自己是想多了。毕竟在这样的场合里，如果穿得太不显眼，反倒是显眼了，她现在这身打扮，反倒是不显山不露水地刚刚好。

她深吸了口气，脚步也迈开得更稳了，不过并不急于立刻进入宴会厅，而是侧站在门口和经过的某位同行攀谈起来。自然，开口谈话的活计都是谭嶂在干，她则佯装无事地摸了摸耳朵里的入耳式隐形蓝牙电话，等待着宋佳佳的信号。

会场的另一边，以一身妖娆紫罗兰礼服出场，手持红酒的宋佳佳的视线不时飘向远处玻璃窗下站着的沈天宇，她在心里暗自盘算着时间，同时不忘与往来搭讪的男宾客周旋，几分钟后，沈天宇接到一个电话，蓦地脸色突变，丢下正要往身上腻的漂亮MM，急急往会场外走去。

她见准时机，立刻通知叶阙。

宴会厅外，叶阙随即拍了拍谭嶂的手臂，谭嶂会意，很快向那位对自己公司感兴趣的项目经理比了个请的手势，并一起向宴会厅的门口走去。现在时间已至九点半，进入会场的人流更是一时激增，连那负责接待的侍者也应接不暇起来。

两分钟后，叶阙和谭嶂顺利进入会场，并找了个相对隐蔽的位置落座。

五分钟后，叶阙看见沈天宇一脸铁青地从门口跑来，他似乎想从宴会场多达几百人的人群里将自己揪出，可惜因为典礼已经正式开始，他不得不回到自己的座位坐下。

"女士们，先生们，欢迎参加沈氏集团成立三十周年庆典，首先，谨由我代表集团……"

台上套路式的开场白开始，在座的掌声随之呼应，但叶阙调成震动模式的手机却在此时传来一条简讯：

"叶阙，一会儿就看你的了。"发件人是邵航。

她默默合上手机，心怦怦跳得厉害。的确，今天这一出调虎离开正是由邵航精心安排，宋佳佳先行探路，他找准时机挑拨沈天宇让其暂离会场，最后才是谭嶂带着化过妆的叶阙混在人群中，趁着这个空当进入。

这整个计划环环相扣，而他们的配合也可以说天衣无缝，那么接下来，的确就要看她的了。

"各位，今天这个日子，不单是我们沈氏集团成立三十周年庆典的日子，更是集团留学在外多年的千金沈阙回归的日子……"

台上，那位年轻的男主持人慷慨激昂，仿佛是他自己的女儿被找回，台下，作为媒体人的众宾客却已经炸开了一锅粥，原来这次典礼竟是这么个用意，没想到，真是没想到啊！

他们啧啧议论着，只听主持人继续又道："接下来，我们请沈阙上台。"

然而嘈杂的议论声里，却迟迟不见有人上台，漫长的等待中，很快就连坐在主座上的沈启明、叶瑾瑜都被人投去了意味不明的目光。

"叶阙，记着，今天这出戏最重要的一环，就是你必须在主持人请你上去的几分钟后再上台。"邵航早先的叮嘱回响在耳边，虽然当时的她的确不解。但现在，揭晓谜题的时间到了，一阵的拉锯战过后，台下果然传来了一个明显急促中透出心虚的男音，他说的是：

"对不起诸位，我妹妹今天因为有事暂时不能出席了！"在众人的目光中，沈天宇冷不防起身，他的声音透出焦虑和抱歉，但微微扬起的嘴角却是在说心中一块大石已经降落。众人听着他的话，自然又是一阵交头接耳，不过许是更为了表现出自己作为兄长的无奈和抱歉，他忙对着人群鞠躬，并重复说着"对不起。"

可惜，就在他以为一切即将结束之后，另一声清脆得如同铁钉落地的"我在。"却是从角落中响起了。

那个女生染着浅棕色的头发，从侧面看去，她曲线玲珑衣着时尚得体，她戴着略显夸张的金色圆环耳环和豹纹眼镜，深玫红的口红让人想起杂志的封面女郎，但……这个女人会是叶阙？他微微战栗着，不可置信地看着她一步步向主持人的方向走去。

"不，她不可能是叶阙！"他大叫着，慌措着，殊不知这样更是自乱了阵脚，他想拦住她，奈何到底是慢了一步。

"沈天宇，你还想胡闹到什么时候！"主座上，再受不了被人指指点点的沈启明终于大喝出声，与此同时，另一道熟悉的身影也被人从门口推向了L形的梯台，赫然是……沈振业！

集团奠基人沈振业的意外出场险些让让场面无法控制，因为众人在收到邀请函的时候就已经获知，这位隐藏在幕后多年的王者因为身体欠佳已住院多时，但谁知竟会和这位意外回归的千金一并来到，这真是爆炸性的新闻！

台下，不少人已经开始构思这条新闻的标题应该怎么写，甚至都有人Google出了这位神秘千金的作家身份，并眼疾手快地将照片发到了微博上。

台上，叶阙握紧汗津津的手心，面上却是挂着再镇定不过的微笑，她将视线投向沈天宇，慢慢摘下了眼镜，等沈天宇露出惊讶中带出嫌恶表情的那一刻，她知道，自己赢了。

作为一名资深的编辑，重生宅斗的小说自她手里已经不知道出版了多少本，但有些事她不做，并不代表她不会，她更清楚，对待对手，该心狠时就绝不能手软。

她冲他笑笑，甚至还微微欠了欠身，"对不起呢哥哥，我忘了通知你，航班提前了。"

而沈天宇则是恶狠狠地盯着她，仿佛要将她生生撕碎，至于沈振业，终于被那小护士推到了跟前，一脸激动地看着这个好不容易找回的孙女。

他的病已经好了？叶阙心中疑问响起的同时，只听沈振业的那声：

"小阙，对不起，爷爷来晚了。"猛地响起耳边，他握着她的手，却意外发现了指节间的那枚钻戒，但他并未立刻发问，反是将她的手牵着高高举起，向众人宣布，"请诸位欢迎新股东的到来。"

他落字定音，场面顿时沸腾了！

这才是真正的皇太女归来！不单要有名有分，更是直接拥有了最重要的股东席位！人群里，人们的啧叹让叶阙心跳得仿佛再没这么厉害，她望着台下黑压压的人群，不知怎么地却渴望那个人此刻也出现在这里。

倒是人群中依旧醒目的宋佳佳紧靠着冲着她微微颔首的谭嶂坐着，对她比了个夸张的噢耶的手势，让她紧张的心不由放松了不少，是啊，至少在这个地方，她还有朋友在。

她并不是一个人在战斗！

典礼的开幕仪式结束后，接下来就是集团策划部特别准备的才艺表演，以及供大家互相交流的时间了。此间，叶阙一直都陪伴在沈振业和叶瑾瑜的身边，并不时被介绍给行业内的朋友以及投资伙伴等。

叶阙并不适应这样的生活，索性全程都挂着一张面具式的笑脸。偶然遇见端着红酒周旋于各个男人间的宋佳佳，却是彼此相视一笑，现在她终于有些明白宋佳佳为何不愿回家去做回那个千金小姐了，还当真是，无聊的模式化了啊。

但对叶阙来说，一旦接受了这样的身份，也就意味着另一些事的开始。不过首先，他们以瞒天过海的计划骗过沈天宇，势必会遭到沈天宇更严重的报复，但是这些，坐着当日航班飞回来的邵航只对她轻描淡写说了一句：照单全收。

居然又是这句！她看着手机里的微信不知道该怎么回复，但频繁响起的提示音还是让叶瑾瑜不由咳嗽了声。叶阙见况将手机收起，不得不重新面对起这个

"新家"来。

是的，这套处在三四环之间，使用面积多达三百平的复式楼正是沈启明在北京的住所，叶阙今天则被安排在楼上的最西间住下。事实上，她在一开始曾强烈要求要去宋佳佳郡里住，可惜胳膊拧不过大腿，谁让沈振业今天也特意从医院回来了呢？

现在，一家人除了沈天宇已经到齐，围绕着叶阙回来的问题，很快一场家庭会议也就此展开，至于其主要讨论的内容则是以下两条：第一，姓氏的更改。关于这一条其实在早上周年典礼时，主持人就已经用沈阙的名字报了幕，甚至那些以"皇太女沈阙归来"为标题的微博发布也是用的这个名字，叶瑾瑜对此没什么意见，毕竟子女贯父姓，本也是中国的传统。

"姓氏更改这件事会牵扯到我的毕业证、学位证，还有户口。"叶阙索性将之前谭嶂跟她分析过的问题道出，"这是件大事。"她想了想，道。

"既然都回来了，那这些早晚都要改，小阙，这件事爷爷来想办法。"沈振业慈祥地拍拍叶阙的肩膀，"至于说这第二件事嘛……"他将目光移向一直不发声的沈启明，似是在催促他开口。

"小阙，你选择的那个人真是邵航吗？"沈启明双手交叉着握拳枕在膝盖上，静默了好一阵，终于道。

关于邵航，这真是他们父女俩永远也无法避开的一个劫。

"他对我很好。"叶阙略带嫌恶地皱了皱眉，淡淡道。

要不是为了照顾沈振业和叶瑾瑜的情绪，她真是不想跟他说话的。叶阙不自觉将手指抚摸上戒指，不料得沈振业苍老的手指也一并搭上了。

"这个男人下得去血本，看来是真喜欢我们小阙。"沈振业啧了声，又看看和叶阙以相同的眼神对视着的沈启明，"我不是说这枚钻戒，我说的是我们小阙的小说改编电影的事。"

叶阙心下一惊，不想在这短短的时间内，沈振业竟连这些也了解透彻了。她瞪大眼看着沈振业，就在以为他会连当年沈启明对邵航做过的事也知晓时，沈振业忽然将手里的拐棍用力揍起了沈启明。

"就是因为你，让我沈振业唯一的孙女在外面漂泊了这么多年！你这个做爸

Chapter 38　调虎离山

爸的，难道不觉得羞耻和惭愧吗！你说说你这个人……"

　　大概已经很久没有人敢以这样严厉的口吻训斥沈启明了，一时间，叶阙竟产生出拍手称快的冲动。倒是一旁坐着的叶瑾瑜忙拉住了她，并以眼神示意她快劝劝沈振业。

　　但叶阙怎么可能会这么干？她真实的想法是让沈振业多骂两句沈启明才好！说到底，要不是他的懦弱和不负责任，又怎么可能让她们母女俩在外面相依为命了那么多年？好在叶瑾瑜的确在绘画上有才华能养得了家，若不然她叶阙就算被生下来，能不能活下来都还是个很大的问题。

　　但却也是因为她活下来了，导致她从很小的时候起，就养成了去多看一眼别人的爸爸的坏毛病，她甚至从不敢跟叶瑾瑜说，因为她总觉得她一旦说了，就真做实了这个毛病。

　　她实在不希望别人知道她的这个毛病，除了邵航。但也许是从那个时候起，她的潜意识里就已经觉得，他，不同。

　　而沈启明被沈振业一通骂，叶阙心里多少也是出了气，不过对于有些问题，她还是希望沈启明能给她一个正面的回答，"爷爷，您无论如何都是站在我这一边的，对吗？"

　　沈振业一脸护犊模样地点头。

　　于是叶阙又道，"那么沈启明沈先生，我实在很想知道，你当年为什么要那么做？"

Chapter 39　真相

　　即使是陈年的疤，被这样撕下来也是会血流不止的，但对于沈启明来说，有些事哪怕让他有机会再选择一次，恐怕也还是同样的结果。

　　他手里夹着烟，轻微地颤抖，直到那香烟烫上了手指，他才终于开口："小阙，如果你不是选择了邵航，这件事爸爸是希望你一辈子也不要知道的。"

　　他的嗓音随着那最后一缕飘散的烟圈，像是要将人带回这整件事的源头，"其实早在你和他认识之前，爸爸的一个好朋友就已经和他父亲认识了。那是80年代初，国家开始转向市场经济体制，许多人纷纷下海经商，但正因为是在那个阶段，所以很多体制也相当的不完善。"

　　"是不正当竞争对不对？"叶阙结合在邵航的母亲江碧云那听到的前半段，不由道。

　　沈启明听后一怔，继续下去，"没错，那个时候我们家虽然不涉及建筑业，但也已经初具规模并有了不少资本，加上那个朋友又是爸爸从小的玩伴，所以我只好动用了一些关系来帮他。原本说，像这样一件事我也不会太有印象，但是'邵'那个姓实在少见，所以……"

　　"所以你就记住他了？"叶阙越想越激动，"但是即使这样，你也不应该，不应该那样对我们啊！"

"是因为自负吧，我沈启明的女儿，怎么能和一个失败者的儿子在一起？"沈启明抬眼对上叶阙，嗓音低沉，"再者说，那个时候你也快要高考，也不应该被这些儿女私情所干扰。"

"就因为这些，所以你出手了？"叶阙冷笑一声，"那你怎么不索性一起把我弄出国，免得眼不见心不烦！"

"你以为我没想过吗，但那个时候我和你妈妈……"沈启明的话到这却是再说不下去了。

可能不论曾经的事怎么回溯，终究都要回流到这一个点来，那就是在她的人生长达二十六年的光阴里，一直都是个不能见光的私生女。其实对于这一点，她在很小的时候问过叶瑾瑜，说为什么别人都有爸爸，但是她没有？

叶瑾瑜当时的回答是，因为她不希望叶阙喊别的男人作爸爸。也正是因为这个原因，才给她起名"阙"，部首"门"暗指家，一声que（阙），则是说在这个家里，缺了一个人。

当时她无法理解，但直等到她有朝一日喜欢上一个人，她终于明白那是因为这个世上有些事的确就是独一无二的，所以叶瑾瑜才要保留下这个位置。

"算了，我来说吧。"听着这些晚辈为着当年的一件错事至今耿耿于怀，沈振业长叹一口气，终于还是没忍住开口了，"小阙，其实你爸爸和你妈妈的相识是在你爸爸和苏米结婚之前，但在那个时候，爷爷没有同意。"

"您没有同意，为什么？"这下倒轮到叶阙不理解了，毕竟从沈振业支持她和邵航在一起的态度看，他应该是个很开明的人才对，那又怎么会？

"爷爷当年不同意他们在一起的理由，就和你爸爸当年不同意你和邵航在一起一样。"沈振业抓住叶阙的手，仿佛这样就能求得一个原谅，"突如其来的财富，会让人的许多观点都为之改变，它甚至会让你觉得，自己和曾经的自己都不一样。"

"所以在你的意识或潜意识里，会想去寻找那个一样的。"

沈振业的话像是在典籍上才能看到的谶语，却是让叶阙的灵魂狠狠一震，但这或许是她从未拥有过那样多的财富，所以才无法真正的理解。

"后来你妈妈负气出走，又和你爸爸断了联系，再加上这个时候，有着和我们家相似背景的苏米出现了……"沈振业苍老又懊悔的语调让她的思绪重新回到那个久远的故事里，"她很爱你爸爸，当然，那个时候你爸爸的确也有能让女人心动的资本，就像是你们现在这些年轻人形容的那个什么，对，高富帅。"

"后来你爸爸跟苏米结婚，但是没过多久你爸爸就后悔了，他跟我提了很多次想和苏米离婚，但苏米那时已经怀孕了，后来又早产生下了天宇，所以有些事当时也只能这样了。"沈振业的眼里含着泪光，叶阙自然看得清晰，但她没想到原来父亲和母亲的认识是在和苏米结婚之前，而沈天宇比她大又是因为早产，这让她的心里顿时轻了不少。

"所以小阙，其实这整件事都是爷爷的错，只是可惜后来你爸爸又错上加错，这才让你……苦了这么多年。"他伸手抚摸叶阙的脸庞，"你可以原谅爷爷吗？"

可以原谅吗？她不知道，但是看着老人凝望着自己的近乎哀求的眼神时，她还是心软了，她想起宋佳佳对自己说过的话：一个人再三被感情伤害，多半不是因为她蠢，是因为她真。正因为内心还怀着一份善良和对人性的信任才会去选择相信，这可能是非理智的，却也是真诚的。

"我不知道，我只知道，我们每个人都不是一件错事都没有做过的。"她吸了吸鼻翼，努力对沈振业挤出个笑，她想，这个世界上多数人在求结果，少数人在问因果，而自己却要辩一个对错。可是，哪里来的这么多对错呢？谁又能说清这对就一定是对，这错就一定是错呢？

那不如就这样吧。

然而，世上的有些事是能这样，有些事却是无论如何都不能。譬如说，原则和底线，再譬如说，丁薇和宋佳佳。

丁薇的那条：我们见见吧~的微信信息是在叶阙刚刚做下那不如就且行且珍惜的决定后发来的。叶阙将那信息盯看了许久，终于还是回了句，在哪里见？

一分钟后，丁薇回道：明天18:00点，欢乐谷。

欢乐谷位于北京市朝阳区，是京城里最著名的游乐场之一，叶阙大概猜到了丁薇为何会选这里，但却也是这里，让她不由得又是一番唏嘘。

曾经她们会为了一张票面价为215RMB的门票每每只去更便宜的夜场，但现在她们有了钱，反倒是特意要去夜场了。

时间如弹指，很快到了约定的时间，叶阙清汤挂面一张素颜，老远就看见了等在门口的丁薇。丁薇的精神看起来也并不比她强多少，倒是依旧强颜欢笑地递给她一张门票，道："走吧。"

叶阙沉默着接过，但心里却是一声叹息，也许是因为一再顾虑对方的心思让她终于感到疲惫，也许是因为几乎能预见了彼此今后的结局。

但她怎么也想不通的是，丁薇为什么要出卖自己？

"吃饭了吗？"行走在夜幕降临的游乐场里，丁薇忽然开口。

叶阙不知道该点头还是摇头，"前面有烤串，我们不如先吃一点。"

其实那烤鱿鱼的香味早飘出了老远，但即使是这样，叶阙此刻也依旧没有多少吃的欲望。这一点恐怕丁薇也是一样，她们只是尽可能表现得像没有事发生，但越是这样，内心里的慌乱就越是有增无减。

这一点她们彼此都清楚，但谁都不想第一个去戳破，而这一点，可能就是她们最大的相似。于是最后还是叶阙在接过那烤好的鱿鱼串时先开了口："欢乐谷晚上的项目不多，你想玩哪一个？或者你哪个都不想玩，只是想过来看一看？"

但这句话，其实已经表明了她在难以忍耐的情况下，最后被压榨出的那一丝强势。

"太阳神车吧。"丁薇指着就近的那个大型娱乐项目道。

"你以前就经常点这个。"叶阙呵了声，向丁薇靠近一步，"但是以前的你，从来只敢说说，不敢真的去玩。"

是啊，面对这个摆动幅度超过水平线，高度超过三十米的自传大圆盘项目，她叶阙又何尝不是呢？索性一不做二不休将那鱿鱼烤串大口吃完，再拽住丁薇一起排起队来，因为现在游客并不多的关系，所以很快就轮到了她们。

"你会后悔吗？"踏上座椅的那一刻，叶阙忽然问。

"现在后悔有用吗？"身旁，丁薇锁着眉，伸手摸向了安全扣。

"我听说，最近很多娱乐项目都出了事。"叶阙索性发狠地问，话音落，手摸向安全带的丁薇果然一顿。

"不过像欢乐谷这种地方，应该还是很安全的。"叶阙继续说。说来她也不知道自己为何会突然变得这样腹黑，但也许是觉得既然都事已至此，那我们就谁都不许逃。

"请大家最后再检查一遍安全带！"太阳神车旁，一名戴着蓝色美瞳的女工作人员最后将车上的所有人员依次检查过，便向另一名男性工作人员给打了个可以开始的OK手势，但或许是每天都在重复着面对这样高危的游戏，所以她眼里流露出的神情已变得习以为常。

是啊，就像如果坏事做得多了，就会变得没什么感觉一样，叶阙忽然悲哀地想。

但她的思考并没有持续很久，机器就已经徐徐上升了起来，先是一米、两米……最后升高到整整三十米，那是将近二十多层楼的大厦那么高。

很快，心也"砰砰砰"地像要跳出嗓子眼，因为整个大圆盘都开始像风扇那样动起来，虽然并没有那样的频率，但也远远超过了心理所能承受的频率。

终于有人忍不住尖叫了起来，那声音就像是一个起始音符，顿时整个太阳神车上的人都开始尖叫了起来，叶阙本就有轻微的恐高症，自然迅速随大流加入其中，强大的失重感下，那不断旋转的圆盘正对着垂垂西落的红日，一瞬地竟让她产生了种天地倒悬的错觉。

而天地间除了风声，就只剩下那此起彼伏的一浪高过一浪的尖叫声，他们就像是关在笼子里的困兽，用尽了力气在嘶吼，他们愤怒，他们惶恐，但在现实中他们却有太多的不敢说，不能说。

于是只能借由这样的方式去发泄，去拼一个筋疲力尽，还一个两袖清风。

"叶阙——"

风声里，她忽然隐约听见有人在大喊着自己的名字，很快，又听见了那下一句。

"宋佳佳——"

是丁薇吗？她一度怀疑是自己的错觉，她想回头，却被突如其来的大风吹得睁不开眼睛，也因为这阵风，好不容易才低下去的尖叫声又再度开始。她已喊得快要失声，但还是又加入了大部队，她闭着眼睛，不知刚才的那句"叶阙，宋佳佳"究竟是她的幻觉，还是确有其事，索性更大声地叫喊了起来。

那叫喊声像是藏在他们每个人心中的狮子，现在终于被释放了出来。

不知过了多久，机器终于停下来，她坐在座椅上，整个人都像是从水里捞出来，浑身都湿透了。等待下车的时间里，她看着坐在身旁同样一脸虚脱模样的丁薇，声音嘶哑地道："原来玩太阳神车，真的就像传说中的死过一次了一样。"

"传说太阳神车是玛雅王国发明的，用强烈的摇摆与旋转模拟太阳引力与地球运转产生的巨大力量，来让人们接受太阳神的洗礼。"丁薇闭着双眼，缓慢却条理清晰地叙述，"我从前一直很喜欢这个说法。"

"原来如此。"叶阙擦了把额上的冷汗，脑间不知怎么的就跳出曾在《新约·约翰福音》上读到过的那句：生命在他里头，这生命就是人的光，光照在黑暗里，黑暗却不接受光。

大概是因为行走在黑暗里，才会向往阳光吧。她想着，终于如愿解开束缚在身上的安全扣，"但现在的你，已经不是以前的你了。"她顿了顿，还是说。

"但是叶阙，我们谁都不是从前的那个自己了。"丁薇转过身，从比她低好几米的台阶下望过来，这时上一批的游客已经走空，出口处只剩了她们两个，夕阳将她们的身影拉长，又平行着互不交错。

"你也许觉得是我变坏了，但我却觉得，是你们一个两个对不起我。叶阙，你不妨摸着良心说，你真的从来没有看不起过我？"她吸了吸鼻翼，眼眶微微地红。

但这却是叶阙本年度听过的最好笑的事，她上前一步，想解释又不知该如何解释，"如果我真的有，我又为何会跟你做了这么多年的朋友？"

"从前有宋佳佳一个就够了，但是现在你，叶阙，你也变成了跟她一样的人。"丁薇退后半步，她摇着头，表情不知是笑还是自嘲，"你们自以为对我好，但其实都是你们的骄傲和虚荣心在作祟！你们要的，不过是一个跟班，一个垃圾桶而已！"

"你怎么能这样想，怎么会这样想！"叶阙握紧手心，浑身的血液都好像唰地冲上了头顶，"丁薇，你太偏激了！我们从来就没有这样想过，也不会这样想！从头到尾，都只有你自己是这样想，你防着我们，对我们的友谊总一笔笔像是记账一样清楚．但是你想过没有，如果连友情都要这样算来算去，那又算是什么真正的朋友呢！"

欢乐谷的往来的人潮里，所有人都欢声笑语，唯有她们站在太阳神车的巨大阴影下，仿佛是意识流油画布上色彩冲撞的涂鸦。

"叶阙，我其实想对你说一句对不起，但是如果说了，我就失去了自己。所以，抱歉。"漫长得仿佛过了一个世纪的静默里，丁薇如是说。

其实早就已经猜到这样的结局，叶阙在心里长叹下一口气，终于什么都不再多说，因为她已经尽力了，但毕竟对这个世界上的一些人来说，自尊心实在是高于一切的存在。虽然，相比起这个原因，她更愿意相信丁薇是不敢面对她自己。

但终有一日，她是会想通的，叶阙张开手，看着那满是指甲印的手掌心，不禁想。夜幕降临，又到了游乐场夜场快要关门的时候，她听见周围的机器发出刺耳的轰鸣声，仿佛又听见了风里的那声似幻又似真的"叶阙、宋佳佳"。

她想，有朝一日她定会等到它的下半句，一定会的！

Chapter 40　尾声

　　叶阙是在距南康十四中篮球场分别后的第三天才重新见到邵航的，一开始，叶阙不是没想过邵航迟迟不肯见她，也许是因为想打退堂鼓这个原因的。

　　但直到她重新回到华成上班，她才知道事情真不是她想的那样，虽然在这个时候已经有不少同事知道了她的真实身份，但他们说得更多的却是，"叶编剧，如果哪天我被老板给炒了鱿鱼，你可一定得包养我呀。"

　　看似玩笑的一句话，却无意透露出了公司很可能会关门大吉的重要讯息。这正是叶阙一直以来最担心的：沈天宇因为他们的蓄意欺骗，已经展开对华成最激烈的报复了。

　　但就在所有人都在为饭碗不保而忧心忡忡时，唯独Lesley依旧工作得一如既往。叶阙走上前，刚想要开口，Lesley就从积压着厚厚打印剧本的桌前抬起了头，似笑非笑道："叶阙，最后到底是你赢了。"

　　一句赢了，却是让叶阙蓦地顿住了。但她真的赢了吗？她不知道，因为对于太多的事而言，这一切都不过是个开始，但如果说是对邵航，她下意识摸上指间的戒指……却听包里的手机不合时宜地震动了起来，她与Lesley对视一眼，随即按下了接听键。

　　"到我办公室来一趟。"邵航吩咐道。

"知道了，邵总。"人前，她依旧没有改过口，她垂下眼刚打算要转身，手臂就被Lesley握住了，天花板3D错觉的星空图下，叶阙赫然发现Lesley今天竟然没有化烟熏妆，也许因为这个缘故，她眼底的那一层疲惫愈发得明显了，就像是一个不服输的人独自游泳了很久，终于有一天发现这大海原来真的没有尽头。

"叶阙，我并不是输给了你。"她看着叶阙的眼睛，那么用力，又那么无力，"对他好一点吧。"她最后说。

叶阙点点头，转身向邵航的办公室走去，其实事已至此，她也没什么可说，毕竟做出选择的人不是自己而是邵航。但或者，相比于辜负别人，她只是习惯了被辜负。

她默默叹了口气，伸手敲向邵航办公室的门，从钢化玻璃的外墙看去，那整洁明亮的办公室里似乎察觉不出一丝硝烟的味道，至于邵航也不过是半倚着靠在办公桌前，手里夹了根燃烧至一半的香烟，对她说："请进。"

那语调沉稳，那神情淡定，就像是丝毫没有事情发生。

唯独他身后的玻璃窗尽数敞开，让那低回在高楼间的冷风像得了个缺口般拼命涌来，吹得叶阙刚一进门，就觉得一阵山雨欲来。

"还是把窗户关上吧。"她话说着想要动作，就被邵航拦下了。

"等一等。"他拉住了她的手，将她按在避风的单人沙发上坐下，"这样能让我清醒。"

阴沉的天色里，他一身白衣黑裤站在风里，越发显得身姿高挑挺拔，几分钟后，他将香烟摁灭在钢化烟灰缸里，重新将视线对上了叶阙，淡声道："昨天，我跟谭嶂见面了。"

叶阙听后不禁直起身，因为她实在很难想象这两个同样优秀的男人出现在同一个地方，会招来怎样的祸患，自古美人如祸水……

她在心里默念着，只听他继续，"一开始，我也没想到他居然会邀我一叙，不过后来我还是决定前往，他说他要告诉我一件事，而这件事我也好奇已久。"

"什么事？"叶阙忙问。

"就是他会追求你的真相。"邵航静静看着她的眼睛，目光移到那枚他给她套上的戒指上，"因为我从第一次看见他，就觉得他真实的想法，可能并不像他所对你表现出的那样。”

“我不太明白。”叶阙说。

“一开始我也不明白，不过昨天我看见他钱夹里的一张照片时，终于明白了。”邵航沉默着，慢慢将双眸对上她的，“你跟那个女生，实在太像了……”

一句太像，真是连最后仅存的幻想也不剩了，叶阙曾对宋佳佳直言过对谭嶂有好感，毕竟是那样优秀又体贴的男人，若说真没有感觉，怕是连她自己都不会信。但，一再接触的原因竟是因为像另一个女人，老实说，叶阙很是不能接受这个设定。

“你应该猜到了，那个女人是他前女友，他们在一起三年，但后来因为他开始钻研侧写的技巧而把女朋友当作研究对象。”

“把女朋友当作研究对象？”叶阙听后背脊一阵发寒，她实在想不出像谭嶂那样看似温和的人竟会做出这样的事，随即，又听邵航道：

“他很聪明，应该说是太聪明了。所以后来他女朋友实在无法忍受，终于和他提了分手。”

“换成是我，也会是要分手的吧，这种事谁能忍受……”叶阙想到自己的所有心思都被先一步窥探就心中一阵恶寒，不过对于这样的故事，她本能反应分手不会是最后的结局，“那么最后呢，谭嶂也答应了？”

“怎么可能答应，他可是个比我还更有心机的男人。”说到心机这个问题，邵航一副并不避讳的样子，“他用了很多手段去留下那个女人，但没想到却害那个女人患上了幻想症。”

“这么严重！”叶阙站起身来，显然十分惊讶。

“那个时候他自己多半也走火入魔了吧，他父亲很担心他，于是带他去各地散心，有一天，他们来到南方的一家画廊，他盯着一张油画看了长达一个小时，后来就对他父亲说，他没事了。”说话间，邵航已走至叶阙的跟前，“我想你现在已经猜到，那张画是出自于你母亲叶瑾瑜的手笔。所以之后他们辗转在巴黎相识，也算是神交了。”

“原来是这样，”叶阙点点头，“其实我很小的时候就知道妈妈在绘画上极有天赋，大概也是这个原因，她总会因为画画疏忽了我。”

"因为她一直有自己所追求的方向吧。"邵航轻拍她的手背，"可你知道那张油画的名字吗，叫作《极光》。"

"极光？"叶阙重复着，忽然想起小时候自己的那幅层叠着光线的涂鸦来，难道说叶瑾瑜的这幅画也与自己有关吗？她看着邵航，试图从里面寻出一个答案。倒是邵航虽也在看她，却是静静补全了这个话题的逻辑。

"正是因为这幅画从某种程度上帮助过他，所以后来你母亲叶瑾瑜找他帮忙的时候，他并没有拒绝。"他语气不徐不疾，叶阙仿佛觉得这就是谭嶂在对自己亲口叙述。

不过，其实还有一个疑问……

"但他为什么会突然找到你呢？我还是想不明白。"叶阙皱眉想了想，问道。

"因为他看到了戒指，他不希望我和你之间，还有什么误会。"说到这，邵航忽然莫名地笑出声来，"可叹我一直拿他当对手，但可惜从始至终，他都只是在帮助你母亲演戏而已。"

他叹了口气，目光深深地望向叶阙，"现在你知道我和他的区别了吗？我是不会因为一个曾经的人情，哪怕是一个很大的人情，就答应去追求另一个姑娘的。更不会因为容貌相似，就可以将对一个人的感情，转移到另一个人身上。"

"因为你，叶阙，你对我来说始终是不一样的。"他落字定音，同时将双手按在叶阙的肩上，一双漂亮的黑眸再认真不过地看着她，"虽然我曾经在不知道真相的情况下错过一次，但那毕竟还是错了。叶阙，你能原谅我吗？"他末了说。

这个时候忽然将话题引到这个上，叶阙真不得不佩服他的高明，但却也是这个问题，一下子问倒了她。其实这一路走来，似乎所有人都亏欠过她，从一开始沈启明对她命运的操控，再到凌江的出轨，宋佳佳的误会，丁薇的背叛，乃至现在沈天宇的挑衅和报复，但这一些她都一一回击，忍耐，看淡，甚至原谅了不是吗？

但唯独邵航，她不知道为什么事到了这里，就突然变得矫情，变得计较了……曾经，她以为这些都是她不爱他的证明，但自从在孤岛上经历了那些事，再到南康城里他为她精心安排的一切，她忽然找到了问题的症结所在。

那都是因为需要，所以才害怕失去。

已经不再是年少时仅仅凭着好感就能一往无前，他们之前，更需要能够彼此并行的力量，但她害怕自己的力量太小，所以才迟迟不敢将双手递给那个一直在等待着她的他。

但好在，他也从来没有因此放弃，他甚至简单粗暴地不给她思考的时间就先出现在她面前，他打断她的步调，用尽一切能想到的办法，他向她求婚，一次不行就求两次，甚至连指环都是在她还没答应的情况下先套上的。

其实他也是在赌，赌到自己回来，那枚指环还没被摘下。

"我认真想了想，还是不打算原谅你。"叶阙看着他，可惜刚一开口，肩膀就被某人抓疼了，"不过，如果你表现良好，我也不介意提前让你刑满释放。"

"那几时能签字画押？"听她这么说，邵航的手指好歹是微微松开了，虽然眼底还能看见那强忍着的像是松了一口气的笑，"你知道吗，其实你在进门之前，我本来是打算告诉你另外一件事的。"

另外一件事？听他这么说，叶阙立刻来了精神。

但邵航并没有马上回答她，反是将那一扇扇敞开的窗一一关紧，这才又坐回到了他那披着件黑色西服的办公椅上，"其实昨天谭嶂给我打电话的时候，他先问我的是，我找他有什么事。"

"他问你，你找他有什么事？"叶阙被这话里的逻辑关系绕了绕，这才道，"那也就是说，一开始应该是你找的他？但其实……你并没有找过他？"

邵航点点头。

"谭嶂告诉我，我当时找他是用的微信，但我事后去检查，却并没有发现这样一条。不过我相信谭嶂不会骗我，所以我和他约定了地点，就去见面了。"邵航下巴支在交叠的双手上，"我跟他见面交谈的内容，刚才大致都告诉了你。不过除此之外，我们还发现了一件事。"

"什么事？"叶阙忙追问。

"第一，我的微信账号被人盗用了；第二，我们被人跟踪了。"邵航眼帘低垂，仿佛还在回忆着昨天发生的惊险，"他是个侧写师，所以我不会怀疑他的职业判断，我们从咖啡厅出来以后，径直就去了地下停车场，谭嶂建议他来开车，但却不让我坐副驾驶座，只是吩咐我一定系好安全带。当时我并不清楚这是为什么，不过还是照做。"

"是不是沈天宇派人来的！"听到这，叶阙已经嗅出了危险的苗头，因为此时此刻最想要对他们进行报复的，除了她那个同父异母的哥哥，她再想不出第二个人了。

"其实一开始，我们也没想到他竟会狗急跳墙干出这种事，但紧跟着我们车的那个人显然已经暴露了他的想法。"邵航深吸了口气，"谭嶂告诉我，说他的车上安装有行车记录仪，如果一旦发生意外，那么身后紧咬着我们的那个人，也一定脱不了干系。"

"那个时候，我真的相信他是能把自己女朋友给生生逼疯的偏执狂了，他一路将车拐上三环，那个人流最密集的区域，可惜后面那辆车还是对我们紧追着不放。最后他索性闯了红灯，这才在一片安全区上停了下来。"

"这得扣6分了啊。"叶阙吞了吞舌头，掰着指头算道。

邵航听后简直服了她的脑回路，但还是道："我们大致能判断那个人是沈天宇找来的人，不过他竟然都敢这样做了，其他的自然不在话下。而我之所以一再容忍他对华成的打压，也是因为……"

邵航说着，忽然从抽屉里拿出了一叠厚厚的打印材料，叶阙接过一看，赫然瞪大了眼："原来你早就……"

"当然，不然你以为我邵航是好被人欺负的么。"他冷笑一声，侧过脸，望向高楼外的往来人群和车辆，"这个世界不一定有神魔，但一定有因果。叶阙，我这么做，你会怪我吗？"

一番沉默，叶阙却是摇了摇头，"每个人都应该为他自己的选择付出代价，舍弃灵魂的人，就不配得到救赎。"

"那么你爷爷那呢？"邵航看着她的眼睛，不放过任何一个微小的表情，但也是因为这样，他好像猛然间发现了彼此的一丝相同，就像是草原里的狼，会拥抱取暖，同样会惺惺相惜。

"我相信，爷爷会有他自己的判断。"叶阙顿了顿，忽然像想起了什么般抓住了他手里的那份资料，"邵航，你告诉我，这份东西，你是不是已经给爷爷寄去了？"

听她这么说，邵航已然慢慢翘起了唇角。

沈振业收到那份匿名资料的时候，其实正在和沈启明讨论关于叶阙订婚的事，他最近因为孙女的回归身体已经好了不少，所以总跃跃欲试地想要办一场空前盛大的订婚仪式。

他甚至已经设想了几个方案，爱琴海旁阳光充裕的沙滩，北极人烟罕至的荒岛，或者是亚马孙神秘的热带雨林……不过他最倾心的还要属第一个，只要一想起他那肤色胜雪的小孙女穿着纯白的公主裙，头上戴着小皇冠出现在阳光沙滩上，他就兴奋地不能自已。

可能是他一直都太想要个女儿了，但可惜自己生不出也就算了，就连前后两个儿媳，都不是太过强势，就是索性一脸不食人间烟火。

真是可气！不过好在，上天又给他送回了一个小孙女，就好像他梦里见到过的，有着乌黑的长发和雪白的肌肤，一张脸笑的时候很甜，不笑的时候则是恬静，就像个精致的搪瓷娃娃，身上却有着书卷气和香火气。

但就是这么一个可人儿，竟会被自己的亲兄长疯狂地报复！

"沈启明，这就是你教出来的好儿子！"他将那一沓厚厚的记载着商业犯罪的匿名资料摔在沈启明的脸上，随着一声清脆的金属响，他赫然发现原来里面还有一枚小小的银色U盘。他吩咐管家将U盘插入电脑，很快，那段火上浇油的电话录音也依次蹦了出来。

"没想到邵总竟会答应我们这次见面。"

"人总要了解清楚自己的对手，才好做下一步的准备，你说呢？"

"沈大公子，你又打算让我怎么做呢？"

"拖住叶阙，不让她回归沈家。"

"……"

"混账！"沈振业更加怒不可遏，"你现在把他给我叫回来！"

"父亲，把他叫回来，您又打算怎么做呢！"沈启明死死抓住他的手臂，"我可只有他一个儿子不是吗？"

"是，但你还有女儿！"沈振业摔开他的手，情急间险些摔倒，好在从房间赶出的叶瑾瑜看见这一幕，赶忙扶住了他。

"但小阙毕竟是个女孩子，也不懂生意上的事，"叶瑾瑜这时也不知到底该帮丈夫还是公公，只好实话实说，"要不，就让律师来处理吧。"

"不能找律师，如果找了律师，那天宇这辈子就毁了！"沈启明咬紧唇，拳头紧握着。说实话，他的确也没想到事情会演变成这个样子，曾以为如果这整件事都要算作错，那不如索性就算在他头上好了。但是他现在才知道，原来有些事，真是一步错，步步错，哪怕一开始你是用错的手段去做对的事，但错，始终就是错。

"爸，这件事，还是让我去跟天宇谈吧。"他疲了也累了，上有父亲，下有子女，身旁还有个深爱了几十年的女人，但他又能怎么办呢？

毕竟就算儿子犯了错，也是打不断的血脉至亲。

当然，最后的最后，沈天宇商业犯罪的罪行到底是没有公之于众，不过却直接影响了他在沈氏集团里的接班人的地位。叶阙说，这叫善恶终有报，不信抬头看。邵航说，叶阙你能不能文化点，亏你还是搞写作的。叶阙听后喷了喷嘴，说，航航，你怎么还没过门就不听话了呢？

邵航："……"

当然，这段话其实都是在他们订婚后不久说的，他们举行订婚仪式的地方后来既没在浪漫的爱琴海也没在神秘的热带雨林，而是选择了南康城的一座古式的小教堂。

叶阙说，如果有一天我们不想在北京城待了，就回南康来好不好？邵航说，好。

叶阙又说，如果当时你没被我爸爸逼走出国，你现在还会跟我在一起吗？邵航说，会。

叶阙还说，如果那一年不是我先偷偷在你打篮球的时候去送水，你还会留意到我吗？

　　邵航挑眉，终于忍不住了，说，叶阙，你哪里来的那么多如果？我们在一起不是如果，也不是意外，是我们会在一起，就一定能在一起，至于说南康这个地方，这里有我们年少的记忆，也会有我们未来的人生。

　　他说着将手握住她的，十指紧扣，再也不放开。

后记：香樟深处

花了大概前后三个半月的时间把这篇小说完成，应该说，这是我所有写过的小说里速度最快的一篇。对于这篇《罪爱之城》，其实它最初的名字是叫《北漂第三年》，想那次和堂弟一起吃饭，堂弟问我小说叫什么名字，我说叫《北漂第三年》时，还被他反问道，你这就第三年了啊？（笑）

事实上，这是我来北京刚四个月时写下的作品（不过早在这之前还待过一年），原因跟叶阙同病相怜，是因为遇到了一些不顺意。所以从某种程度上说，我的这个"女儿"的确是我一部分感情的投射。

但不论它好与不好，许多事到最后都是性格使然，我曾经不止一个朋友说过，写作是我与这个世界对话的方式。我不知道这个想法究竟是从何时起产生，但或许是在那个夭折了绘画理想的童年时期。

是的，在很小的时候，我的理想和故事里的叶阙一样，是想当一名画家，虽然只是简单的涂鸦，但总妄想有朝一日能有人出高价买我的画。

但可惜，这个梦想在我大概上小学的时候就破灭了，但可能正是如此，最初的这点记忆始终保留在我脑海里，直待有一日自然而然地浮出于我的笔下。

于是又回说到为什么更书名为《罪爱之城》，其实对于这个罪字，我是有执念的。因为这个故事从一开始，也许就是一出错误。

沈启明的懦弱，导致了叶瑾瑜的离开，这才致使叶阙成了私生女，多年后沈启明幡然悔过想找回女儿，不料又因那畸形的父爱，种下了另一出对叶阙而言，恐怕终其一生都难以真正释怀的错误。

圣经上说人有两种罪，原罪和本罪。在这个故事里，似乎他们每个人都有着，或有过一段难以饶恕的罪。从沈振业的偏执，沈启明的懦弱，到邵航的决绝，凌江的现实，谭嵘的魔障，再到宋佳佳的自我，丁薇的要强，还有沈天宇的妒忌。

他们每个人都被束缚在命运这张巨大的网下，不得真正解脱。而叶阙，则是将他们所有人凝成网的结，但作为一个结点，难道她就没有错了吗？

不，她非但有，还有很多。

就像宋佳佳说的，她只是个很普通的姑娘，至少在她的身份真正曝光以前，她活得就像我们绝大多数人一样，这一点，也是我想尽力去表述的。

凌江曾说过，她是对着他永远冷静自持的女人，这句话从台面上看，好像是在说她有个性，可潜台词里却是在说，他觉得她并不够爱他。但哪怕是个男人，也是需要安全感的，尤其是在北京这样一个物欲横流的地方。

她做不到，哪怕他们在一起五年相濡以沫，但那对她而言，恐怕都是时间堆出来的感情。因为她的爱情早给了另外一个人，她的初恋，每个女孩子在少女时代都会憧憬过的学校中的风云人物：邵航。

但从那个时候起，他其实就已经注意到这个爱笑的，皮肤白净的姑娘了，偏偏这个姑娘还很大胆地开始惦记他，在他的水杯里丢橘子，在他的书本上写她的名字……以致他终于拿她没有办法。不过这些都只是铺垫，直到有一天，他知道这个女孩子没有爸爸。

这种感觉让他心疼，因为他和父亲的关系也十分不好。

但其实这种无声的相同，正是撕开他们间距离的一道口子。这又有了他们之后的一系列事，那是少年的情怀和浪漫，朦胧又纯粹。直到他某天终于忍不住亲吻了她的额头，那是他平生第一次吻一个女人，有些冲动和急躁的，像宣誓主权又像是狠狠惩罚这个每每在自己面前不安生的女孩子。

但就在这一吻之后，他后悔了，茫然了，因为他并不知道自己的未来在哪里，他其实并不像那些同学形容的，是富二代出身。

是的，他只是个出生在很普通家庭的孩子，甚至他的母亲摔伤了腿，父亲还在给人开着豪车（这也是许多同学误以为他出身富贵的重要原因），可就是这样一个苦家庭的孩子，他也想要一个未来啊。

这是一个艰难的决定，也是唯一的决定。

虽然在不久之后，他才知道这是一个圈套，只因为让他心动的那个女生的父亲，觉得他配不上她。殊不知，这一真相，正是导致他日后定要夺回他的最大的推动力，是因为恨，更因为自尊，所以他才会对她说，我欠你一巴掌，但是我不会对你说对不起。

但为什么这样，他最后还会爱上她呢？我想那是算漏了感情，以及她曾给过他那么多的惊喜，却不肯为他留在原地的不服气。

可他终究还是爱上她了，只是没想到在重新追回她的这一路，会遇见这样多的危机和那样优秀的对手，是近乎和他势均力敌。

谭嶂，一个连名字都不输给他的男人，但到底是输给了他，因为他从头至尾深爱的都不是叶阙，是那个从未在正文里露出一面的，被他生生逼疯了的，和叶阙神似的女友。这一点，正是他会答应叶瑾瑜的最直观的原因。

实际上，对于谭嶂这个角色，我一开始是有意要黑化的，不过到最后害怕黑化的人物太多，大家抓不住重点，于是放弃了这个想法。但是，对于谭嶂是个看似完美，但其实有隐藏缺陷的这一点是一直未有变过的。一方面，我是不愿女主成为玛丽苏；另一方面，则是因为这篇文自己想要写实的初衷，所以写作时还是抛弃了不少偶像的元素。

所以从这三点解释也不难看出这三位男主对叶阙的含义，邵航自然是第一男主，凌江是曾经岁月的陪伴，谭嶂则是一时的风景。

叶阙的幸运，在于最初的人和最后的人恰好都是同一个人。但对现实中的我们来说，这三个人却很难重合，但这或许正是小说的魅力所在吧，可以将一条轨迹画成一个完整的圆，而人生则像是无数的线段，我们相交或平行，前者越走越远，后者永难相见。

　　说完三位男主，接下来再来简单说说三位女主。对于叶阙我刚才已经提过一部分，那么对于宋佳佳和丁薇，其实在故事的一开始，她们的身份就是已经确定好了的。她们是社会三个切面上的人物，这样的设定我认为也是最容易产生矛盾冲突的，截然不同的生活环境，造就了她们不同的人生观和价值观。

　　最初的时候，她们因为对文字的热爱而黏合在了一起，但随着岁月的推移，她们的心性都发生了不同程度的倾斜，到最后矛盾激化到一个点，就是丁薇的背叛。事实上，这颗矛盾的种子早在丁薇去医院做人流手术的时候，就已经种下了的。

　　宋佳佳说，她一直看不透丁薇，但丁薇又何尝真正看透过她？她们之间最重要的桥梁是叶阙，当有一天这个平衡点被打破了，冲突也即是必然的了。

　　作为一名上大学都靠亲戚资助的穷学生，一开始，丁薇的心态还算是正常的，所以她虽然穷苦，仍然珍惜自己的梦想，更会将那些书籍当宝贝般一本本珍藏，就像是珍惜和她们的友谊一样。但在这份正常之下，她其实还是个自负，却又有些自卑的姑娘。

　　她永远忘不了因为自己是个女孩子而被同乡耻笑为何要读大学，也忘不了父亲为了供她读书卖掉了留给弟弟的土地。是的，她只是个从农村考上来的姑娘，她一路勤奋，一路刻苦，一路以为知识能改变命运。

　　但当她成为人们口中的"大龄剩女"，她终于还是茫然了，骨子里的小农本质让她觉得只有赶紧嫁掉才能对得起为她操劳了半辈子的父母，但也是这份心切，导致了她的意外怀孕。如果说，她的求学之路是她畸形心态的铺垫的话，那么这件事就是她性格黑化的一道分水岭，正是有了以上两点作为伏笔，叶阙的突然平步青云，才会让她那么那么的不甘心。

　　有那么一句话，叫作如果一个人比你好出很多，人会羡慕，但如果只比你好出一点，人却会嫉妒了。丁薇的妒忌正是从这而来，也是她所有悲剧的源头。正如文中在一开始提过的，但可能被很多人忽略的那一句话，「但后来叶阙终于知道，贫穷最可怕的地方不在于贫穷本身而在于它会改变一个人的思想。」

所以在真相被揭露的最后，她还是选择了不道歉，哪怕她心里其实很想。在这个地方，其实我是纠结了许久的，我并不是一个刻意会去写悲剧的人，这个文也不是个悲剧，但是对他们的友情来说，这里就是个悲剧。

但这个悲剧，我以为其实正该是人物本身选择的，她自卑又清高，更是自幼熟读名著《红楼梦》，所以在她的是非观里，错本身就是不应该被原谅的，她是无法原谅自己，就像十二钗里的林黛玉。

丁薇洋洋洒洒说了太多，宋佳佳我就简单提一提，相比较而言，这位义气富家美女身上可挖的点就没有丁薇多了，但虽然如此，她却是出镜率最高和存在感最强的女配。这个人物的出场主要为了辅助叶阙的感情线，可以说，如果没有文中的泼咖啡事件，宋佳佳也可堪称中国好闺蜜一枚。但好在，她和叶阙虽然闹过别扭，但最终还是和好，又从故事设计上来说，一直让自己的女主孤军奋战也显然不是什么好主意。

最后，感谢这一路支持我，并为这个故事提出不少意见的几位好友：阿九，月茹，豌豆黄，阿染，1仔，凡凡；以及热心帮忙写推荐的几位作者：阿暖（苏子暖）、小修（青修）、金兄（金万藏）、梨子（梨魄），小丘（青丘）、大鹅（海青拿天鹅）、月月（明月别枝）；最后是百忙中抽出时间帮忙写序的师兄（闫志洋-狼七）。

最后的最后，提一笔文中的南康城，这虽想是我杜撰的南方小城，但它身上还是多少有我家乡的影子，我记得那时我还在图书馆上班，有一天回家，突然起了风，雨水的味道混着樟木香一起飘入鼻息，那种味道大概一辈子都忘不了。

所以从某种程度说，那香樟也代表了我故去的记忆，也正是它，才有了这篇后记的标题。以及，感谢一路阅读完这整个故事的亲爱的你们，鞠躬。

后记：香樟深处